Glacies

Königreich der Kälte

Jasmin Iser

Jasmin Iser:
Glacies - Königreich der Kälte

Daniel Beck:
Coverdesign

ISBN 13: 978-1-08-189910-3

Für meine Eltern, die mich lehrten, die Spuren im Schnee zu lesen.

Für meinen Ehemann, der ihnen mit mir folgt.

Prolog

»Ich werde sie nicht ablegen!« Kiana sah entschlossen in die dunklen Augen eines jungen Mannes, der ihren starren Ausdruck erwiderte. »Sie ist mein Erbe«, fuhr sie fort, während ihr Blick über eiserne Ketten schweifte, die auf ihrer schneeweißen Haut lagen. Sie war mit ihnen aufgewachsen, kauerte bereits seit frühester Kindheit in dieser Zelle aus Eis und Schnee.

»Ich werde mit ihr sterben«, zischte Kiana erbost, fuhr mit zitternden Fingerspitzen über die Krone ihrer Vorfahren, die sich den Wünschen der wahren Königin unterwarf. Meist trug sie das schwarze Erz, in dessen Inneren die ewige Flamme loderte, als Diadem, das im Kreise ihrer längst verstorbenen Familie den Thronfolgerinnen vorbehalten war.

»Meine Königin lässt dir ein Angebot unterbreiten, störrisches Biest«, entgegnete Leif streng, der als jüngster Kerkermeister für ihr Überleben verantwortlich war, mit rauer Stimme. Er brach ab, musterte Kianas kindliche Gestalt, deren Volk seit dem Aufstieg der Glacien versklavt wurde, von Kopf bis Fuß. Funkelnde Eiskristalle lagen auf ihrer hellen Haut, verfingen sich in den langen Strähnen ihres schwarzen Haares. Kiana hatte nie geherrscht, obwohl sie als Erbin die rechtmäßige Königin des Reiches war. Doch das Eis hatte über Nacht die Mauern gesprengt, hatte ihrer Mutter die Kehle aufgeschlitzt, nachdem diese auf die Krone verzichtet hatte und als Herrscherin zurückgetreten war.

»Meine Mutter starb für mich, um mir die Krone zu überlassen, die seither mein Leben vor Euren Schergen schützt.« Sie rappelte sich mühselig auf, trat näher an das Gitter heran und umfasste die eisigen Stäbe mit beiden Händen. In ihren Augen lag tiefste Verachtung, ihre bläulichen Lippen zitterten vor angestauter Wut, die sich zu entladen drohte. »Ich werde die Krone nicht ablegen, die Ihr nicht fähig seid mir zu entreißen, weil mich die ewige Flamme vor feindlichen Übergriffen schützt! Doch tötet Ihr mich, wird das Feuer zu Staub zerfallen, was den Untergang Eures Volkes einleiten würde.« Sie atmete vor Hass zitternd tief ein. »Ich werde die Krone weder Euch noch der Eiskönigin überreichen. Es spielt keine Rolle, was sie mir anbietet. Solange mein Volk in Ketten liegt, werde auch ich in Ketten liegen.« Kiana hob die Arme und wies auf ihre eisernen Fesseln, die an steinernen Mauern verankert waren. Sie erlaubten ihr nur wenige Schritte, die sie stündlich gehen musste, um nicht zu erfrieren.

»Leg die Krone ab, erkenne unsere Königin als wahre Herrscherin an.« Leif unterbrach, als sie entschlossen den Kopf schüttelte, fuhr erst fort, als er sich ihrer Aufmerksamkeit sicher sein konnte. »Erkenne unsere Königin als wahre Herrscherin an, dann wirst du in Freiheit außerhalb des Reiches leben dürfen.«

Der Kerkermeister beobachtete, wie sie ihm den Rücken zukehrte und sich an der gegenüberliegenden Mauer auf die kalten Bodenplatten sinken ließ. In ihrem Blick lag Erschöpfung, tiefste

Müdigkeit. Doch sie konnte die Augen nicht schließen, ohne den Kältetod befürchten zu müssen.

Kiana öffnete den Mund, wollte sein Angebot abschlagen, das sie zwingen würde, ihr Volk – die Ignem – zu verraten, in deren Ländereien die Erzkrone vor fast zwei Jahrhunderten von Hexen geschaffen worden war. Doch ehe sie ein Wort herausbrachte, vernahm sie erneut Leifs dunkle Stimme, die stets getränkt von Missachtung und Spott war:

»Weise ihr Angebot nicht ab, Mädchen. Mehr Zugeständnisse sind nicht zu erwarten. Dein Königreich ist ihr Königreich, dein Volk ist ihr Volk. Erweise unserer Herrscherin deine Treue und lass dieses Leben hinter dir.«

Kiana lehnte den Kopf zurück, ein tiefer Seufzer entwich ihren spröden Lippen.

»Du verrottest in dieser Zelle seit deiner Kindheit. Das Erz mag dich am Leben halten, Sklavenkönigin. Doch die Flamme der Krone wird nicht ewig brennen, obwohl ihr Name das Gegenteil vermuten lässt.« Er lachte. Es war ein frostiges Lachen, das ihr das Blut in den Adern gefrieren ließ. »Ich sehe, dass ihre Kraft abnimmt, ich sehe, dass deine Kraft schwindet.«

Kianas Gesicht verfinsterte sich, Hass blitzte in ihren bernsteinfarbenen Augen auf. Sie verachtete dieses Volk, das ihr als rechtmäßiger Königin zu Füßen liegen müsste. »Ich bin nicht Euer Eigentum!«, zischte sie schließlich keuchend.

»Ich bekam den Befehl, dich zu foltern, solltest du das Angebot ablehnen. Sei dir bewusst, dass ich dich nicht anrühren muss, um dein Leid zu vervielfachen.« Seine gemächliche Stimme hatte sich deutlich verschärft.

Kiana schüttelte den Kopf, ein kaltes Lächeln lag auf ihren Lippen. »Ob Feuer, ob Eis, ob Ketten, ob Stahl – nichts vermag meinen Willen zu brechen.«

Kapitel 1

»Das Volk rebelliert!« Ein Schaudern überkam Skadi, als sie in das angespannte Gesicht ihrer Mutter sah, die sich im nächsten Augenblick einer langen, hölzernen Tafel zuwandte. Zitternd huschte sie hinter eine breite, steinerne Säule, um dem königlichen Gespräch zu folgen, das stets im Geheimen stattfand, obwohl ihr bewusst war, dass Caja, die Herrscherin des Reiches, ihren Ungehorsam streng bestrafen würde.

»Die Göre muss sich mir beugen, muss mir – der wahren Königin – im Beisein der Ignem die Krone überreichen.« Ihre Augen fixierten lange Eiszapfen, die von hohen Decken gen Boden hingen. »Seit das Biest schwächer wird, schwindet die Kraft der ewigen Flamme Tag für Tag. Die Eiszeit, die einst unser aller Leben bedrohte, kehrt zurück.« Sie wandte den Blick erneut Leif, dem Kerkermeister, zu. »Es ist mein Reich, mir obliegt die Macht, über Glacies zu herrschen, nicht ihr. Noch mag die Krone an Kianas Blutlinie gebunden sein, mag zu Staub zerfallen, wenn sie den Tod findet. Doch Hexen, mächtige Hexen, werden die Erzkrone an mich binden, was das Reich von Schnee und Eis befreien wird.« Sie ballte die Hände zu Fäusten. »Ich werde die Herrschaft nicht aufgeben, koste es, was es wolle!«

Skadi, die aufgrund ihres schneeweißen Haares und ihrer mitternachtsblauen Augen vom Volk als Eisprinzessin bezeichnet wurde, hielt den Atem an.

»Als Kerkermeister seid Ihr verpflichtet, das störrische Biest zu brechen. Überreicht Kiana mir die Krone, macht sie sich des Hochverrats gegenüber der kläglichen Überreste ihres Volkes schuldig, was die Proteste der Sklaven in Schall und Rauch auflösen wird.« Ihre eisigen Augen leuchteten, tiefster Hass lag in harschen Worten. »Dieses sture Kind riskiert den Untergang des Reiches«, brachte Caja mit gepresster Stimme hervor.

Skadi beobachtete mit klopfendem Herzen, wie die Eiskönigin einen silbernen Kelch an ihre roten Lippen setzte und einen tiefen Schluck nahm. »In der letzten Nacht wurde wieder ein Glacien von einem Sklaven aufgeschlitzt. Ihr müsst der Meute den Grund des Aufstandes nehmen, müsst dieses Gör als Verräterin entlarven.« Ein kaltes Lachen entfuhr ihrer Kehle, das die Eisprinzessin erschaudern ließ. Caja war stets eine liebevolle Mutter gewesen, deren anmutiges Wesen als Vorbild für das adlige Weibsvolk galt. Doch nun erkannte Skadi ihre dunkle Seite, unbändigen Hass, den sie gewillt war, mit Folter und Tod zu befriedigen.

»Entlarvt Kiana als Abtrünnige, bringt mir die Krone, dann erfülle ich Euch einen Wunsch Eurer Wahl!«

Skadis Blick fiel auf Leif, mit dem sie eine lose Bekanntschaft unterhielt, obwohl sie seinen dunklen Charakter verachtete. Er war ein Schmeichler, Schauspieler und Betrüger, dem die Frauen in Scharen zu Füßen lagen. Doch die Eisprinzessin hatte seine dunkelsten Begierden gesehen, die er stets in der Öffentlichkeit zu verbergen versuchte. Skadi wusste von den tiefen Gefühlen, die er bereits seit frühester Kindheit hegte, von seinem Willen, sie – die Eisprinzessin – zu besitzen.

»Meine Königin, ich werde Euren Befehl ausführen. Die Zeiten, in denen ich Gnade walten ließ, sind vorüber.« Der Kerkermeister wandte Caja den Rücken zu, um ihren Auftrag blind auszuführen, wie er es stets tat, wenn der Adel nach Aufmerksamkeit verlangte. Doch ehe er sich einen Schritt von der Eiskönigin entfernen konnte, erklang ihre laute, gewaltige Stimme erneut: »Ich weiß, wen Ihr begehrt.«

Leif wandte sich langsam zu Caja um, die seinen gierigen Blick gefühllos erwiderte. »Ich weiß, dass Ihr meine jüngste Tochter begehrt.«

Skadi hielt den Atem an, Tränen standen in ihren großen Augen, das Herz schlug der Eisprinzessin bis zum Hals. Sie konnte ihr Schicksal als Frau des Kerkermeisters nur erahnen, dessen Objekt der Begierde sie bereits seit frühester Kindheit war.

»Sagt mir ...« Caja näherte sich ihm mit langsamen, bedächtigen Schritten, musterte die kräftige Gestalt des jungen Mannes von Kopf bis Fuß. »... wollt Ihr sie noch immer?«

Skadi ballte die Hände zu Fäusten, während sie Leif verachtend anstarrte, dessen Aufmerksamkeit auf die Eiskönigin gerichtet war. Doch er schien ihre hasserfüllten Augen zu spüren, die sich in seinen Rücken bohrten wie geschärfte Dolche, was ihn einen Blick in ihre Richtung werfen ließ.

»Wollt Ihr sie noch immer?«, wiederholte Caja streng. Ungeduld lag in ihren harschen Worten. »Oder seid Ihr nur an ihrer Jungfräulichkeit interessiert?«

Skadis Kehle entwich ein lauter Atemstoß, während sie erschüttert auf die Knie sank. Hastig drückte sie die Hände auf ihre zartrosafarbenen Lippen, betete, dass ihre Mutter den Laut nicht vernommen hatte, deren Blick weiterhin streng auf Leif gerichtet war. Sie konnte kaum fassen, dass Caja bereit war, sie – ihre eigene Tochter – für die Erzkrone zu opfern.

»Ich, ich bin kein Stück Vieh«, murmelte die Eisprinzessin mit entsetzter Stimme, ohne einen Laut zu verursachen, der ihre Anwesenheit verraten könnte. Zitternd zog sie sich auf die Beine, spähte hinter der Säule hervor und beobachtete Leif, der über Cajas Offenheit sichtlich überrascht war.

»Ich habe Euch eine Frage gestellt, welche die Jungfräulichkeit meiner jüngsten Tochter – Eurer Prinzessin – betrifft.« In Cajas Stimme bebte tiefste Ungeduld, die jedes einzelne Wort durchdrang wie Schimmel veraltetes Brot.

Leif schüttelte schließlich langsam, aber entschieden den Kopf, was Skadi Zufriedenheit im Gesicht ihrer Mutter erkennen ließ.

»Ich verehre Eure Tochter bereits seit Kindertagen«, entgegnete der Kerkermeister mit rauer Stimme. »Gestattet mir, sie zu ehelichen, sollte ich die gestürzte Königin erfolgreich brechen.«

Skadi hielt den Atem an, das Herz schlug ihr bis zum Hals, als ihre Augen erneut Caja fixierten, deren Lippen ein süffisantes Lächeln umspielte. »Meine Tochter wird Euer sein.«

Kiana schlug mit klopfendem Herzen die Augen auf, als sie das Geräusch von ledernen Sohlen vernahm, die auf den gebrochenen Steinplatten aufkamen, ein ausdauernder Schmerz durchfuhr ihre steifen Glieder. Sie spürte täglich, dass die ewige Flamme, die in ihrer Krone loderte, schwand, dass ihr Körper der unerträglichen Kälte kaum noch Herr werden konnte.

»Du erfrierst!«

Kianas glasiger Blick fiel auf die zierliche Gestalt einer Fremden, deren Schönheit ihr lediglich in Geschichten begegnet war, die vom Untergang ihres Volkes – der Ignem – erzählten.

»Die Eisprinzessin«, entgegnete Kiana mit rauer Stimme, während sie sich fröstelnd aufrappelte und stolpernd an das Gitter herantrat, das ihre Körper voneinander trennte. »Die Ignem sind ein feuriges Volk. Wir vertragen keine Kälte«, fuhr die Königin bebend fort, was ihr Gegenüber Verachtung in ihren Worten erkennen ließ. »Noch kann die Krone mich beschützen ...« Kianas Stimme verebbte in einem tiefen Seufzer, während sie gedankenverloren über das kalte Erz strich, das ihr Haupt bereits zierte, seit sie ein junges Mädchen gewesen war.

Skadi antwortete nicht, während sie nach den Ketten fasste, die schmerzende Abdrücke auf Kianas Haut hinterließen. Schweigend griff sie nach einem kleinen Schlüssel, öffnete die Fesseln und löste sie von den Handgelenken der Gefangenen, die jede ihrer Bewegungen mit Argusaugen beobachtete. Schließlich schlug Skadi die Kapuze ihres bodenlangen, weißen Mantels zurück, öffnete kleine Silberknöpfe und reichte der Königin die warme Kleidung durch die Gitterstäbe hindurch. Kiana zögerte einen Moment lang, ehe sie nach dem weichen Leder griff, dessen Innenfutter aus wärmendem Schafsfell bestand, obwohl die Glacien nur selten froren. Doch der Winter, der bereits seit Jahren Einzug nahm, nagte mit den sinkenden Temperaturen auch an den Reserven des Kältevolkes.

»Ich werde dich befreien«, entgegnete die Eisprinzessin flüsternd, während sie zusah, wie Kiana den Mantel über ihre schmalen Schultern warf. Sorge stand in Skadis sanftem Gesicht, Mütterlichkeit lag in ihren tröstenden Worten, was lang vergessene Hoffnung in der Gefangenen aufkeimen ließ. Sie hatte nie an Rettung geglaubt, hatte ihr scheinbar unvermeidliches Schicksal – jung zu sterben – akzeptiert.

»Ich werde dich befreien«, wiederholte die Eisprinzessin flüchtig lächelnd, um sicherzustellen, dass sie ihre Worte vernommen hatte. Doch Kiana antwortete noch immer nicht, starrte Skadi mit aufgerissenen Augen an. Tränen liefen über ihre geröteten Wangen, ein Schluchzen entwich den spröden Lippen der Königin. Obwohl Kiana bereits ihr ganzes Leben an diesem Ort fristete, kannte sie das Reich, dessen Herrschaft ihr Geburtsrecht war, nicht. Sie war nie durch die geschichtsträchtigen Gärten geschlendert, hatte nie die Architektur bewundern dürfen, die zu Lebzeiten ihrer Mutter als gewaltig galt.

»Warum?«, brachte Kiana schließlich bebend hervor, als Skadi keine Forderungen an sie stellte. »Was verlangst du?«

Die Eisprinzessin umfasste ihre kalten Hände, die erregt zitterten. »Ich verlange …« Ihr sanftmütiges Gesicht wandelte sich in pure Enttäuschung, als ihre Gedanken Caja streiften, die bereit war sie zu opfern, um mehr an Macht und Einfluss zu gewinnen. »Ich verlange, dass du die Krone niemals ablegst, dass sie dein Haupt bis zu deinem Tode zieren wird.«

Geistesabwesend strich Kiana erneut über das schwarze Erz, dessen Last seit frühester Kindheit auf ihren Schultern lag.

»Unterwerfe dich nicht. Schwöre, dass du dich niemals unterwerfen wirst«, fuhr Skadi mit erhobener Stimme fort.

Kiana wandte den Blick dem frostigen Steinboden zu, ehe sie erneut in die mitternachtsblauen Augen der Eisprinzessin sah. Sie funkelten stolz, voller Selbstbewusstsein, erinnerten an Schneegestöber in einer kalten Winternacht.

»Ich werde mich niemals unterwerfen. Das schwöre ich bei der Ehre meines Volkes.« Kianas brüchige Stimme hatte sich deutlich verschärft, ihre bernsteinfarbenen Augen waren zu Schlitzen verengt.

Skadi lächelte zufrieden, trat einen Schritt zurück, ohne sich von der Gefangenen abzuwenden, deren Schicksal sie bereit war zu verändern, um der Zwangsheirat mit Leif zu entgehen.

»Öffne es!« Die Eisprinzessin wies auf eine breite Tasche des schneeweißen Mantels, den Kiana hastig zuknöpfte. »Öffne das Tor in deine Freiheit!«

Mit klopfendem Herzen griff die Königin nach einem handflächengroßen Schlüssel, schob das rostige Metall in das alte Schloss, das ohrenbetäubend laut quietschte, als sie ihn drehte, und stieß das Gitter auf, das ihrer Freiheit fast zwei Jahrzehnte im Weg gestanden hatte.

»Wir haben keine Zeit«, flüsterte Skadi nervös, während sie einen kurzen Blick zurückwarf. »Leif, der Kerkermeister, ist bereits auf dem Rückweg, um dich mit Gewalt in die Knie zu zwingen. Meine Mutter wird erst ruhen, wenn du dich ihr beugst, wenn sie deine Krone in den Händen hält.« Ein fürsorgliches Lächeln huschte über Skadis Gesicht, als sie tiefste Furcht in den warmen, dunklen Augen der Gefangenen wahrnahm. Kiana hatte sich nichts sehnlicher als Freiheit gewünscht. Doch nun füllte ihr Inneres eine lähmende Angst, die ihr verbot, die Schwelle zu überschreiten.

»Kiana!« Die Eisprinzessin strich ihr liebevoll eine schwarze Haarsträhne aus dem Gesicht, die der jungen Königin bis zu den Hüften reichte. »Dir und deinem Volk gebührt das Reich. Doch diesen Schritt musst du alleine gehen.«

Skadi warf erneut einen hektischen Blick zurück, als Kiana nicht augenblicklich reagierte, beobachtete angespannt eine tanzende Fackel, die verirrte Schatten an die Wände warf. Sie vernahm das leise Flüstern anderer Gefangener, bebende Schritte, die sich der Zelle rasch näherten.

»Er kehrt zurück.« Im nächsten Moment griff die Eisprinzessin blind nach ihrer rechten Hand und zog die geschwächte Königin mit sich, die nach wenigen Schritten taumelnd innehielt.

»Ich schaffe es nicht«, röchelte Kiana mit gebrechlicher Stimme, ehe sie schwer keuchend auf die Knie sank. »Ich bin bereit, zu sterben.«

Skadi schüttelte den Kopf, zog sie grob auf die Beine und blickte starr in ihre aufgerissenen, geröteten Augen. »Leif wird dich nicht töten. Kiana, wenn dein Herz versagt, wird die Krone zu Staub zerfallen und die Eiszeit einleiten. Glaubst du, meine Mutter würde riskieren, die Herrschaft des Reiches zu verlieren? Glaubst du, sie würde dich als Märtyrerin sterben lassen?« Die Eisprinzessin schüttelte erneut den Kopf, um die Dringlichkeit ihrer Worte zu unterstreichen. »Du wirst keine Gnade im Tod finden, Kiana. Sie wird dich leiden lassen, wird dich quälen, bis du bereit bist, alles zu tun, um sterben zu dürfen. Bitte lass nicht zu, dass die Aufstände deines Volkes vergeblich sind.«

Die Königin schaute auf, sah überrascht in ihre besorgten Augen. »Aufstände?«, brachte sie unter größter Anstrengung hervor.

Skadi nickte. »Dein Volk kämpft für dich, für die wahre Königin.« Die Eisprinzessin näherte sich ihr einen winzigen Schritt, sah streng auf die Kniende hinab. »Doch ich frage mich, ob auch du bereit bist, für sie zu kämpfen?«

Kiana antwortete nicht, schaute mit zu Schlitzen verengten Augen zu ihr auf. Sie verachtete Caja, die glaubte, den Thron rechtmäßig zu beanspruchen. Sie verachtete Leif, der als Kerkermeister beauftragt war, sie zu foltern. Bis zum heutigen Tag hatte sie auch Skadi verachtet, die nun als Verbündete an ihrer Seite stand.

»Das bin ich!«, antwortete Kiana schließlich mit selbstbewusster Stimme, ehe sie sich hastig aufrappelte und den Weg durch die unterirdischen Gewölbe fortsetzte.

»Ich glaube an dich«, entgegnete die Eisprinzessin überzeugt, während sie einen Arm um ihre Taille legte, um der geschwächten Königin Halt zu schenken.

Doch plötzlich hielt Kiana abrupt inne. »Wohin führst du mich?« Ihre Worte klangen misstrauisch, Verwunderung lag in ihrer hellen Stimme.

Skadi lächelte. Es war eine ehrliche Geste, die sich deutlich von Leifs bösartigen Grimassen unterschied. »Wir werden den abtrünnigen Teil meiner Familie aufsuchen. Doch sorge dich nicht. Mein Bruder hasst die Eiskönigin mehr, als du sie je hassen könntest.«

»Sie ist verschwunden!« Leif, der seinem Ziel, die Eisprinzessin zu besitzen, so nahe gewesen war, starrte in die leere Zelle, die sich wie ein lüsternes Maul vor ihm auftat. Sein versteinerter Blick schweifte über die gelösten Ketten, abgelegte Kleidung, Schüsseln und Decken, welche die Flüchtige arglos zurückgelassen hatte.

»Wo ist sie hin?« Unbändiger Hass lag in seiner Stimme, als er an eine schmale Zelle herantrat. Angewidert betrachtete der Kerkermeister die klägliche Gestalt eines dürren Mannes, der wimmernd am Boden kauerte. »Wo ist sie hin?«

Der Gefangene schaute auf, Groll funkelte in seinen schwarzen Augen. Er war von Leif gefoltert worden, hatte unmenschliche Schmerzen erdulden müssen, weil er als Aufständischer ein Feind der Krone war.

»Antworte!«, brüllte der Kerkermeister hasserfüllt, während seine kräftigen Hände die eisernen Stäbe umfassten.

Er beobachtete bebend, wie sich der Gefangene aufrappelte. Sein geschundener Körper, dessen Knochen von Leif schon mehrfach gebrochen worden waren, bewegte sich kaum merklich auf ihn zu.

»Sie ist fort!«, raunte der Mann, der vor seiner Gefangenschaft ein kräftiger Sklave gewesen war. »Eure kostbare Eisprinzessin, ein liebliches, wunderschönes Geschöpf, das zu gut für Euch wäre, hat sie befreit.« Ein grimmiges Lachen unterbrach sein Geständnis, ehe er seine Worte vollendete, die einen dunklen Schatten auf Leifs erzürntes Gesicht warfen. »Die wahre Königin kehrt zurück.«

»Hilf uns!« Raik horchte auf, als er Schritte vernahm, eine helle Stimme, deren Ruf so leise war, dass er kaum an seine Ohren drang. Angespannt griff er den hölzernen Stiel einer Axt, die neben dem Kamin in einem gespaltenen Holzscheit steckte. Er erwartete keinen Besuch, lebte außerhalb der Stadt in völliger Einsamkeit, was die blutige Vergangenheit des Krieges in Vergessenheit geraten ließ. Raik hatte an der Seite seiner Mutter gekämpft, der Frau, deren Betrug er aufgesessen war. Seither hatten sich ihre Wege unwiderruflich getrennt.

»Hilf uns!«, wiederholte die Stimme verzweifelt. Ihr folgten kräftige Faustschläge, die unerbittlich gegen das längst ergraute Holz der Tür schlugen.

»Verschwinde!«, brüllte Raik abweisend, während er die Axt sinken ließ.

»Bitte!« Ein Husten entwich der unbekannten Kehle. »Bruder, bitte hilf uns.«

Raik erinnerte sich kaum an seine Schwestern, weil diese arroganten Gören seit Jahren nicht gewillt waren, ihn aufzusuchen. Nur Skadi, die jüngste Tochter der Eiskönigin, war unschuldig, war zu Zeiten des Krieges ein winziges Geschöpf gewesen, dessen mitternachtsblaue Augen noch heute Bestandteil seiner Erinnerungen waren.

»Ich erinnere mich nicht an dich«, fuhr die Stimme schluchzend fort. »Du hast keinen Grund, mir zu vertrauen. Doch bitte höre dir den Anlass meines Besuches an.«

Raik seufzte, während seine kräftigen Hände erneut nach der Axt griffen. Beunruhigt näherte er sich der Tür, umfasste den rostigen Knauf und zog sie auf. Sein erster Blick fiel auf Skadi, deren blaue Augen er sofort erkannte, als wäre seit ihrer Trennung nur ein Wimpernschlag vergangen.

»Weise uns nicht ab, bitte.« Ihr Körper steckte in einem schneeweißen Kleid, das sich kaum von ihrer Haarpracht abhob, die bis zu ihrer schmalen Taille reichte. In den Armen der Eisprinzessin lag Kiana, eine Fremde, die er erst erkannte, als Skadi die Kapuze zurückschlug und auf das schwarze Diadem wies. »Du bist es ihr schuldig!«

Kapitel 2

»Was ist passiert?« Raiks strenger Blick schweifte von Skadi zu Kiana, die zitternd eine warme Tasse Tee umklammerte und in den Kamin starrte, in dem eine winzige Flamme aufkeimte, die sich lüstern durch das trockene Holz fraß. Die Königin war erschöpft, ihr Körper, der in dicke Decken eingewickelt war, völlig ausgekühlt. Lange hätte sie nicht mehr durch die Wildnis irren können, dessen war er sich bewusst.

»Was ist passiert?«, wiederholte Raik mit betont ruhiger Stimme, während er den Blick seiner jüngsten Schwester auffing, der voller Neugier durch den Raum schweifte. Die Wände zierten Köpfe von erlegten Tieren und Waffen, die er im Laufe seines Lebens gesammelt hatte.

»Ich musste sie befreien«, antwortete Skadi mit brüchiger Stimme, ehe sie sich den Tee, bestehend aus Früchten und frischen Kräutern, an die Lippen führte. »Meine …«, sie brach abrupt ab, »… unsere Mutter ist eine Bestie. Sie beauftragte den Kerkermeister, Kiana zu foltern, sollte sie die Krone nicht freiwillig aufgeben. Ich, ich konnte dieses Wissen nicht ignorieren.« Ihre

Worte wandelten sich in ein nervöses Stottern, ehe ihre Stimme vollständig abbrach.

Raik antwortete zunächst nicht, lehnte sich zurück, betrachtete die zitternde Gestalt der Eisprinzessin skeptisch von Kopf bis Fuß. Er hatte früh lernen müssen, Menschen zu lesen, in Erfahrung zu bringen, wer die Unwahrheit sprach. »Nenne mir den wahren Grund«, sagte er schließlich mit rauer Stimme. »Heuchlern gewähre ich keinen Unterschlupf.«

Skadi schüttelte panisch vor Angst den Kopf, warf Kiana einen flüchtigen Blick zu, deren Augen halb geschlossen waren. Sie konnte die Wahrheit nicht gestehen, die Tatsache, dass ihr Handeln nicht auf Mitleid und Gnade beruhte. Die Eisprinzessin war lediglich vor ihrer eigenen Mutter geflohen, die geschworen hatte, sie einem sadistischen Mann zu überlassen.

»Ich, ich lüge nicht«, stotterte Skadi verzweifelt, obwohl ihr bewusst war, dass die brüchigen Worte ihn unmöglich von ihrer Geschichte überzeugen konnten. »Bitte, glaube mir.«

Sie wandte sich Kiana zu, die längst zwischen Traum und Realität schwankte, als Raik verächtlich den Kopf schüttelte. Doch die Königin konnte ihre Worte kaum noch verstehen, ihre Gesten nicht wahrnehmen, die völlig zu einer bizarren Masse verschwammen.

»Kiana, ich musste dir helfen«, fuhr die Eisprinzessin zaghaft fort, während sie die Augen der winzigen Flamme zuwandte, welche die eisige Kälte nach und nach aus ihren Gliedern vertrieb. Skadi konnte Kiana nicht ansehen, während sie ihre Lüge verteidigte, deren grausames Schicksal, im Kerker zu verrotten, von der Eiskönigin beschlossen worden war.

»Du lügst!« Ihr Blick fiel erneut auf Raik, der sich im nächsten Augenblick aus einem alten, ledernen Sessel erhob und gnadenlos auf die Tür wies, die sich eben erst hinter den ungebetenen Gästen geschlossen hatte.

»Ich mag dich nicht kennen, Prinzessin«, fuhr er abfällig fort. »Doch du enttäuschst mich, weil ich stets geglaubt habe, dass du dich vom Rest unserer Sippe unterscheidest. Ich habe es in deinen Augen gesehen, Skadi.« Er umfasste grob ihre dünnen Handgelenke und zog die Eisprinzessin auf die Beine, die panisch versuchte, sich aus seinem eisernen Griff zu winden.

»Ich lüge nicht!« Ihr flehender Schrei hallte durch den Raum, schreckte eine kleine, schwarze Katze auf, die sich fluchtartig in das obere Stockwerk der Hütte verzog.

»Du bist wie sie!«, entgegnete Raik entschlossen. Seine dunkle Stimme füllte eine bittere Enttäuschung. »Ein Biest, aufgewachsen in einem trügerischen Märchen, dessen Fundament aus Blut und Leichen besteht. Auch ich wurde geblendet, betrogen, wie ein Hund auf die Straße getrieben.« Er drückte den bebenden Körper seiner Schwester gegen die Wand, sah wütend in ihre dunklen Augen, ignorierte die Tränen, die sich unaufhaltsam durch dichte, schwarze Wimpern bahnten. »Doch ich büße täglich für meine Tat, die unverzeihlich ist.«

Als er die letzten Worte aussprach, sah er in Kianas dunkle Augen, die seinen Blick angstvoll erwiderten. Die Königin schwieg, war wie gelähmt, unfähig Skadi zu helfen, die verzweifelt versuchte, seine Hände von sich zu streifen. Doch Raik war ihr körperlich weit überlegen, schleifte die Eisprinzessin mit sich und riss die Tür auf, was einen eisigen Windhauch in den Raum entließ, der Kiana aus ihrer tiefen Trance riss, in der sie nicht in das Geschehen eingreifen, nur beobachten konnte.

»Hör auf! Bitte, lass sie gehen.« Raik hielt in seiner Bewegung inne, als die krächzende Stimme der Königin erklang. »Er hat mir von dir erzählt«, fuhr sie zwischen zwei hektischen Atemzügen fort.

Tränen standen in Skadis Augen, sie schluchzte, fiel auf die Knie, als ihr Körper jeden Widerstand aufgab, und starrte in die Wildnis, durch die sie bis zum Einbruch der Nacht gewatet war, um sich der Zukunft als Ehefrau einer Bestie zu entziehen. Ihr trauriger Blick haftete auf der eisigen Oberfläche eines Sees, in der sie die schemenhaften Konturen des Mondes erkannte, dessen silbriger Schein den Wäldern ein märchenhaftes Aussehen verlieh. Ihr Volk hatte den Ignem die Jahreszeiten geraubt, hatte ihr Königreich in klirrende Kälte gehüllt, deren Schleier bis zum heutigen Tag nicht gefallen war.

»Er ist ein Monster«, fuhr Kiana fort, als die Eisprinzessin auf ihre Worte nicht reagierte. »Ich verstehe dich.«

Tränen kullerten über Skadis Wangen, ein leises Schluchzen entwich ihren bebenden Lippen, als sie die mitfühlenden Worte der Königin vernahm, deren Leben ihr bis zum jetzigen Zeitpunkt völlig gleichgültig gewesen war. Die Eisprinzessin hatte in Kiana stets eine Verrückte gesehen, die ihr vermeintliches Erbrecht über das Leben stellte, welches bereits seit ihrer Geburt in Scherben lag.

»Erzähl es mir!«, befahl Raik mit strenger Stimme, während er die hölzerne Tür zustieß, die Skadis Blick in die Freiheit im nächsten Moment versperrte. »Erzähl es mir und bleibe, oder schweige und verschwinde.«

Die Eisprinzessin nickte unterwürfig, rappelte sich mühselig auf. Zitternd beobachtete sie ihren Bruder, der sich hastig entfernte, ehe ihr Blick in die knisternden Flammen des kleinen Kamins fiel, die hoch aufloderten, als er Holz nachlegte.

»Ich, ich habe unsere Mutter beobachtet«, gestand Skadi, als sich Raik erneut zu ihr umwandte. Ein Schaudern überkam ihren Körper, weinend schaute sie zu ihm auf. Doch er sagte nichts, ließ sich in den ledernen Sessel sinken und fixierte das Feuer, die Flammen, die gierig das morsche Holz zerfraßen.

»Sie versprach mich dem Kerkermeister, sollte er Kiana zwingen können, die Krone abzulegen. Daher befreite ich sie …« Die Eisprinzessin fiel auf die Knie, schaute niedergeschlagen in die geröteten Augen ihrer Begleiterin. »… daher befreite ich dich.«

Skadi schluchzte verzweifelt, wandte das Gesicht beschämt einem schmalen roten Teppich zu, auf dem sie beide saßen, und strich gedankenverloren über den rauen Stoff. »Ich unterscheide mich nicht von meinen Schwestern, ich unterscheide mich nicht von Isa und Esther.« Die Eisprinzessin seufzte, griff nach der herrenlosen Teetasse, die neben ihr auf dem Boden stand, und nahm einen tiefen Schluck.

»Ich habe nie geglaubt, dass du mich aus Gutherzigkeit aufsuchst.« Kianas Worte waren ohne Hohn, ohne Spott, ganz und gar ohne Gefühl. Sie waren lediglich eine Feststellung, die Skadis Schuldgefühle ins Unermessliche steigen ließ.

»Es tut mir leid«, schluchzte die Eisprinzessin verzweifelt. »Ich habe stets geglaubt, dass mein Dasein schwierig ist, dass nur ich unter dem Wahn einer machtbesessenen Familie leide. Doch ich habe dich nicht gesehen, dein Leben, dein Leid, das seit frühester Kindheit auf deinen Schultern lastet.« Sie wischte sich hastig aufkommende Tränen aus dem Gesicht. »Wenn du mir trotz meiner Lügen vertrauen kannst, werde ich dir helfen. Lass mich deinen Weg begleiten, wohin auch immer er dich führen mag.«

Als Skadi die letzten Worte aussprach, sah sie direkt in Kianas bernsteinfarbene Augen, die ihren Blick schweigend erwiderten. Schließlich setzte die Königin den Tee an die Lippen und trank, ohne sich von dem Gesicht der Eisprinzessin zu lösen, in dem sie Schuld, gepaart mit Hoffnung und Trauer, wahrnahm.

»Ich habe das wahre Gesicht meiner Mutter gesehen«, fuhr Skadi fort, als sich eine unangenehme Stille zwischen ihnen ausbreitete. »Ich kann nicht zurück, du kannst nicht zurück.« Sie seufzte. »Mich plagt eine fürchterliche Angst«, gab sie kleinlaut zu.

Kiana räusperte sich, hustete kränklich. »Mir ist bewusst, dass ich Glacies nicht zurückgewinnen werde, dass mich ein Leben auf der Flucht erwartet.« Sie pausierte einen Moment lang, ehe sie mit groben Worten fortfuhr: »Prinzessin, sag mir, wie du helfen möchtest.«

Skadi sah hilfesuchend zu Raik auf, der die Sprechenden mit Argusaugen beobachtete, ehe sie sich erneut Kiana zuwandte. Schließlich zuckte sie hilflos mit den Schultern. »Ich weiß es nicht. Ich bin nur ein dummes Mädchen, dem weder Heimat noch Familie geblieben ist. Doch ich kann ihn sehen.« Die Eisprinzessin wies aus dem Fenster, auf die Landschaft aus Eis und Schnee. »Der Winter wird uns vernichten, wird das Königreich in die Knie zwingen. Vermutlich dient er der Bestrafung, weil die Glacien den Thron raubten, der rechtmäßig dein eigen ist.«

»Es ist nicht zu spät«, warf Raik ein, was ihm die volle Aufmerksamkeit beider garantierte. »Noch nicht.« Seine Stimme hatte einen rätselhaften Klang angenommen, während er Kiana ansah, die seinen Blick ernst erwiderte.

Die Königin kannte dieses Gesicht, die strahlend blauen Augen, die an das ewige Eis erinnerten, während Skadis den Tiefen der Meere entsprungen zu sein schienen. Schließlich fixierte sie eine breite Nase, die aus seinem strengen Gesicht hervorragte, goldblondes Haar, das sich deutlich von dem der Eisprinzessin unterschied. Fremde, die nur flüchtig hinsahen, konnten unmöglich erkennen, dass es sich um Geschwister handelte. Doch Kiana erfasste ähnliche Gesichtszüge, identische Lippen, die ihr verrieten, dass sie durch ein Blutsband miteinander verbunden sein mussten.

»Ich kann euch helfen.« Während Skadis Körper dem einer zerbrechlichen Elfe glich, war ihr älterer Bruder ein starker, muskulöser Mann, der harte Arbeit nicht scheute, obwohl blaues Blut durch seine Adern floss.

»Ich weiß, wer du bist.« Kiana sprang hastig auf, als ihr bewusst wurde, was sie an ihm störte, seit sie sich vor wenigen Stunden scheinbar erstmals begegnet waren. Zitternd entfernte sie sich von Raik, der aufstand, um sich der erschütterten Königin zu nähern. »Die Männer im Kerker erzählten mir vom ältesten Sohn der Eiskönigin, dessen Augen an Eis, dessen Haar an Gold erinnert, den ich schwor zu töten, sollte er mir jemals gegenüberstehen.« Sie keuchte schwer, Tränen kullerten über ihre geröteten Wangen. »Sie erzählten mir von einem dreizehnjährigen Jungen, der meiner Mutter die Kehle aufgeschlitzt hat.« Kiana griff mit einer schnellen Handbewegung nach einem Jagdmesser, das im Schädel eines Elches steckte. »Weißt du, was mich am Leben gehalten hat?« In diesem Augenblick hasste sie sich selbst, ihre Schwäche, die sich in tränenreichen Worten niederschlug. »Weißt du, was mich am Leben gehalten hat?«, wiederholte die Königin hasserfüllt. Ihre Hände zitterten, ihr ganzer Körper bebte vor Abscheu und Furcht.

Raik nickte, näherte sich der angsterfüllten Gestalt mit langsamen, bedachten Schritten. Er konnte in Kianas verzweifelten Augen erkennen, dass sie ihrer Drohung keine Taten folgen lassen würde, dass sie nicht fähig war, einen Menschen ernsthaft zu verletzen oder gar zu töten.

»Rache?!«, entgegnete Raik, während er ihr furchtlos die Waffe aus den Händen nahm. »Wie oft, glaubst du, habe ich schon an Vergeltung gedacht?«

Kiana antwortete nicht, schob sich an seiner hochgewachsenen Gestalt vorbei, ohne ihn gänzlich aus den Augen zu verlieren.

»Es stimmt«, gestand er, ohne seine Tat hinter listigen Lügen zu verstecken, was sie zutiefst überraschte. »Ich werde mich nicht rechtfertigen, Kiana. Mir ist bewusst, dass es falsch war, dass ich den ewigen Winter nach Glacies gebracht habe. Meine Mutter versprach mir den Thron, die Herrschaft über das Königreich. Ich war blind, machtbesessen, habe jeden Auftrag ausgeführt, habe deiner Mutter vor deinen weinenden Kinderaugen die Kehle aufgeschlitzt.« Er brach ab, fasste die Klinge des Jagdmessers und reichte ihr die Waffe, die Kiana nach kurzem Zögern ergriff.

»Warum bist du hier?«, röchelte sie, ehe ein hektischer Atemzug ihre Worte zerschlug.

Er schwieg zunächst, warf seiner jüngsten Schwester einen flüchtigen Blick zu, deren aufgerissene Augen zwischen ihnen rotierten.

»Sie hat ihren Schwur gebrochen«, entgegnete Raik schließlich. »Als deine Mutter fiel, riss sie die Herrschaft an sich und ließ dich, ein junges, unschuldiges Mädchen, in Ketten legen, obwohl sie mir schwor, dein Leben von Leid zu verschonen. Damals habe ich ihr wahres Gesicht gesehen, das sie stets zu verbergen versucht. Diese Frau ist eine bestialische Kreatur, die fortwährend nach Macht strebt, ohne auf die Leichen zurückzublicken, die sie hinterlässt.« Er warf Skadi einen kurzen Blick zu, die geknickt das Gesicht dem Boden zuwandte, als sie seine wahren Worte vernahm. »Ihr Haupt mag die Eiskrone zieren, die ihre Untertanen erzittern lässt.« Er brach ab, ließ das Gesprochene auf Kiana wirken, die nervös an seinen Lippen hing. »Doch das wahre Zeichen der Macht trägst du.« Er wies auf das schwarze Diadem, das sich für Unwissende unmerklich von ihrem dunklen Haar abhob. »Mutter bot mir den Posten ihres Beraters an, weil ich schon als Kind meine Nase oft in alten Büchern vergrub. Keiner kannte das Königreich besser als ich. Doch es schien mir unmöglich, ihr Angebot anzunehmen, weil mir damals bereits bewusst war, dass sie unsere neue Heimat in ein herzloses Königreich der Kälte verwandeln würde.«

Raik wandte sich erneut seiner jüngsten Schwester zu, deren Augen das Jagdmesser fixierten, als würde sie im nächsten Augenblick einen tödlichen Angriff befürchten. »Mutter liebte nur ihre Töchter. Doch nun scheint sie auch ihnen den Rücken zuzukehren.« Seine Stimme klang seltsam verzerrt, Sorge lag in den dunklen Worten, die er nachdenklich an Skadi richtete.

»Nenne mir einen Grund!«, entgegnete Kiana vor Wut erzitternd, was Raik aus seinen Gedanken riss, welche ihn die Waffe in den Händen der Königin völlig vergessen ließen. »Nenne mir einen Grund, warum ich dich nicht töten sollte.«

Sie erschauderte, als er sich ihr erneut näherte, erst innehielt, als die Klinge des Jagdmessers seine breite Brust berührte. Kiana umfasste die Waffe fester, tiefste Entschlossenheit ihn zu töten, blitzte in ihren Augen auf.

»Töte mich, befriedige deinen Wunsch nach Rache.« Raik ergriff ihr Handgelenk und führte die Waffe an seine Halsschlagader, die das Messer zu durchdringen vermag, als wäre sie ein dünnes Stück Papier. »Oder handle besonnen und lass mich dir helfen, den Thron zurückzuerobern.«

Kapitel 3

»Sie ist fort!« Ein schallendes Lachen entfuhr Esthers Lippen, während sie mit einer hölzernen Bürste durch ihr aschgraues Haar fuhr, das in seidigen Wellen auf die Schultern der Prinzessin fiel. Sanft tupfte sie eine zähe Mischung aus Honig und rötlichem Wachs auf ihre dünnen Lippen und betrachtete ihr schmales Gesicht in einem runden Spiegel, den sie nach der Eroberung des Königreichs als Geschenk von ihrer Mutter erhalten hatte. Er war von Sklaven geschaffen worden, hühnereigroße Diamanten zierten den kostbaren Rahmen aus purem Gold.

»Unsere hinreißende Schwester wird in der Wildnis sterben«, entgegnete Isa amüsiert, während sie mit einem buschigen Pinsel ein helles Puder auf ihre schneeweiße Haut auftrug.

»Ich bin sie so unendlich leid.« Esthers Lippen entwich ein abfälliges Raunen, ehe sie die smaragdgrüne Seide ihres bodenlangen Kleides glattstrich. »Sie stellt sich über uns, wagt es, mich – die Thronerbin – infrage zu stellen, weil sie meine Art, mit dem Volk umzugehen, nicht akzeptiert.« Sie schüttelte fassungslos den Kopf.

Isas mädchenhafte Gesichtszüge verhärteten sich, Eifersucht blitzte in ihren olivgrünen Augen auf. Skadis außergewöhnliche Schönheit, ihre Beliebtheit in den unteren Schichten des Volkes missfielen Isa und Esther bereits seit ihrer Geburt. Die Schwestern verachteten die Eisprinzessin, die – ohne es zu bezwecken – jede Aufmerksamkeit auf sich zog. Auch Caja, ihre Mutter, war stolz auf das anmutige Wesen ihrer jüngsten Tochter, das selbst gestandene Männer sprachlos zurückließ.

»Wenn sie uns fernbleibt, werden wir endlich von ihren öden Ansprachen über Gleichheit und Natürlichkeit verschont.« Die Thronerbin stöhnte entnervt auf, während sie Isa den Pinsel aus der Hand nahm, die bereits seit frühester Kindheit an den Lippen ihrer älteren Schwester hing. Sie vertraute Esthers Worten, glaubte ihren Einschätzungen – mochten sie noch so ungerecht sein – ohne sie zu hinterfragen.

»Prinzessinnen sind verpflichtet, sich ihres Standes entsprechend zu kleiden und aufzuhübschen. Sie ist unser nicht würdig«, fuhr die Thronerbin spitzzüngig fort, während sie sich eine lange aschgraue Strähne aus dem Gesicht strich, die ihren grünen Katzenaugen einen dämonischen Glanz verlieh. Für Fremde waren sie wie Zwillinge, die sich kaum voneinander unterschieden. Esther war einen Hauch größer als ihre Schwester, während sich Isas Haar kräuselte wie die Locken eines Engels. Skadi hatte mit ihren eifersüchtigen Geschwistern nur wenig gemeinsam. Ihre makellose Haut war nie mit Puder in Berührung gekommen, ihre zartrosafarbenen, vollen Lippen waren so ursprünglich wie ihr schneeweißes Haar, das ihr den Status der Eisprinzessin verliehen hatte. Das Volk liebte sie, ihre Natürlichkeit, ihr freundliches und sensibles Wesen. Selbst die

Sklaven, die der Krone bis zum heutigen Tag feindlich gegenüberstanden, machten ihr Perlen und einfachen Schmuck zum Geschenk.

»Mutter muss von ihrer Flucht erfahren!« Isa, deren Körper in einem üppigen, roten Kleid steckte, legte sich eine prächtige Kette um den Hals, die den Lebensunterhalt eines einfachen Bürgers bei Weitem überstieg. »Ich glaube nicht, dass sich der Kerkerknecht in Mutters Nähe wagt. Sie wird ihn hängen lassen, wenn sie erfährt, dass Kiana, diese verachtenswerte Göre, mit der kostbaren Eisprinzessin geflohen ist!« Sie lachte laut schallend auf, tiefste Eifersucht lag in ihren respektlosen Worten. »Wir sind ihre treuen Töchter. Dank Skadis Verbrechen können wir Mutter dies endlich beweisen.«

Zufrieden fuhr Isa über das zarte Gold und winzige Rubine, die den faustgroßen herzförmigen Anhänger der Kette zierten. Er war vom königlichen Goldschmied – einem Sklaven – geschaffen worden, der sein Handwerk verstand.

»Wir hätten sie in der Wiege erdrosseln sollen. Dieses törichte Mädchen glaubt, uns wahrlich überlegen zu sein«, spottete Esther, während sie den Reifrock ihres smaragdgrünen Kleides fasste und in Richtung Tür schritt. »Sieh dir nur ihre Garderobe an. Als wäre sie ein gewöhnliches Bauernmädchen.« Die Thronerbin kicherte. »Skadi ist ihrer Stellung nicht würdig, umgibt sich mit dem niederen Volk.« Esther rümpfte angewidert ihre kleine, breite Nase und schüttelte sich. »Ein schrecklicher Gedanke.«

Isa lachte erheitert, während sie das Gesicht erneut prüfend dem Spiegel zuwandte. Grummelnd fuhr sie über eine dünne Narbe, die ihre rechte Wange seit vielen Jahren zierte. Skadi hatte ihr diese Wunde zugefügt, als sie ein junges Mädchen, ein wahrer

Wildfang, gewesen war, die ihren Hass auf die Eisprinzessin täglich ins Unermessliche steigen ließ.

»Sie ist nur eine armselige Bäuerin.« Esther hakte sich bei ihrer Schwester unter und öffnete schwungvoll die Tür. »Skadi ist seit ihrer Geburt Mutters Liebling.« Sie warf Isa ein hochmütiges Lächeln zu. »Ab dem heutigen Tag werden wir es sein.«

Skadi sah nervös durch das vereiste Fenster, beobachtete federleichte Schneeflocken, die in den letzten Stunden nicht aufhören wollten zu fallen. Der Himmel hatte seine Schleusen geöffnet, drohte das kleine Landhaus, das seit Kindheit der Sitz ihres Bruders war, einzuschneien.

Doch obwohl der Schnee ihre Spuren schon vor vielen Stunden verwischt hatte, spürte die Eisprinzessin, dass die Schergen der Eiskönigin ihnen bereits dicht auf den Fersen waren.

»Schwester, sie ist wach.« Zitternd umklammerte Skadi eine dünne Silberkette, die auf ihrer Brust lag. An ihr baumelte ein kleiner Anhänger in Form einer winzigen Schneeflocke, die sie als Geschenk von einem jungen Sklavenmädchen erhalten hatte. Die Eisprinzessin erinnerte sich an ihre hellen, braunen Augen, an das Lächeln im Gesicht des Kindes, als sie das filigrane, handgefertigte Schmuckstück angenommen hatte, das seit vielen Jahren ihre ständige Erinnerung an die Falschheit der Hierarchie des Königreiches war. Doch während Skadi den Kontakt zu allen Bevölkerungsschichten suchte, mieden ihre Schwestern das ärmliche Volk wie der Teufel das Weihwasser, weil sie glaubten, dass Adlige bessere Menschen seien.

»Schwester, sie ist wach.« Die Eisprinzessin spürte Raiks kräftige Hände auf den Schultern, seinen warmen Atem im

Nacken. Doch sie wandte sich nicht um, empfand keine Angst, obwohl sie den Prinzen nur aus Cajas gelegentlichen Geschichten kannte, die ihren Bruder als Verräter und Feind der Krone verunglimpften.

»Sie werden dich nicht finden«, fuhr Raik mit sanfter Stimme fort, während er sich von Skadi löste und ihrem Blick in die schneebedeckte Wildnis folgte.

Die Eisprinzessin sagte nichts, sah nicht zu ihm auf. Ihre Augen waren starr auf das dichte Schneegestöber gerichtet, das einem weißen Schleier gleichend vom Himmel fiel.

»Skadi?« Die Eisprinzessin erschauderte, als sie Kianas leise Stimme hinter sich vernahm, die sie in der letzten Nacht nicht hatte schlafen lassen, weil das bedrückende Gewissen in unbehaglicher Stille lauter geworden war.

Die Königin hatte gebadet, stundenlang geschlafen, trug ein einfaches, braunes Kleid, das Skadi während ihrer Flucht von einer alten Bäuerin, die außerhalb der Mauern lebte, als Geschenk erhalten hatte.

»Mutter wird mich suchen«, entgegnete die Eisprinzessin schaudernd, ehe sie sich Kiana zuwandte, die ihr ein sanftes Lächeln schenkte. Sie war ausgeschlafen, eine wohlige Röte lag auf ihren einst leichenblassen Wangen.

»Sie ist eine arrogante Hexe«, entgegnete Raik erbarmungslos. Er ignorierte den bestürzten Gesichtsausdruck seiner Schwester, sprach unbeirrt weiter. »Früher oder später werden sie mich aufsuchen.« Er fasste sie am Kinn, was die Eisprinzessin zwang, ihm ins Gesicht zu blicken. Ihre Augen weiteten sich, Aufregung lag im tiefen Mitternachtsblau, das sich deutlich von seinen unterschied. »Skadi, ich werde unsere Mutter zerstören. Wenn sich

Esther und Isa mir in den Weg stellen, werde ich auch unsere Schwestern vernichten. Bist du dazu bereit?«

Die Eisprinzessin schaute mit klopfendem Herzen zu ihm auf, sah in seine hasserfüllten Augen, die leuchteten, als würde ein Eissturm in ihnen toben. »Bist du dazu bereit?«, wiederholte Raik mit strenger Stimme, als sie seinen Blick nur sprachlos erwiderte.

Skadis rasende Gedanken schweiften zu Caja, ihrer Mutter, die bereit war, eine junge, unschuldige Frau zu quälen, um mehr an Macht und Einfluss zu gewinnen.

»Das bin ich!« Die Eisprinzessin betonte jedes einzelne Wort, Selbstbewusstsein lag in ihrer eisigen Stimme. Sie wich einen Schritt zurück, was seinen Griff löste, ein spöttisches Lächeln huschte über ihre vollen Lippen. »Sagt mir, was ich tun soll.«

»Mutter, ich freue mich, dich zu sehen.« Isa umfasste Cajas kalte Hände und ließ sich von ihr auf eine Wange küssen. »Hast du es schon erfahren?«

Die Eiskönigin erwiderte grimmig ihren reizenden Blick, während sie sich einen silbernen Kelch an die Lippen setzte und hastig trank. »Was hast du auf dem Herzen, mein Kind?«

Isa und Esther wechselten einen kurzen Blick, ehe sie ihr lieblichstes Lächeln aufsetzten. Ihnen war gleich bewusst gewesen, dass die Eiskönigin ahnungslos war, dass Leif nicht wagte, ihr die Wahrheit über die Geschehnisse des letzten Tages zu offenbaren.

»Skadi ist verschwunden«, antwortete Esther mit scheinbar besorgter Stimme. »Wir haben sie überall gesucht.«

Caja ließ den Kelch auf die steinerne Tafel sinken, an der sie Leif die Ehe mit der Eisprinzessin in Aussicht gestellt hatte, und betrachtete ihre älteren Töchter mit skeptischem Blick. »Skadi ist verschwunden?«, wiederholte sie mit erhobener Stimme.

Ein sorgenvoller Schatten legte sich auf das Gesicht der Eiskönigin, was Cajas strenger Miene einen Hauch Mütterlichkeit verlieh, der in den Jahren ihrer Herrschaft deutlich verblasst war.

»Die Gefangenen haben gesungen wie Vögelchen«, fuhr Isa angespannt fort, was sie tiefste Betroffenheit im Gesicht der Eiskönigin erkennen ließ. Caja sorgte sich sichtlich um Skadi, ihre liebste Tochter. »Sie hat Kiana befreit, ist mit ihr durch die unterirdischen Tunnel in die Wildnis geflohen.«

Die Eiskönigin griff zitternd erneut nach dem Kelch und setzte ihn sich an die Lippen, ehe sie antwortete: »Ihr seid wunderbare Mädchen. Ihr würdet mich niemals enttäuschen.«

Caja erhob sich, trat näher an ihre Töchter heran und küsste sie sanft. »Nun geht, meine Schönheiten. Ich werde mich um die Rückkehr eurer Schwester bemühen.«

Kiana starrte geistesabwesend in die Flammen, lauschte Skadis leisen Schritten, die sie auf und ab führten. Die Eisprinzessin war nicht fähig, stillzusitzen, ihre Gedanken rasten, ihr Kopf pulsierte.

»Sie nähern sich uns«, murmelte Skadi panisch. Ihre Stimme war leise, für Außenstehende kaum zu verstehen. Doch Kiana hatte die angsterfüllten Worte der Eisprinzessin vernommen.

»Beruhige dich«, entgegnete die Königin fröstelnd, während sie mit zitternden Händen über das Diadem strich, dessen Kraft trotz der Besserung ihres körperlichen Zustandes deutlich schwand.

»Kann sie erlöschen?« Kianas strenger Blick wandte sich Raik zu, der im nächsten Augenblick den kleinen Wohnraum betrat, ehe sie die junge, schwarze Katze ansah, die sich schnurrend an seine Beine schmiegte.

»Ich werde euch erzählen, was ich weiß«, entgegnete Raik mit rauer Stimme. »Ich habe nicht gelogen, als ich sagte, dass du das wahre Zeichen der Macht trägst«, fuhr er rätselhaft fort.

Tiefste Nervosität breitete sich in Kiana aus, als er schwieg, ihr flacher Atem wandelte sich zu einem aufgeregten Keuchen. Sie kannte ihre Wurzeln nicht, ihre Vergangenheit, ihre Familie, die viel zu früh gestorben war. Die Glacien, deren Eisprinzessin als Verbündete an ihrer Seite stand, hatten ihr Leben, ihre Zukunft als Königin des Reiches geraubt.

»Ich habe Schriften studiert, Dutzende Bücher gelesen, die vom Königreich deiner Familie erzählten.« Er fuhr erst fort, als sich Kiana ihm völlig zuwandte, als er sich ihrer Aufmerksamkeit sicher war. »Das Reich Glacies trug damals den Namen Ignit. Die Jahreszeiten waren stabil, die Sommer wurden durch laue Winter unterbrochen.« Er trat an ein spärliches Bücherregal heran und zog ein schmales Buch heraus. Es beinhaltete Aufzeichnungen der Ländereien, die seit zwei Jahrzehnten in Schnee und Eis versanken. »Damals war die Macht der Krone stark.«

Kiana fasste geistesabwesend nach dem Diadem, das in den letzten Monaten deutlich erkaltet war. Die Königin spürte, dass die ewige Flamme schwand, deren sengende Hitze sie bis zum heutigen Tag am Leben gehalten hatte.

»Seit sich die Krone in meiner Obhut befindet, verliert sie an Kraft. Ich bin ihrer nicht würdig«, murmelte Kiana mit betrübter Stimme.

Raik schüttelte den Kopf, ließ sich ihr gegenüber auf den Teppich sinken und schlug eine Karte auf. Die Königin betrachtete

Wälder, Gebirge, das Meer, welches weit im Süden lag. Schließlich fixierten ihre Augen Glacies, eine einst gedeihende Stadt, deren Herrschaft ihr angeborenes Recht war.

»Weißt du, woher deine Krone stammt?«, fragte er, als sich ein unangenehmes Schweigen zwischen ihnen ausbreitete.

Kiana antwortete nicht, schüttelte mit angehaltenem Atem den Kopf. In ihrer Vergangenheit lagen Leid, Schreie und Blut, welche sich so tief in ihre Erinnerungen gegraben hatten, dass sie täglich davon träumte.

»Weißt du, warum du noch nicht getötet wurdest?«, hakte Raik mit angespannter Stimme nach, als Kiana drohte in der grausamen Vergangenheit zu versinken.

»Skadi erzählte mir von aufständischen Sklaven, die für meine Freilassung protestieren. Die Eiskönigin versucht, mich zu zwingen die Krone aufzugeben, um mich vor den Ignem als Verräterin zu entlarven. Sie wird nicht ruhen, bis sie die Macht der ewigen Flamme in den Händen hält. Doch die Erzkrone ist an mein Leben gebunden. Sterbe ich, wird sie zu Staub zerfallen und den Untergang des Königreiches einleiten.« Kiana seufzte schwer. »Ich verweigere mich ihr nicht, weil ich machtbesessen oder stur bin. Ich verweigere mich ihr, weil sie meine Untertanen quält.« Ihre Stimme hatte sich deutlich gesenkt. »Dennoch bin ich geflohen, habe mein Volk im Stich gelassen. Das werden mir die Ignem niemals vergeben.«

Ihr trübseliger Blick fiel auf Skadi, die der Königin tröstend eine Hand auf die Schulter legte. »Wenn du zurückkehrst, um sie zu befreien, werden sie dir vergeben.«

Kiana lächelte betrübt. Doch sie konnte aus den tröstenden Worten der Eisprinzessin keine Hoffnung schöpfen, hatte längst akzeptiert, dass sie eine schwere Existenz auf der Flucht erwartete.

»Du kennst nicht die ganze Geschichte«, entgegnete Raik, während er hastig einige Seiten umschlug.

Kianas Blick fiel auf eine Zeichnung, die ihr das Herz bis zum Hals schlagen ließ. Sie hatte nur flüchtig von einer geheimnisvollen Mine erfahren, in der das Erz, das ihre Krone schuf, abgebaut worden war.

»Legenden zufolge wurde der Norden vor fast zwei Jahrhunderten von einer schweren Eiszeit heimgesucht. Tiere starben aus, ganze Völker fielen dem anhaltenden Frost zum Opfer. Nur die Glacien waren fähig, die Kälte zu überstehen.« Er stand auf, griff nach einem bauchigen Glas, goss sich Wein ein und lief ihr gegenüber auf und ab. »Doch das Kältevolk erkrankte, Kinder und Alte starben, weil sie keine Nahrung fanden. Wir drohten auszusterben.« Raik nahm einen tiefen Schluck, ehe er vor den Kamin trat und ihnen den Rücken zuwandte. Sein Blick galt den Flammen, der blutroten Glut, die wie lupenreine Rubine schimmerte. »Die Glacien schlossen mit den südlichen Völkern, die unter anhaltender Trockenheit litten, einen Pakt, um dem sicheren Tod zu entgehen.«

Die Königin lauschte gespannt Raiks Worten, beobachtete mit klopfendem Herzen seine bedächtigen Bewegungen. Schließlich wandte er sich erneut zu ihr um. »Glaubst du an Hexen, Kiana?«

Ihre Augen weiteten sich, sie schüttelte den Kopf.

»Das solltest du«, entgegnete Raik, während er ein zweites und drittes Glas aus einem schmalen Schrank neben dem Kamin nahm und nach der Weinflasche griff. Schließlich reichte er Kiana und

Skadi je ein halbvolles Glas, ehe er seinen Gang fortsetzte, der ihn um den ledernen Sessel führte. »Hexen ließen Erz in einer Mine abbauen, die als magisch galt, formten es zu einer Krone und belegten diese mit einem Fluch. Sie krönten das erste Neugeborene, das aus der Verbindung einer Frau aus dem Süden und eines Mannes aus dem Norden entstand, und schenkten ihm die Herrschaft über beide Reiche. Es war ein Mädchen, ein bildschönes Kind mit schwarzem Haar und tiefblauen Augen. Doch bis es zu einer Frau herangewachsen war, sollten die Eltern über das Schicksal des vereinten Reiches entscheiden.«

»Du sprichst von einem Fluch?«, warf Kiana ungeduldig ein, während sie vorsichtig an der fruchtig-sauren Flüssigkeit nippte.

Raik nickte. »Dazu komme ich noch«, entgegnete er ärgerlich, weil die Königin ihn unterbrochen hatte. »Es dauerte nicht lange, bis die Eheleute in Streit gerieten. Während die Mutter stets versuchte, ihre Tochter zu beschützen, konnte der Vater nicht akzeptieren, dass ein Mädchen die Krone trägt. Sie floh mit der Thronerbin in den Armen und ließ sich mit ihren engsten Vertrauten im Norden nieder, wo sie das Königreich Ignit aufbaute, um ihrer Tochter eine Heimat zu schaffen, die sie einst regieren sollte. Der Vater hingegen verblieb im Süden. Doch die Geflohenen wussten nicht, dass eine abtrünnige Hexe, seine Geliebte, ihm half, ein winziges Fragment der Krone an sich zu reißen. Aus diesem Bruchstück schuf sie die Eiskrone, die heute meine Mutter trägt. Sie selbst enthält keine eigene Macht. Doch sie verhindert den Einsatz der ewigen Flamme durch die Hand der wahren Königin.« Er sah auf Kiana hinab, die ihn anstarrte, als wäre er ein Prophet, der zu seinem Schäfchen sprach. »Die Hexe gebar ihrem Liebhaber ein Kind, ein kleines Mädchen. Er jedoch erwies ihr seine ‚Dankbarkeit' für dieses Geschenk, indem er den winzigen Körper des Säuglings zerdrückte und die Leiche verbrannte. Die Hexe tötete ihn, nahm die Krone an sich und schwor, dass niemals ein Mann die Reiche regieren würde. Als Zeichen ihrer Macht ließ sie die Hälfte ihres männlichen Gefolges auf dem Scheiterhaufen brennen. Ihr barbarischer Befehl zeigte Wirkung. Fortan wurde die Eiskrone nach dem Tod der Königin an das erstgeborene Mädchen weitergereicht. Weiterhin schenkte sie all ihren Nachfahren hohe Fruchtbarkeit.« Raik nahm erneut das Buch in seine Hände, schlug die nächste Seite auf und übergab es Skadi, die glaubte, in einen Spiegel zu blicken. »Die abtrünnige Hexe hinterließ unserer Familie eine Prophezeiung. Wird ein Mädchen geboren, dessen Schönheit ihrer gleichkommt, werden beide Reiche fallen und gemeinsam wiederauferstehen.« Er kniete sich seiner Schwester gegenüber auf den roten Teppich und sah in ihre schreckgeweiteten Augen. »Als ich dich erstmals sah, habe ich die Ähnlichkeit gleich erkannt. Mir war bewusst, dass dein Leben in Gefahr schwebt. Mutter würde alles opfern, auch ihr eigenes Kind, um ihre Stellung zu verteidigen. Glücklicherweise oblag es mir, das Wissen der Reiche zu wahren. Als ich mit ihr brach, nahm ich alle Bücher an mich, die dein Leben gefährdeten, und floh aus der Stadt.«

Raik wandte sich nicht um, als er Schritte vernahm, warf Kiana einen flüchtigen Blick zu, die wie gebannt das Bild der Hexe anstarrte, die den Tod ihres Kindes auf solch grausame Weise gerächt hatte. »Ihr seid eins«, stellte die Königin verblüfft fest.

»Bin ich …?« Skadi erschauderte, als sie ein eiskalter Gedanke überfiel, der ihren Atem beschleunigte. »Bin ich eine Hexe?«

Raik schüttelte den Kopf, ein sanftes Lächeln umspielte seine Lippen, was ihn auf Kiana unheimlich anziehend wirken ließ. Doch dieser Mann hatte ihre Mutter getötet, hatte ihr das Leben genommen, das ihr zustand. Die Königin durfte sich ihm nicht zugeneigt fühlen, einem Glacien, der selbst vor Mord nicht zurückschreckte, um seinen Willen zu erhalten.

»Der Fluch, erzähl mir von ihm«, forderte Kiana mit eiskalter Stimme, während sie den Geschwistern den Rücken zukehrte.

»Die Hexen schlossen die ewige Flamme im magischen Erz der Krone ein, welche die Eiszeit bannte, und banden ihre Macht an die Blutlinie der wahren Königinnen. Stirbt die letzte Nachfahrin, wird die Krone bersten und das Feuer entweichen. Doch das weißt du bereits.« Kiana wandte sich langsam zu ihm um. Anspannung leuchtete in ihren zu Schlitzen verengten Augen auf, ihre zitternden Hände ballten sich zu Fäusten.

»Fahre fort!«, zischte sie mit angehaltenem Atem, als er schwieg. Sein Blick war auf das schneeweiße Gesicht der Königin gerichtet, auf ihre bernsteinfarbenen Augen, die im flackernden Licht der Flammen golden schimmerten.

»Mutter verlangt die Krone, obwohl ihr die Tragweite deines Todes bewusst ist. Sie plant, die Erzkrone mit Hexenmagie an ihre eigene Blutlinie zu binden, was unwiderruflich scheitern muss. Die ewige Flamme kann nicht übertragen werden. Sie gehorcht nur dem Willen der wahren Königin. Doch Cajas einziger Gedanke gilt der Macht, die mit Beherrschung der Ignem einhergehen würde. Beugst du dich ihrer Herrschaft, werden sich die Sklaven von dir abwenden. Mutter ist eine kaltherzige Frau – dich zu stürzen, zu verunglimpfen, ist ihr oberstes Gebot. Das Leben des Volkes und die Existenz des Königreiches spielen eine weitaus geringere

Rolle.« Er ignorierte Skadis traurigen Blick, sprach weiter. »Stirbst du, wird eine Eiszeit über uns hereinbrechen. Zunächst sind die letzten Menschen im Süden dem Tode geweiht, deren Körper nicht fähig sind, der Kälte zu trotzen. Wir, die Glacien, könnten den anhaltenden Frost überstehen, würden nicht erfrieren. Doch sind die Vorräte aufgebraucht, wäre auch unser Leben dem Untergang geweiht.«

Kiana schwieg, sah hektisch atmend in sein strenges Gesicht. Sie wollte, dass er weitersprach, dass er erzählte, wie sie die Kraft der Krone erneut entfachen konnte. Doch die Königin vernahm nur das Knistern des Feuers, das Ticken einer Uhr, die das Voranschreiten der Zeit offenbarte.

»Weißt du, warum die Flamme schwächer wird?«, brachte sie schließlich zwischen zitternden Lippen hervor.

Raik zuckte mit den Schultern. »Ich bin mir sicher, dass du ihrer würdig bist, dass dir die Herrschaft des Reiches obliegt. Doch den Grund für die schwächelnde Flamme kann ich nur vermuten.«

Kiana biss sich nervös auf die Unterlippe, während sie wie hypnotisiert in sein Gesicht starrte. »Sag es!«, befahl die Königin mit rauer Stimme.

Ein leises Räuspern entwich Raiks Kehle, ehe er den Mund öffnete, um seine Vermutung mit ihr zu teilen: »Als dein Volk mächtig war, brannte die Flamme lichterloh. Doch seit es in Ketten liegt, wird das Feuer schwächer. Es muss ein Zusammenhang bestehen.«

Kiana nickte, während ihr nervöser Blick erneut in den Kamin fiel. Das Holz war zu Asche zerfallen, die Glut verströmte eine angenehme Wärme, die auf ihrer Haut kribbelte. Die Königin kannte die Ignem nicht, hatte lediglich mit wenigen Gefangenen gesprochen, die den Glacien ihren Gehorsam verweigerten. Doch sie hatte Geschichten gehört, Geschichten über Armut und Hunger, Geschichten über Krankheit und Tod.

»Was sollen wir tun?«, fragte Skadi nervös. Ihre Augen rotierten zwischen Kiana und Raik, die einander gegenüberstanden und schweigend ins Nichts starrten.

»Du darfst nicht zurück«, antwortete Raik, als könnte er ihre Gedanken lesen. »Du bist Bestandteil der Prophezeiung …«

»Einer Prophezeiung von Hexen«, warf die Eisprinzessin ärgerlich ein. »Ich bezweifle, dass wir ihren Aufschrieben trauen können.«

Skadi hielt den Atem an, als der Prinz sich über sie beugte, erst innehielt, als sich ihre Gesichter beinahe berührten. »Du darfst nicht zurück«, wiederholte er streng. »Ob du ihnen glaubst, oder nicht.«

Die Eisprinzessin erschauderte, als sie Wut und Entschlossenheit in seinen Augen erkannte, spürte einen dicken Kloß im Hals, der sie kaum atmen ließ. Ihr war bewusst, dass er recht hatte, dass sie in den Augen der Eiskönigin Hochverrat beging, weil sie Kiana befreit hatte und den Feind seither unterstützte. »Wirst du uns helfen?«, brachte Skadi schließlich mit krächzender Stimme hervor.

Raik nickte, während er das dünne, lederne Buch, welches noch immer in seinen Händen lag, auf einen schmalen, hölzernen Tisch sinken ließ. »Ich verachte Mutter«, entgegnete er eiskalt. »Sie ist nicht würdig, die Krone zu tragen, ein Reich zu regieren.« Raik wandte sich Kiana zu, die ihn mit Argusaugen beobachtete. »Ich werde nach Glacies zurückkehren und der Eiskrone den Splitter entnehmen«, fuhr er fort, ehe die Königin seine Unterstützung ausschlagen konnte. »Die Hexen des Südens existieren noch heute. Reist zu ihnen, ersucht sie um Hilfe.« Er trat näher an Kiana heran und überreichte ihr einen schwarzen, handflächengroßen Gegenstand in Form eines Kreises, den die Königin neugierig beäugte. Schließlich bohrte sie ihre brüchigen Fingernägel in winzige Rillen.

»Du kannst ihn nicht öffnen«, sagte Raik mit geheimnisvoller Stimme. »Noch nicht.«

»Was ist das?«, fragte Kiana nervös, während sie das Geschenk in ihren Händen drehte und wendete, das für sie keinen Nutzen zu haben schien.

»Behalte stets …« Raik fuhr erst fort, als er sich ihrer vollen Aufmerksamkeit sicher war. »Behalte stets dein Ziel vor Augen.« Er betonte jedes einzelne Wort, als wollte er an ihre Vernunft appellieren.

Kiana nickte, während sie den unbekannten Gegenstand in ihrer Manteltasche verschwinden ließ, obwohl Fragen auf ihrer Seele brannten, denen der Prinz sich entzog, als er der Königin abweisend den Rücken zukehrte und nach einem alten, zerschlissenen Ledermantel griff.

»Nun geht! Wir haben keine Zeit«, fuhr Raik fort und riss die Tür auf, die sich erst einen Tag zuvor hinter den Reisenden geschlossen hatte. »Ich werde in Glacies auf eure Rückkehr warten.«

Kapitel 4

»Meine Königin!« Der Hauptmann der Garde, dessen kräftiger Körper in einem schwarzen, ledernen Wams steckte, nahm seinen eisernen Helm ab und sank vor Caja auf die Knie. Die rechte Hand des Mannes umfasste drei ineinander gekettete Ringe, die den Knauf eines Schwertes zierten. Sie standen für den Rang des Trägers, dienten der Identifikation. Während die Waffen der einfachen Ritter von einem Ring geziert wurden, erhielten die Ausbilder und Anführer zwei. Nur dem Hauptmann gebührte die Ehre, das Schwert mit drei Ringen zu tragen, das ihm das Recht verlieh, alle Heere des Königreiches zu befehligen.

»Ein Mann Eures Ranges kniet nicht«, sagte Caja streng, während sie sich vom steinernen Thron in Form einer Schneeflocke erhob. Mit federnden Schritten stieg sie eine lange Treppe hinab, an dessen Ende er kniete. »Was kann ich für Euch tun?«

Der Hauptmann, der sein Leben bereits als Kind in den Dienst der alten Eiskönigin gestellt hatte, erhob sich, schob sein Schwert in die Scheide und begrüßte die Herrscherin mit einer tiefen Verbeugung.

»Die Wachen hielten einen jungen Mann an den Toren auf, der behauptet, Euer Sohn zu sein.«

Cajas strenges Gesicht wich Verwirrung und schließlich völligem Entsetzen, als sie den goldenen Haarschopf ihres verschollen geglaubten Sohnes erkannte, der im nächsten Moment von zwei bewaffneten Männern in den Thronsaal geführt wurde.

»Es freut mich, dich zu sehen, Mutter«, setzte Raik mit betont freundlicher Stimme an, während er zu einer flüchtigen Verbeugung ansetzte, sie jedoch unterließ.

Die Eiskönigin antwortete nicht, musterte ihren verlorenen Sohn von Kopf bis Fuß. Sein großgewachsener, muskulöser Körper steckte in dürftigem, braunem Leinen, was der Kleidung eines ärmlichen Bauern entsprach, seine kräftigen Hände waren von tiefen Narben übersät, die er sich beim Holzhacken zugezogen hatte, als das arbeitsreiche Leben noch eine Herausforderung gewesen war. Schließlich fiel ihr Blick auf einen abgetragenen, braunen Ledermantel, den der linke Wachmann in den Händen hielt.

»Hatte er etwas bei sich?«, fragte Caja, ohne auf die offensichtliche Lüge ihres Ältesten einzugehen. »Waffen, um mich oder meine Töchter zu töten?«

Der linke Mann schüttelte den Kopf, warf den Mantel über Raiks gefesselte Hände. »Er ist unbewaffnet«, antwortete er mit einer tiefen Verbeugung. »Es besteht keine Gefahr für Euch, Hoheit.«

»Hat er sich etwas zuschulden kommen lassen?«, fuhr die Eiskönigin misstrauisch fort, was die Männer kopfschüttelnd erwiderten.

»Nun gut«, entgegnete Caja schnippisch, während sie erneut in das markante Gesicht ihres Sohnes sah, das die Strapazen der letzten Stunden nicht verwunden hatte. »Ich hoffe, du hattest eine geruhsame Anreise«, fuhr die Eiskönigin verächtlich fort, obwohl sie deutlich erkannte, dass er über Tage durch Eis und Schnee gewatet war. Selbst an den Toren von Glacies war Raik unerkannt geblieben, hatte die Wachen nur schwer von seiner Identität überzeugen können. Doch sie waren noch immer skeptisch, was die eisernen Handfesseln verrieten.

»Skadi ist fort.« Die Eiskönigin verschränkte die Arme vor der Brust und begann ihre Kreise um seinen Körper zu ziehen. »Du bist hier. Wie darf ich das verstehen?«

Raik hob die Hände, was den Blick seiner Mutter auf die Ketten richtete. »Ich bin kein Verbrecher«, antwortete er, ohne ihre Neugier zu stillen. »Sag deinen Wachhunden, dass von mir keine Gefahr ausgeht.«

Caja hielt in seinem Blickfeld inne und starrte ihn grimmig an. »Du hast vor sechzehn Jahren die Familie verlassen, als deine jüngste Schwester gerade erst geboren war. Du warst selbst noch fast ein Kind, hast im Alter von dreizehn Jahren die gefallene Königin kaltblütig getötet. Sag mir, wie ich dir trauen kann.«

Ein spöttisches Lächeln huschte über sein Gesicht. »Du gabst mir den Befehl, versprachst mir die Krone. Ich habe nicht getötet, weil es mein Begehren war. Ich habe getötet, weil du mich beauftragt hast, weil ich deine Anerkennung gewinnen wollte.

Doch als Sohn war ich stets nutzlos für dich und dein Königreich, das auf wackeligen Beinen steht.«

Caja näherte sich ihm einen Schritt, sah tief in die eisig blauen Augen ihres Ältesten, die ihren glichen. »Ich habe dir als Belohnung für deine Treue einen Landsitz angeboten. Doch du hast es vorgezogen, mir den Rücken zu kehren«, entgegnete die Eiskönigin aufgebracht. Ihre Stimme wurde lauter, ihr Blick feindseliger. Sie hatte ihn stets als Heuchler betitelt, wenn sein vermeintlicher Anspruch auf die Krone aufgekommen war. Dieser Konflikt hatte ihre zarte Bindung gebrochen, hatte den Prinzen aus der Stadt getrieben, der nun – sechzehn Jahre nach seiner kopflosen Flucht – zurückgekehrt war.

»Das spielt keine Rolle mehr«, entgegnete Raik um Frieden ersuchend. »Mein Leben mag nicht von Macht und Reichtum geprägt sein. Doch es gehört einzig und allein mir.«

Ein schallendes Lachen entfuhr Cajas Kehle, während ihr Blick erneut abfällig seinen durchnässten Körper streifte. Sie verbarg ihre Verachtung für das ärmliche Volk nicht, dem ihr Sohn zugehörig war. »Raik, ich lege keinen Wert auf deine Gesellschaft. Sag mir, wo sich Skadi befindet und verlasse die Stadt. Dein Auftauchen kann kein Zufall sein. Du weißt, wo sie sich aufhält.«

Er trat einen Schritt zurück, als sich die Eiskönigin ihm näherte, und schüttelte den Kopf. »Ich weiß es nicht. Doch es freut mich, dass du dich an meinen Namen erinnerst.« In seiner bedachten Stimme schwang ein Hauch Vorwurf mit. »Ich suche dich auf, um Skadi zu finden. Sie kann in der Wildnis nicht lange überleben.«

Caja antwortete zunächst nicht, warf dem Hauptmann einen kurzen Blick zu, der sich außer Hörweite befand. Dennoch umklammerte seine Rechte den Knauf des Schwertes, um es im

Notfall rasch ziehen zu können. Der Mann traute dem zurückgekehrten Prinzen nicht, obwohl er einst auch für seinen Schutz verantwortlich gewesen war.

»Wie hast du von Skadis Flucht erfahren?«, fragte die Eiskönigin schließlich, als ihr Blick erneut in das Gesicht ihres Sohnes fiel.

»Ich habe vertrauenswürdige Kontakte in der Stadt«, entgegnete Raik, während er unauffällig die Krone begutachtete. Das Eis ragte in hohen Spitzen aus einem filigranen, goldenen Diadem gen Himmel, als würde sie Eisberge auf ihrem Haupt tragen. Der schwarze Erzsplitter lag in Form eines winzigen, runden Steines auf Cajas Stirn. Er war in Gold eingefasst, schwächte die Macht der wahren Krone bereits, seit ihre Vorfahren zu Verrätern geworden waren.

»Ich erfuhr, dass meine Schwester zeitgleich mit dem Mädchen verschwand, das du seit ihrer Kindheit in Ketten legst.« Wut und tiefste Verachtung lagen in seinen rüden Worten. »Mutter, die Krone interessiert mich nicht länger, weil ich sehen kann, was sie aus dir gemacht hat.« Er hob seine gefesselten Hände. »Du behandelst mich, deinen eigenen Sohn, wie einen Verbrecher, um mir deine Überlegenheit zu beweisen. Das ist schäbig, Mutter.«

»Schweig!«, befahl Caja mit erhobener Stimme. »Bist du hier, um mich zu tadeln? Bist du hier, um meinen Unmut auf dich zu ziehen?«

Raik schüttelte den Kopf. »Ich ersuche dich, um Skadi, dein Nesthäkchen, zu finden. Ich bin wahrhaft in Sorge.«

Die Königin lachte verbittert. »Du hast deine Schwestern zurückgelassen, du hast mich verstoßen, obwohl dein Vater im Krieg fiel. Die Mädchen hätten dich gebraucht, Raik. Doch du hast es vorgezogen, in die Wildnis zu ziehen, weil du an den Lügen festgehalten hast. Es ist mein Thron, der meiner ältesten Tochter Esther zusteht, wenn ich unter der Erde liege, nicht deiner.«

Raik schaute starr in ihr strenges Gesicht, in ihre blauen Augen, die seinen glichen. Ihr goldenes Haar war aufwendig gesteckt, silberne Perlen zierten dünne geflochtene Strähnen, die in seidigen Wellen auf ihre Schultern fielen. Sie war eine bemerkenswerte Frau, verehrt von Edelmännern aus aller Herren Länder. Dennoch war sie eine alleinstehende Königin, die jedes Angebot heiratswilliger Adliger abgelehnt hatte.

»Mutter, ich bin weder an der Krone noch an der Herrschaft interessiert«, entgegnete Raik schließlich niedergeschlagen, ohne den Blick von der Frau abzuwenden, die ihn bereits seit seiner Geburt als bittere Enttäuschung ansah. »Gestatte mir, zu bleiben«, fügte er eindringlich hinzu. »Gestatte mir, zu bleiben, dann werde ich Skadi finden.«

Dem Prinzen war bewusst, dass die Zeit knapp war, dass er sich sputen musste, um den Mädchen eine sichere Rückkehr in die Stadt zu garantieren. Doch sein geschmiedeter Plan drohte schon jetzt an Cajas Skepsis zu scheitern, die noch immer versucht war, seine wahren Absichten aufzudecken.

»Ich kenne die Ländereien besser als deine Lakaien, Mutter«, fuhr Raik mit erhobener Stimme fort. »Du begehrst Kianas Krone, um die Aufstände niederzustrecken, die aufgrund ihrer Gefangenschaft bis heute andauern. Doch sie ist geschwächt, ihr Körper ist nicht fähig, der Kälte lange zu trotzen. Sie wird sterben, wenn wir sie nicht bald aufspüren. Bitte bedenke dies bei deiner Entscheidung.«

Ein Schaudern überkam die Eiskönigin, als sie an Kianas drohenden Tod dachte. Sie sorgte sich nicht um ihr Leben, deren

Schicksal schon seit ihrer Geburt verdammt gewesen war. Caja befürchtete, die Krone zu verlieren, die drohenden Aufstände, welche mit jedem Jahr gewaltvoller zugingen, das verstrich.

»Lass uns Frieden schließen, lass mich dir helfen. Wenn du mir nach Skadis Rückkehr noch immer nicht verziehen hast, werde ich die Stadt verlassen und nie wieder zurückkehren. Das schwöre ich bei meinem Leben.«

Caja ignorierte die Worte ihres Ältesten, wandte sich dem Hauptmann der königlichen Garde zu. »Löst die Fesseln! Führt meinen Sohn in die Gemächer, die einst für ihn vorgesehen waren.« Die Eiskönigin warf Raik einen letzten, skeptischen Blick zu, ehe sie ihm gänzlich den Rücken zuwandte. »Ich erwarte dich bei Sonnenuntergang, Raik. Wir werden zusammen speisen, als Familie.«

»Halte durch!« Skadi zog sich die schneebedeckte Kapuze tief ins Gesicht, kniff die Augen zusammen, während sie mühselig einen Fuß vor den anderen setzte. Ihr Blick fiel auf Kiana, die neben ihr lief, deren gerötete Augen dem eisigen Untergrund zugewandt waren. Die Königin hatte seit Stunden kein Wort mehr gesprochen, war auf den steilen Berg fokussiert, der sie immer weiter in Richtung Süden führte. Dennoch schien die Temperatur mit jedem Schritt zu fallen, das Eis lag wie eine zweite Schicht auf ihrer Haut.

»Ich schaffe es!« Kiana lief hastig, ein schmerzhaftes Husten entwich ihrer trockenen Kehle, als sie den eisigen Wind einsog. Keuchend hielt sie abrupt inne, stützte die Hände auf ihre zitternden Knie und versuchte, ruhig zu atmen. Die Königin war erschöpft, ihr Körper von den Strapazen völlig ausgelaugt. Doch

Kiana war bewusst, dass sie ihren Weg fortsetzen musste, um nicht zu erfrieren.

»In wenigen Meilen haben wir unser Ziel für die Nacht erreicht.« Die Eisprinzessin sah zum Himmel hinauf, versuchte einen kurzen Blick auf die Sonne zu erhaschen, die gänzlich hinter dichten Wolkentürmen verborgen war. Noch war es Tag. Doch Skadi konnte den Einbruch der Nacht nicht abschätzen, die Anzahl der Stunden, die sie bereits scheinbar ziellos durch Eis und Schnee wateten.

Kiana antwortete nicht, nickte nur, während sie die Kapuze des weißen Mantels tiefer in ihr Gesicht zog. Er war Eigentum der Eisprinzessin, bestand aus gräulichem Fell und gebleichtem Leder. Doch Skadi, die lediglich einen dünnen, bräunlichen Ledermantel trug, den der Wind stetig versuchte, ihrem Körper zu entreißen, fror nicht, war als Glacien immun gegen den eisigen Frost.

»Ich, ich schaffe es nicht«, hauchte Kiana schlotternd. Sie taumelte, ihr Blick war verschwommen, konnte kaum noch zwischen Licht und Dunkelheit unterscheiden. Schließlich sank sie schluchzend auf die Knie, stützte ihre Hände, die in dicken, schwarzen, ledernen Handschuhen steckten, auf dem Erdboden auf.

»Du wirst nicht erfrieren!«, entgegnete die Eisprinzessin mit entschlossener Stimme, während sie die völlig erschöpfte Königin am Arm fasste und grob auf die Beine zog. »Brauchst du Brot, Wasser?«

Kiana schüttelte den Kopf, kein Wort entsprang ihren zugeschnürten Lippen. Sie spürte den Eintopf, ihre letzte Mahlzeit, noch immer, der ihr wie ein Stein im Magen lag.

Skadi schlang fürsorglich einen Arm um ihre Taille und führte die Königin einen steilen Pfad entlang. Sie versanken bei jedem Schritt tief im Schnee, Kälte kroch Kianas Kleidung hinauf, obwohl sie mehrere Schichten übereinander trug.

»Wir geben nicht auf!«, fuhr die Eisprinzessin voller Entschlossenheit fort, während sie gegen den Sturm ankämpfte, der mit Voranschreiten des Tages mehr an Kraft gewann. Schon bald würden sie seiner Gewalt nicht mehr trotzen können, dessen war sich Skadi bewusst. Sie mussten sich sputen, ihren Weg rasch fortsetzen, der sich immer weiter in die Länge zu ziehen schien.

»Bitte gib nicht auf!« Die Worte der Eisprinzessin füllten sich mehr und mehr mit tiefster Besorgnis, als sie ein lautes Husten vernahm. Die Königin hielt abrupt inne, wandte Skadi den Rücken zu und starrte wie gebannt den Berg hinab, den sie in den letzten Stunden hinaufgewatet waren. Doch sie erkannte nur Eis und Schnee, kräftige Bäume, deren Äste sich unter dem weißen Ballast bis auf den Grund bogen.

»Die Eiszeit …«, murmelte Kiana mit leiser, gebrochener Stimme, während sie ihre Hand ausstreckte und eine Schneeflocke auffing, die augenblicklich schmolz, als sie das schwarze Leder des Handschuhs berührte, der wie eine zweite Haut auf ihrem Körper klebte, » … sie ist bereits da.«

Skadi folgte ihrem Blick in weite Ferne, musste die Worte bestätigen, die Kiana gedankenverloren ausgesprochen hatte. »Wenn du gestärkt nach Glacies zurückkehrst, wird das Eis schmelzen. Dafür werden wir kämpfen.«

Raik lehnte sich zurück, sah abwechselnd in die Gesichter der Schwestern, die ihren zurückgekehrten Bruder neugierig von Kopf bis Fuß beäugten. Er hatte gebadet, sich umgezogen, geschlafen, um den Abend mit seiner verhassten Familie überstehen zu können. Doch der Prinz hatte, Cajas Willen zum Trotz, auf adlige Garderobe verzichtet. Sein kräftiger Körper steckte in bäuerlichem, weißem Leinen, was ihn deutlich von Esther und Isa unterschied. Die Schwestern legten stets Wert auf ein edles Äußeres, um sich dem niederen Volk überlegen zu fühlen.

»Möchtest du diesen wunderbaren Frauen nicht mitteilen, wie schön sie geworden sind, mein Sohn?«, fragte die Eiskönigin mit schnippischer Stimme, während sie nach einem silbernen Weinkelch griff.

Ein gewinnendes Lächeln huschte über sein anziehendes Gesicht. »Bitte, verzeiht meine Unhöflichkeit. Es war eine lange, beschwerliche Reise.« Seine eisig blauen Augen streiften erneut Isa und Esther, die ihn anstarrten, ehe er fortfuhr: »Ihr seid beide wunderschön. Ich kann kaum glauben, dass aus den kleinen Mädchen von einst solch liebreizende Edeldamen geworden sind.«

Raik vernahm ihr leises Tuscheln, ein mädchenhaftes Kichern, das er lediglich charmant lächelnd erwiderte, obwohl er diese oberflächlichen Weiber zutiefst verabscheute. Schließlich schweifte sein angewiderter Blick über die reich gedeckte Tafel, deren Überreste den Schweinen vorgeworfen werden würden, obwohl täglich Kinder in Glacies verhungerten. Das genügsame Leben in völliger Einsamkeit hatte seine Sicht auf das Reich, auf die Verschwendung des Adels, deutlich geklärt.

»Mutter, Schwestern …« Raik stand auf, warf den Edeldamen, die ihm gegenüber an der langen Tafel saßen, ein herzliches Lachen zu. »… eure Gastfreundschaft ehrt mich zutiefst. Gemeinsam werden wir auch Skadi zurück in die Familie führen.«

Als er den Namen der Eisprinzessin aussprach, legte sich ein dunkler Schatten auf die Gesichter der Schwestern, was ihn tiefste Verachtung in ihren Augen erkennen ließ.

»Wir wünschen uns nichts sehnlicher, als sie wieder im Schoße des Königreiches zu wissen«, sagte Esther, als sie Cajas auffordernden Blick auf ihrem Körper spürte. »Mit deiner Hilfe werden wir sie zurückgewinnen. Dafür möchte ich dir schon jetzt danken, geliebter Bruder.« In ihrer Mimik lag Falschheit, Missmut und tiefste Eifersucht. Doch er sagte nichts, wollte Esther nicht bloßstellen, deren Loyalität eines Tages hilfreich sein könnte.

»Skadi ist noch fast ein Kind«, entgegnete Raik mit besorgter Stimme. »Doch sie hat Kiana befreit, hat Aufstände riskiert.« Er wandte sich der Eiskönigin zu, die seinen Blick gefühllos erwiderte. »Bestrafe das arme Mädchen nicht zu hart.«

Ein mütterliches Lächeln huschte über Cajas Gesicht. »Natürlich nicht.«

Zunächst glaubte Raik, Unaufrichtigkeit in ihren Worten erkennen zu können. Doch die Königin war voller Sorge und Angst. Ihr musste bewusst sein, dass die junge Eisprinzessin aufgrund der drohenden Zwangsehe geflohen war, die sie dem Kerkermeister als Angebot unterbreitet hatte.

»Wie ergeht es ihr? Was ist geschehen?«, fuhr Raik gespielt unwissend fort, um seine Sorge zu unterstreichen. »Ist euch der Grund ihres Handelns bekannt?«

Er wandte den Blick Caja zu, die seine bohrenden Fragen ignorierte, ehe er Isa ansah, die im nächsten Augenblick den Mund öffnete:

»Sie wird heiraten«, platzte es aus der Prinzessin heraus. Sie war schon als Kind ein redseliges Mädchen gewesen, das kein Geheimnis stillschweigend bewahren konnte.

»Das ist eine wunderbare Nachricht«, heuchelte Raik überrascht. Die Lügen gingen ihm gewohnt leicht von den Lippen. »Ihr seid so beeindruckend gekleidet. Wollt ihr nicht das Gewand eurer Schwester entwerfen?«

Isa und Esther wechselten einen aufgeregten Blick, ehe sie wieder in das Gesicht ihres Bruders sahen. »Das ist eine bezaubernde Idee.« Isas Stimme mündete in ein herzliches Lachen. »Sie kleidet sich so ärmlich. Wir müssen ihr helfen.«

Raik war erstaunt, dass sich die arroganten Schwestern so leicht um den Finger wickeln ließen. Doch er war gewillt, sich ihre Naivität zunutze zu machen, was ihn mit falschen Komplimenten nicht sparen ließ. »Ich würde mich freuen, wenn auch ich dieser Feierlichkeit beiwohnen dürfte.«

Er griff nach einem silbernen Kelch und setzte sich den süßen Wein lächelnd an die Lippen, ehe er ein Stück Brot nahm und es mit Butter bestrich. »Verzeiht, ich bin am Verhungern.«

Die Schwestern lächelten, waren ihrem Bruder bereits jetzt, nach einem Gespräch, völlig verfallen. Doch er brauchte das Vertrauen seiner Mutter, das Vertrauen Cajas, die skeptisch jede Geste seines Körpers beobachtete. Die Eiskönigin war eine Löwin, dazu bereit, ihre Töchter vor dem charismatischen Bruder zu schützen, den sie nicht einzuschätzen vermag.

»Wie sieht dein Plan aus?«, fragte Caja schließlich, als er sich gänzlich einer schmackhaften Suppe widmete, die ein junges Sklavenmädchen vor ihm auf die Tafel stellte. Sie schwieg, verabschiedete sich mit einer hastigen Verbeugung, ehe sie mit schnellen Schritten den Saal verließ, um für Nachschub zu sorgen.

Raik griff nach einem silbernen Löffel und tauchte ihn in das warme Gebräu aus Gemüse und Fleisch. Doch ehe er den ersten Schluck nahm, schaute er zu seiner Mutter auf und schenkte der eisigen Königin ein warmes Lächeln. »Ich habe lange Zeit im Exil gelebt. Gib mir eine Nacht in der königlichen Bibliothek. Wenn die Sonne aufgeht, werde ich dir alle möglichen Schlupfwinkel präsentieren.«

Raik spürte die Augen der Schwestern auf sich, während er Caja ansah, die seine Bitte zunächst nicht erwiderte.

»Mutter, wir werden ihm helfen«, warf Isa aufgeregt ein, ehe die Eiskönigin den Mund öffnen konnte, um zu antworten.

»Danke, mein Schatz«, entgegnete Caja, während sie Raik durchdringend beobachtete, als könnte sie seine Gedanken lesen. »Im Morgengrauen möchte ich Ergebnisse sehen«, fuhr die Eiskönigin mit strenger Stimme fort. »Und nun esst, meine Kinder. Ihr müsst Kräfte sammeln.«

»Wir haben es gleich geschafft!« Kianas volle Konzentration galt der Hütte, die ihre einzige Hoffnung auf Überleben war. Die Königin sah sie bereits seit Stunden, folgte einem Ziel, das mit jedem Schritt, den sie ging, weiter in die Ferne zu rücken schien.

»Gib nicht auf!«, brüllte Skadi wiederholt gegen den Schneesturm, als sie im Augenwinkel die schemenhafte, taumelnde Gestalt der Königin erkannte. Sie hielt vermehrt inne, die Kälte zerrte unerbittlich an ihren schwindenden Ressourcen.

»Ich helfe dir!« Die Eisprinzessin griff blind nach Kiana, bekam ihr Handgelenk zu fassen und zog sie den letzten Rest des steilen

Hügels hinauf. Die Königin keuchte schwer, kämpfte sich verzweifelt durch den Schnee, der ihren Körper mit jeder Meile tiefer einsog, die sie hinter sich brachte.

»Wir haben es geschafft«, sagte Skadi schließlich völlig entkräftet, während sie den hölzernen Pfosten eines Geländers umfasste und sich erschöpft drei morsche Stufen hinaufzog, die drohten, unter ihrem Fliegengewicht zu brechen.

»Setz dich vor den Kamin«, befahl die Eisprinzessin, als sie die verwitterte Tür aufriss und Kiana in die kleine Hütte stieß. Hektisch griff Skadi nach zwei staubigen Decken und warf sie über die schmalen Schultern der Königin, die sich schluchzend auf einen modrigen, grünen Teppich sinken ließ. Kiana zitterte am ganzen Körper, Tränen der Erschöpfung standen in ihren glasigen Augen.

»Ich, ich versuche, ein Feuer zu entfachen.«

Die Königin nickte, während ihr verschwommener Blick durch den Raum schweifte, schließlich auf drei Gemälden haftete, welche eine kleine Familie verewigten. Sie sah in glückliche Gesichter, in strahlende Kinderaugen.

»Wir haben den ersten Tag überstanden.« Kiana wandte den Kopf Skadi zu, als sie ihre krächzenden Worte vernahm, beobachtete, wie sie trockene Holzscheite im Kamin stapelte, welche die Eisprinzessin im hinteren Teil der verlassenen Hütte vorgefunden hatte.

»Während ich im Kerker verrottete, hörte ich viele Geschichten«, entgegnete Kiana mit brüchiger Stimme und setzte sich auf. »Ein treuer Diener meiner Mutter offenbarte mir, dass die wahre Königin fähig ist, Feuer zu entfachen, sollte sie stark genug sein. Lass mich es versuchen.«

Kiana hielt in ihrer Bewegung inne, als Skadi entschieden den Kopf schüttelte. »Ich glaube dir«, sagte sie besorgt. »Doch du brauchst dringend Ruhe. Bitte überanstrenge dich nicht unnötig.«

Im nächsten Augenblick vernahm die Königin das Knistern neugeborener Flammen, den Geruch von verbranntem Holz und Zunder.

»Wir haben den schlimmsten Teil des Weges überstanden«, fuhr die Eisprinzessin fort, während sie eine zerknitterte Karte aus der Manteltasche zog und auf eine kleine Markierung in Form eines Kreuzes wies. Ihre schlanken Finger fuhren über das raue Pergament, zeigten den Weg auf, den sie am heutigen Tag hinter sich gebracht hatten. »Bevor die Eiszeit anbrach, haben viele Bauern außerhalb der Hauptstadt gelebt.«

Kiana lauschte aufmerksam ihren Worten, sah angespannt in ihr erschöpftes Gesicht. »Das Volk genoss lange Sommer, bis die Glacien einmarschierten und das Königreich an sich rissen.« Skadi seufzte schwer, wandte die Augen den Flammen zu, die hoch aufloderten, ehe sie wieder Kiana ansah, die ihren schuldbewussten Blick müde erwiderte.

»Es ist nicht deine Schuld«, entgegnete die Königin mit gesenkter Stimme. »Du hast mich von meiner Qual befreit, hast mir Hoffnung geschenkt, die ich längst begraben hatte. Skadi, das werde ich dir nie vergessen.« Ihre Worte waren sanft, voller Dankbarkeit.

Die Eisprinzessin seufzte leise, während sie sich aufrappelte und Holz nachlegte. »Dennoch habe ich dein Leid jahrelang ignoriert. Das werde ich mir nie vergeben können.« Ein betretenes Lächeln umspielte ihre Lippen. »Nun schlaf, wir haben einen langen Weg vor uns.«

Raik spürte Isas neugierigen Blick auf sich, sah im Augenwinkel ihre Ellenbogen, die sie auf die Tischplatte aufstützte. Er ignorierte ihre Anhänglichkeit, die Nähe, welche die Prinzessin seit seiner Ankunft suchte. Doch obwohl er seit Dämmerung des Abends versucht war, Isa von ihrer Müdigkeit zu überzeugen, war sie hartnäckig geblieben, während sich Esther vor vielen Stunden verabschiedet hatte.

»Leg dich schlafen«, sagte Raik schließlich erneut, während er ihre sich senkenden Lider beobachtete. »Du brauchst deine Kraft für den morgigen Tag.« Seine Worte klangen freundlich, sanft und besorgt. Doch in Wahrheit wollte er sich einzig und allein ihrer lästigen Anwesenheit entziehen.

Isa schüttelte zu seiner Enttäuschung den Kopf. »Hast du Geheimnisse vor mir, vor Mutter?«, fragte sie schnippisch.

»Natürlich nicht«, entgegnete Raik entrüstet, ehe er sich wieder der Karte widmete, die auf dem Tisch ausgebreitet war. In der rechten Hand hielt er eine Feder, seine linke umklammerte ein kleines Tintenfass. Die Eiskönigin hatte seinem Angebot mürrisch zugestimmt, die Landkarten zu studieren, Orte ausfindig zu machen, an denen sich Skadi und Kiana verstecken konnten.

»Mutter erzählte uns, dass du ein Heuchler seist, dass du aufgrund deines Wahns, die Krone zu besitzen, aus der Stadt geflohen bist.«

Raik lehnte sich zurück, ein verschmitztes Lächeln huschte über sein Gesicht. Isa war eine schlechte Lügnerin, die nicht verbergen konnte, dass sie von Caja geschickt worden war, um ihn auszuhorchen.

»Diese Zeit ist längst vergangen«, entgegnete er, ohne seine jüngere Schwester anzusehen. Doch der Prinz spürte ihre Augen auf sich, die beobachteten, wie er die Karte markierte. »Ich wünsche mir Frieden mit euch, mit Mutter. Ich hoffe, dass du mir eines Tages glauben wirst.« Er hob den Kopf, schaute lächelnd in ihr skeptisches Gesicht.

Isa erwiderte seine Geste nicht, verschränkte wortlos die Arme vor der Brust. In den nächsten Minuten breitete sich ein schläfriges Schweigen zwischen den Geschwistern aus, das die Lider der Prinzessin zufallen ließ, was Raik mit Argusaugen beobachtete. Er stand still, rührte sich nicht, als wäre sein Körper vollständig zu Eis erstarrt. Der Prinz lauschte dem flachen Atem seiner Schwester, betrachtete forschend ihr mädchenhaftes Gesicht.

»Isa?«, flüsterte Raik kaum hörbar, ehe er die Feder sinken ließ, um den hintersten Teil der Bibliothek aufzusuchen, der Caja und ihren Beratern vorbehalten war. Er benötigte Informationen über die Eiskrone, über mögliche Schutzzauber, die sein Leben und die Existenz des Splitters gefährden könnten. Doch ehe der Prinz sein verbotenes Ziel erreichen konnte, sah er sich einem eisernen Gitter gegenüber.

»Es ist verschlossen.« Raik fuhr herum, als er Isas zischende Worte vernahm. »Was suchst du in Wahrheit?«

»Die Ländereien haben sich in den letzten Jahren stark verändert«, entgegnete er mit bedachter Stimme, um ihr Sicherheit zu suggerieren. »Ich bin auf der Suche nach alten Schriften und muss mich wohl im Gang geirrt haben.«

Isa lächelte spöttisch, während sie einen Schlüssel zog. »Sag mir die Wahrheit. Du weißt, wo Skadi und unsere Gefangene Unterschlupf gefunden haben.«

Raik war bewusst, dass Caja ihre Töchter manipulierte, dass sie der Eiskönigin hörig waren. Dennoch musste er sie zum Schweigen bewegen, ihr Vertrauen gewinnen, das seine einzige Chance auf Erfolg war.

»Ich werde Mutter aufsuchen.« Die Prinzessin wandte ihm den Rücken zu, als er nicht augenblicklich antwortete, lief einen hastigen Schritt, um sich von ihm zu entfernen.

»Hasst du mich so sehr?«

Isa hielt abrupt inne, als sie seine enttäuschte Stimme vernahm, schüttelte den Kopf. »Ich hasse dich nicht«, entgegnete sie lautstark.

Die Prinzessin erschauderte, als sie Schritte hörte, wandte sich um und sah angespannt in seine blauen Augen. »Ich habe die Bibliothek nie betreten, Isa. Ich kenne diesen Ort nicht, dessen Geheimnisse für dich als selbstverständlich gelten. Wenn du meinen Irrtum Mutter verrätst, werde ich die Stadt verlassen oder im Kerker verrotten müssen. Bist du eifersüchtig? Möchtest du nicht, dass wir uns versöhnen?«

Die Prinzessin schüttelte erneut den Kopf, wandte ihr Gesicht schuldbewusst dem Boden zu. »Du bist mein Bruder«, antwortete sie mit schüchterner Stimme. »Ich wünsche mir nichts sehnlicher als eine glückliche Familie.«

Raik griff behutsam nach dem Kinn seiner Schwester, hob ihren Kopf und sah sanft in ihr verunsichertes Gesicht. »Ich werde dich in Zukunft fragen, wenn ich Hilfe benötige. Es war falsch, dich nicht zu wecken. Isa, bitte verschweige Mutter meinen Irrtum. Nimm uns nicht die Chance, eine glückliche Familie zu werden.«

Dem Prinzen war bewusst, dass er zu bedachtem Handeln gezwungen war, um nicht aufzufliegen. Doch die Sorgen waren unbegründet. Isas Wunsch nach einer intakten Familie war so groß, dass sie ihm jedes Wort glaubte.

»Ich vertraue dir. Mutter muss nicht alles erfahren.« Isa lächelte, während sie sich einen Schritt von ihm entfernte, was seinen Griff löste. »Wir haben viel Arbeit vor uns«, fuhr sie streng fort und schob den Schlüssel, der das Tor zum geheimen Teil der Bibliothek öffnen konnte, zurück in die tiefe Tasche ihres blutroten Kleides.

»Isa, ich kenne dich nicht. Doch ich habe früh lernen müssen, Menschen zu lesen«, sagte Raik, ehe sie ihm erneut den Rücken zukehrte. Er spürte, dass sie ihm langsam vertraute, dass es nun an der Zeit war, ihr Leben infrage zu stellen, um sie zu manipulieren. Die Prinzessin war in Reichtum aufgewachsen, hatte nie erfahren müssen, was Armut und Hunger bedeuten. Dennoch spürte Raik, dass eine tiefe Traurigkeit über ihr schwebte, die sie versuchte, durch Arroganz und Hinterlistigkeit zu überspielen. »Bist du glücklich?«

Es war eine einfache Frage, die Isa glaubte, gleich beantworten zu können. Doch als die Prinzessin den Mund öffnete, um ihm ein schallendes Ja zu erwidern, stockte ihr Atem, ihre Stimme brach.

»Bist du es?«, erwiderte Isa ärgerlich, weil sie sich nicht gleich zu einer klaren Antwort durchringen konnte.

Raik lächelte zufrieden, als er tiefste Unsicherheit wahrnahm, die in ihren olivgrünen Augen lag. Er hatte sie an einem wunden

Punkt getroffen. Nun war es an der Zeit, sie geschickt zu manipulieren, ihre Treue zu sichern.

»Das bin ich nicht«, entgegnete der Prinz bekümmert, während er ihr den Rücken zukehrte. Sein Blick glitt über breite Regale, die sich bis unter die hohen Decken erhoben, winzige Kerzen, welche ihn befähigten, jeden Buchtitel entziffern zu können, als wäre es außerhalb der Mauern taghell. Schließlich setzte er sich erneut an den Tisch, nahm die schwarze Feder in seine Hände und drehte sie scheinbar nervös, was Isa ein Gefühl von Überlegenheit gab.

»Warum?«, fragte die Prinzessin, während sie sich ihm gegenüber auf den Stuhl sinken ließ.

»Ich lebe seit sechzehn Jahren fernab der Stadt, fernab meiner Familie. Als ich von Skadis Verschwinden erfuhr, musste ich zurückkehren. Ich glaubte, dass wir trotz der langen Trennung zusammenhalten, dass wir unsere Schwester gemeinsam finden werden.« Er schüttelte fassungslos den Kopf. »Doch was muss ich sehen?« Seine Augen verengten sich zu Schlitzen, tadelnd betrachtete er sie von Kopf bis Fuß. »Mutter lässt mich – ihren Sohn – in Ketten legen, meine Schwestern verachten das Nesthäkchen …«

»Ich verachte sie nicht«, warf Isa empört ein.

Raik lehnte sich zurück, verschränkte die Arme vor der Brust. »Du möchtest dennoch nicht, dass sie zurückkehrt.«

Die Prinzessin sah ihn bestürzt an.

»Belüge mich nicht«, fuhr er fort, weil sie langsam den Kopf schüttelte. »Rede mit mir, lass zu, dass ich es verstehe.«

Isa war aufgewühlt, schaute zur Tür, als würde sie beobachtende Blicke befürchten. Doch die Geschwister waren in der königlichen Bibliothek alleine.

»Esther hasst sie«, entgegnete die Prinzessin schließlich mit leiser Stimme, während sie nervös auf ihren roten Lippen kaute. »Sie fürchtet um den Thron, weil Skadi beim Volk große Beliebtheit genießt.« Isa seufzte schwer. »Ich hingegen habe eine jüngere und eine ältere Schwester. Ich bin weder die Thronfolgerin noch das Nesthäkchen. Keiner interessiert sich für die mittlere Tochter.« Ihre Stimme füllte tiefste Traurigkeit. »Ich hasse sie nicht, kann sogar verstehen, dass sie Kiana half zu fliehen.«

Raik stützte seine Ellenbogen auf dem Tisch auf, schaute angespannt in ihre müden, geröteten Augen. »Du verstehst, dass Skadi das Mädchen befreit hat, das droht, unserer Familie den Thron zu nehmen?«, fragte er skeptisch.

Isa nickte. »Die Nachricht ihrer Hochzeit ist kein freudiges Ereignis«, antwortete die Prinzessin betrübt. »Sie wurde dem Kerkermeister versprochen, sollte er Kiana erfolgreich brechen. Raik, dieser Mann ist grausam, ein Sadist, der es genießt, Gefangene zu foltern.« Sie zupfte nervös an ihren langen Locken, die im fahlen Licht der Kerzen silbern schimmerten. »Ich beneide Skadi. Doch dieses Schicksal hat sie nicht verdient.« Isa schaute traurig zu ihm auf, Angst lag in ihrem gepuderten Gesicht. »Bitte, missbrauche mein Vertrauen nicht. Ich befürchte, dass sich Esthers Hass gegen mich wenden würde.«

Raik nickte, während er seine unglückliche Schwester ansah, die betrübt ihre zitternden Hände betrachtete. »Ich verspreche es dir.«

Kapitel 5

»Wir haben die ganze Nacht alte Bücher durchforstet, haben alle möglichen Verstecke im Norden markiert. Noch heute werde ich mir den Süden vornehmen, wenn du es gestattest.« Raik sprach bereits, während er auf seine Mutter zuging, die am anderen Ende einer breiten, steinernen Tafel stand. Die Eiskönigin hatte sich in die Gewölbe zurückgezogen, begutachtete die Karte des Reiches, um sich selbst einen Überblick über die möglichen Verstecke der Flüchtigen zu verschaffen. Ihr Blick glitt über Glacies, über die südlichen Ländereien, die bisher von Eis und Frost verschont geblieben waren. Sie lagen in den Händen der Hexen, die ihre Macht einst Kianas Erzkrone geschenkt hatten, die Caja so sehr begehrte.

»Im Norden?«, entgegnete die Eiskönigin ärgerlich und nahm eine hölzerne Figur in Form einer Krone in die Hände. Angespannt strich sie über die glatte, schwarze Oberfläche, während ihr eisiger Blick fortwährend auf Raik gerichtet war. Sie ignorierte Isa, die neben ihm stand, deren Augen schüchtern dem Steinboden zugewandt waren. »Glaubst du wirklich, dass sich meine Tochter im Norden versteckt, wo die Nahrung knapp ist?

Sie ist mit der Sklavenkönigin geflohen. Du weißt, dass diese Göre nicht fähig ist, lange im Eis zu überleben.« Caja lief mit langsamen Schritten um die Tafel, hielt erst inne, als sie einander direkt gegenüberstanden. »Glaubst du wirklich, dass du schlau genug bist, um mich hinters Licht zu führen?« Wütend riss sie ihm die markierte Karte aus den Händen und ließ sie auf den Boden fallen, ohne einen Blick auf seine Arbeit zu werfen.

»Mutter, wir haben die ganze Nacht geschuftet.« In Isas Stimme lag Unverständnis, ein leiser Vorwurf, dem die Eiskönigin mit blanker Ignoranz begegnete. Sie war ganz auf ihren Sohn konzentriert, dem sie bereits misstraute, seit er seiner Familie vor sechzehn Jahren den Rücken gekehrt hatte.

»Ich habe meine Garde geschickt, Raik.« Sie lächelte. Es war ein kaltes Lächeln, das ihm das Blut in den Adern gefrieren ließ. Dennoch zeigte der Prinz keine Reaktion, erwiderte gefühllos ihren frostigen Blick. »Ich werde Skadi verstoßen, sie einem Mann überlassen, der sie Manieren lehren wird. Die Sklavenkönigin wird mir die Erzkrone überreichen. Mit Folter, Blut und Tod werde ich das störrische Biest brechen.« Sie lachte schallend laut auf. »Ich bin gespannt darauf, zu erfahren, wie viele tote Kinder sie ertragen kann, bis jeder Widerstand in ihr wie Glas zerbricht.« Sie verstummte einen kurzen Moment lang, betrachtete seine vor Hass zitternden Hände, die sich zu Fäusten ballten. »Wenn die Erzkrone mein ist, ist ihr Leben dem Untergang geweiht. Hexen, treue Hexen fanden einen Zauber, der die Krone an meine Blutlinie binden wird. Dann werde ich die mächtigste Frau aller vier Königreiche sein.« In ihren blauen Augen lagen Gier, Stolz, ein Hauch Wahnsinn, welcher der ganzen Bevölkerung von Glacies schon bald das Leben kosten könnte. »Doch du, mein Sohn, wirst meinen Aufstieg nicht mehr miterleben.«

Caja wandte ihm den Rücken zu, entfernte sich rasch einige Schritte. »Verräter erwartet in Glacies der Tod.« Sie griff nach der Karte, die unangetastet am Boden lag und zerriss sie geräuschvoll in winzige Fetzen.

Im nächsten Augenblick vernahm Raik Schritte, schwere Stiefel, die auf den unebenen Steinplatten aufschlugen. Es waren Soldaten, welche sich ihm näherten, die Wächter der Eiskönigin, die kamen, um den Prinzen in den Kerker zu werfen. »Mutter, du begehst einen Fehler«, sagte er mit eindringlicher Stimme, obwohl Raik bewusst war, dass seine Aussage jede Lüge aufdeckte, die er geschworen hatte, zu unterlassen.

»Sohn, sie sind den Flüchtigen bereits auf den Fersen.« Caja nahm die Karte von der Tafel und wies auf ein winziges Kreuz, das die Hütte kennzeichnete, in der Kiana und Skadi Unterschlupf gefunden hatten. »Bevor die Sonne ihren Höhepunkt erreicht, wird ihre Reise zu Ende sein.«

»Mutter, du begehst einen Fehler.« Raik stieß den kräftigen Mann in Rüstung von sich, der nach seinen Armen griff, um ihm Fesseln anzulegen. »Mutter, du begehst einen Fehler.«

Caja ignorierte seine laute Stimme, den Anflug von Verzweiflung, der sich in seinen hektischen Worten niederschlug. Sie beobachtete amüsiert, wie ihr Sohn auf den Steinboden geschleudert und mit eisernen Ketten gefesselt wurde. Der Prinz schrie schmerzvoll auf, als der Unbekannte ihn auf die Beine zog, warf seiner Mutter einen letzten verzweifelten Blick zu, ehe er gezwungen war, sich abzuwenden. »Es existiert kein wirksamer Zauber, der die Krone von Dauer an dich binden wird. Tötest du

Kiana, wird eine Eiszeit anbrechen, die jedes Leben auslöscht.« Sein Blick schweifte zu Isa, die mit angehaltenem Atem die Situation beobachtete. Angst lag in ihren olivgrünen Augen, Nervosität in ihren zitternden Händen.

»Schwester, es gibt keinen wirksamen Zauber! Ich gebe dir mein Wort.« Seine Stimme hatte sich deutlich gesenkt, als er das Wort an Isa richtete, die ihm seit der letzten Nacht mit Vertrauen begegnet war. Doch er hatte die Prinzessin getäuscht, stand auf der Seite des Feindes, was in Glacies ausschließlich mit dem Tod bestraft wurde. Dennoch nagte an ihr ein zweifelndes Gefühl, dass ihr Bruder die Wahrheit sprach, dass er nicht an diesen Ort gekommen war, um ihr zu schaden.

»Überzeuge sie«, fuhr Raik flüsternd fort. »Bitte, überzeuge Mutter von meinen Worten. Wenn sie Kiana tötet, wird Glacies untergehen.«

Isa erwiderte skeptisch seinen Blick, ehe ihre Augen wieder zu Caja glitten, die sie nie so grausam und gnadenlos wahrgenommen hatte wie in diesem Moment. »Mutter, bitte, lass es ihn erklären«, flehte Isa verzweifelt.

Doch sie antwortete nicht, schüttelte den Kopf, würdigte ihre Tochter keines Blickes.

»Bringt ihn fort!« Der Befehl der Eiskönigin ließ ihm das Herz bis zum Hals schlagen. »Du wirst des Hochverrats beschuldigt, wurdest mit dieser Karte, die dem Zweck dient, mich in die Irre zu führen, dessen überführt.« Sie näherte sich ihrem Ältesten mit langsamen Schritten, ein süffisantes Lächeln lag auf ihren Lippen. »Ich verurteile dich zum Tode durch den Henker. Doch nicht heute, nicht morgen, nicht in sieben Tagen. Du wirst erst sterben, wenn Kianas Kopf die Mauern meines Königreiches ziert. Deine Schwester, der Liebling des Volkes, wird zusehen.«

»Wach auf!« Skadi sah nervös aus dem Fenster, beobachtete einen weißen Schatten, der sich lautlos ihrem Versteck näherte. Es konnte kein Wanderer sein, kein Heimatloser. Dieser trug Waffen, hochwertige Lederstiefel und einen schneeweißen Mantel, der seinen Körper fast vollständig mit dem schneebedeckten Erdboden verschmolz. »Sie sind da!«

Kiana riss die Augen auf, sah zunächst in Skadis angespanntes Gesicht. Die Eisprinzessin zitterte, Angst dominierte ihre Miene.

»Wir können nicht durch die Tür«, flüsterte die Königin, als sich Skadi mit lautlosen Schritten von ihr entfernte. »Es gibt einen anderen Weg.«

Kiana warf sich die Decken von den Schultern, rappelte sich auf und trat näher an die Eisprinzessin heran. »Als du geschlafen hast, habe ich mich umgesehen, weil ich seit unserer Flucht mit Verfolgern rechne«, fuhr die Königin hektisch atmend fort. »Gefangene erzählten mir von Fluchttunneln, die überall im Norden errichtet wurden, als die Glacien das Königreich eroberten.« Ihr Blick schweifte zum Fenster, zu schmalen, grauen Schatten, die unter anderen Umständen einem Tier geschuldet sein könnten. »Hilf mir! In der Nacht war er nicht auffindbar.«

Im nächsten Augenblick schlug die Königin den Teppich vor dem Kamin zurück, schob hektisch einen alten Sessel vor die Tür und drehte den Schlüssel im Schloss. Es waren winzige Sicherheitsmaßnahmen, die diese Männer nicht lange aufhalten konnten. Doch sie brauchten jede Sekunde, um den rettenden Tunnel in die Freiheit zu finden.

»Raik!«, murmelte Kiana nachdenklich, während sie der Eisprinzessin nachstarrte, die fluchtartig im Nebenraum verschwand. »Nein, das ist unmöglich. Er liebt seine Schwester, würde sie nicht verraten.« Sie schüttelte den Kopf, um ihre Worte zu untermauern. Doch an ihr nagten tiefe Zweifel, die sie nicht fähig war abzuschütteln, was der Königin Tränen in die Augen trieb. Sie hatte diesem Mann vertraut, der ihrer Mutter das Leben genommen hatte, war seinen Anweisungen gefolgt wie ein räudiger Hund.

Schließlich fiel Kianas Blick aus dem Fenster, ehe sie wieder die Tür anstarrte, als Fäuste mit aller Gewalt auf sie einschlugen. Die Königin beobachtete starr vor Schreck die rostige Klinke, die nach unten gedrückt wurde, die Tür, die sich einen Spaltbreit öffnete, als das Schloss barst. Verzweifelt warf sie sich gegen den Sessel, versuchte, das Eindringen der Männer zu verhindern, die auf das morsche Holz eintraten, was ein ohrenbetäubend lautes Krachen verursachte.

»Skadi, sie sind da«, flüsterte Kiana, obwohl ihre Stimme drohte, im Lärm des berstenden Holzes unterzugehen. Sie vernahm das Klirren von Glas, ehe es splitterte, sah eine kräftige Hand, die durch das zerstörte Fenster fasste.

»Tretet zurück!« Tränen brannten in Kianas Augen, als sie die dunkle Stimme eines Mannes vernahm. Zitternd blickte sie in das Gesicht des Fremden, beobachtete angsterfüllt, wie er ein Bein in das Innere der Hütte schwang.

»Nein! Verschwindet!« Die Königin kroch zurück, als Skadis laute Stimme erklang. Die Eisprinzessin hielt einen Dolch in den Händen, den sie augenblicklich in das Fleisch des Unbekannten schlug. Er schrie, Blut trat aus der tiefen Wunde aus, spritzte in alle Richtungen.

»Ich habe ihn gefunden«, hauchte Skadi, das laute Fluchen des Mannes ignorierend, ehe sie die Hand der Königin ergriff. »Lauf, wir haben nur einen Versuch. Wenn sie uns finden, wird Mutter dich zerstören.«

Kiana nickte, sprang auf, löste sich vom Sessel, der die Öffnung der Tür ohnehin nicht mehr lange verhindern könnte, und folgte Skadi, die sie in eine enge Vorratskammer zog. Ihr gehetzter Blick fiel auf löchrige Säcke, auf Weizenreste, die kaum noch als solche zu identifizieren waren. Hektisch riss die Eisprinzessin ein vermodertes Holzbrett von der Wand und wies auf einen engen Tunnel, der in rabenschwarze Dunkelheit führte.

»Du zuerst!«, zischte Skadi, während sie die schmale Tür der Vorratskammer zuzog.

Im nächsten Moment ließ sich die Königin auf den morschen Dielenboden sinken und kroch hastig in den unterirdischen Tunnel hinein. Kiana vernahm laute Stimmen, die sich ihnen näherten, warf einen kurzen Blick auf die Eisprinzessin zurück, die sich dicht hinter ihr befand. Doch plötzlich vernahm die Königin Skadis lauten Schrei. Kiana hielt abrupt inne, griff zitternd nach den Händen ihrer Verbündeten, die sich verzweifelt in die kalte Erde bohrten. Ihre Fingernägel brachen, Blut trat aus oberflächlichen Wunden hervor, als sie krampfhaft versuchte, dem groben Griff eines Mannes standzuhalten, der sie unerbittlich aus dem Tunnel zog.

»Lauf in Richtung Süden!« Skadi griff in ihre Manteltasche, zog die Karte heraus und überreichte sie Kiana, welche verbissen die rechte Hand der Eisprinzessin umklammerte. »Rette uns!«

Ehe die Königin fähig war, ein Wort zu erwidern, löste sich Skadi von ihr und verschwand in tiefster Dunkelheit. Die Eisprinzessin schrie, wehrte sich verzweifelt gegen den Griff der Unbekannten, die erbarmungslos an ihrem Körper zogen, um Zeit zu schinden. »Flieh!«

Im nächsten Augenblick wandte sich Kiana schluchzend ab, schob die Karte in ihre Manteltasche und kroch, so schnell sie konnte, tiefer in den Tunnel hinein. Die Königin vernahm noch immer Skadis Schreie, die wütenden Rufe der Männer, die versuchten, die störrische Eisprinzessin in Ketten zu legen. Sie schienen die jüngste Tochter der Eiskönigin nicht verletzen zu dürfen, was Kiana nutzen musste, um zu fliehen, obwohl das Herz ihr gebot, umzukehren, Skadi vor Cajas Schergen zu beschützen. Doch ihr war bewusst, dass sie eine größere Last zu tragen hatte, dass sie ihre Verbündete nur vor Bestrafung bewahren konnte, wenn sie erfolgreich war.

»Sucht sie!« Das Herz schlug Kiana bis zum Hals, als sie erneut die Stimme eines Mannes vernahm, die laut durch die Höhle hallte. »Wohin führt dieser Tunnel?«

Ein unwissendes Murmeln setzte ein, welches die Königin nicht verstand, was ihr Hoffnung versprach. Die Soldaten schienen den Ausgang nicht zu kennen, der auf keiner Karte verzeichnet war. Die Bauern hatten sich wirkungsvoll geschützt. »Die Königin verlangt die Göre lebend!«

Hektisch zog sich Kiana tiefer in den Tunnel hinein, obwohl ihre Gelenke schmerzten, als hätte sie am heutigen Tag bereits viele Meilen hinter sich gebracht. Sie hörte das Rasseln von Kettenhemden, metallene Rüstungsteile, die an der Höhlenwand schrammten. Die Männer waren langsamer als sie, konnten sich in

Ausrüstung kaum bewegen, die Königin unmöglich erreichen. In jenem Augenblick wurde Kiana bewusst, dass der Kampf noch nicht verloren war, dass sie nicht nachlassen durfte. Dieser Gedanke gab ihr Kraft, sich zu sputen, für ihr Volk und Skadi zu kämpfen, die den Schergen der Eiskönigin zum Opfer gefallen war, um sie zu beschützen.

»Du bist es.« Raik wandte sein Gesicht einem alten Mann zu, der in der Zelle seiner gegenüber eingepfercht war. »Du hast die wahre Königin getötet.«

Er antwortete nicht, blickte starr in die dunklen Augen des Fremden, die sich kaum von seinem schwarzen Haupthaar unterschieden.

»Hast du dein Ziel erreicht?« Raik schwieg, fixierte sein altes, faltiges Gesicht, ohne Regung eines Gefühls, als wäre er zu Stein erstarrt.

»Sie verachten dich.« Der Unbekannte zog sich in die hinterste Ecke seiner Zelle zurück, als Leifs dunkle Stimme erklang. »Du bist der Mann, der die Wende gebracht, der die Ignem zu einem Leben in Sklaverei verdammt hat.«

Der Kerkermeister öffnete das Tor, griff nach den eisernen Ketten, welche die Hand- und Fußgelenke des Prinzen fesselten, und zog ihn auf die Beine. »Was würde wohl geschehen, wenn sie dich in ihre Hände bekommen?!«

Raik erschauderte, als sich seine Lippen zu einem eisigen Lächeln verzogen.

»Mutter wird das nicht gutheißen.« Ein schallendes Lachen entfuhr Leifs Kehle, das erst verebbte, als der Kerkermeister erneut in sein ernstes Gesicht sah.

»Das war kein Scherz?« Leif zog abrupt an den Ketten, dass er drohte zu stürzen. »Dein armseliges Leben gehört mir, bis du am Galgen baumelst.« Seine dunklen Augen leuchteten zornig, ein dämonisches Grinsen verzerrte das Gesicht des Kerkermeisters zu einer unheimlichen Fratze.

»Ich verlange, mit meiner Mutter zu sprechen.« Raiks Stimme wurde lauter, Furcht mischte sich in seine Worte, die er zu verbergen versuchte. Doch Leif verstand es, Angst wahrzunehmen, was ihn zutiefst befriedigte. »Ich werde deine Verbrechen melden.«

Erneut entfuhr dem Kerkermeister ein kaltes Lachen, ehe er an den Ketten zog, den Prinzen mit sich schleifte, der seinem schnellen Schritt kaum folgen konnte. Raik vernahm die Stimmen der Gefangenen, schwere Drohungen, die sie ihm zuwarfen. Sie sprachen von Tod, Verkrüppelung, allem, was sie ihm antun würden, sollte er ihnen jemals gegenüberstehen.

»Du musst wissen, dass meine Schäfchen schon seit langer Zeit eingesperrt sind. Etwas Blutvergießen wird ihnen guttun.«

Raik antwortete nicht, das Herz schlug ihm bis zum Hals, als er einem kräftigen Mann in die Augen sah, dessen Gesicht von wulstigen Narben übersät war.

»Du wirst brennen!«, brüllte dieser hasserfüllt, während er versuchte, nach seinem Körper zu greifen. Doch der Gefangene verfehlte den Prinzen, der hastig zurücktaumelte.

»Nein, nein, nein.« Leif zog an den Ketten, was Raiks Blick von dem Unbekannten löste. »Dieser würde dich mit einem Schlag töten.«

Ein kalter Schauer lief über Raiks Rücken, als der Kerkermeister eine leere Zelle öffnete und ihn in eine dunkle Ecke stieß. Sein Blick schweifte über Blutspritzer an den Wänden, eingetrocknete

Lachen am Boden. Schließlich hob er die Krone eines Zahnes auf und drehte das elfenbeinfarbene Stück zwischen seinen Fingern.

»Die Königin gab mir nur eine Anordnung, welche ich gewillt bin einzuhalten. Du musst am Leben bleiben, damit sie deinem Tod beiwohnen kann. Sie ist eine bezaubernde Frau.« Raik hob den Kopf, fing den zynischen Blick des Kerkermeisters auf, der im nächsten Augenblick in der Dunkelheit des breiten Ganges verschwand. Angespannt trat der Prinz näher an das Gitter heran, umfasste die eisigen Stäbe mit beiden Händen, versuchte, einen Blick auf Leif zu erhaschen. Doch er sah nur einen dunklen Schatten, hörte das unangenehme Knacken eines rostigen Schlüssels im Schloss einer Zelle.

»Ich möchte dir einen besonderen Freund vorstellen.« Raik trat zurück, als der Kerkermeister erneut vor die blutige Zelle trat, die ihm als Kampfarena für Gefangene diente.

Sein Blick glitt über die hochgewachsene, kräftige Gestalt eines Mannes, der einst zur Leibwache der gefallenen Königin ausgebildet worden war. Er hatte dem Prinzen während seiner Verhaftung den Tod geschworen, was ihn seit frühester Kindheit durch jede Nacht begleitete. Raik war ein dreizehnjähriger Bursche gewesen, der ein Kurzschwert in den Hals der Königin gebohrt hatte, um das Königreich an sich zu reißen. Seither wurde er von den Ignem verachtet, die aufgrund seiner Tat als Sklaven existierten.

»Habt viel Spaß«, sagte Leif unheilvoll grinsend, während er den Gefangenen in die Zelle stieß, ihm die Fesseln abnahm und einen kurzen Dolch reichte. »Quäle ihn, schlitze sein arrogantes, adliges Gesicht auf. Doch finde ich eine Leiche, wirst du brennen.«

Raik trat einen Schritt zurück, als sich der Leibwächter der toten Königin ihm bedächtig näherte, der Dolch zitterte in seiner rechten Hand. Er war deutlich gealtert. Doch Raik erkannte in ihm zweifellos den Mann, der ihn stets verfolgte, wenn er die Augen schloss.

»Ich habe dir damals den Tod geschworen«, raunte dieser mit dunkler Stimme.

Raik entfernte sich von ihm, stand erst abrupt still, als er die Mauer im Rücken spürte. Seine Augen weiteten sich, das Herz schlug ihm bis zum Hals, als sein Blick den kurzen Dolch traf, der ihm spielend leicht die Hauptschlagader aufschlitzen konnte.

»Ich erinnere mich«, entgegnete Raik mit zitternder Stimme, Angst lag in kaum verständlichen Worten.

Er hob die Hände, wies auf Fesseln, die ihn zu völliger Bewegungslosigkeit verdammten. »Tut, was Ihr tun müsst.«

Der Alte seufzte. »Junge, warum bist du hier?«

Raik entfernte sich einen weiteren Schritt von ihm, während sein Blick beständig auf den Dolch gerichtet war. »Ich habe meiner Mutter den Rücken gekehrt«, entgegnete er angespannt.

»Das hast du bereits vor vielen Jahren getan. Warum bist du zurück?« Seine Worte waren eisig, von Misstrauen gefüllt.

»Habt Ihr von Kianas und Skadis Flucht erfahren?« Raik fuhr erst fort, als sein Gegenüber nickte. »Sie suchten mich auf, baten um Hilfe.« Er trat an das Gitter heran und betrachtete den Gang, als würde er unerwünschte Zuhörer befürchten. Doch Leif war verschwunden, die Stimmen der Gefangenen hatten sich gänzlich beruhigt. Schließlich näherte er sich dem Leibwächter erneut, um mit leiser Stimme fortzufahren: »Die ewige Flamme ist schwach. Daher schickte ich die Mädchen in den Süden. Ich hoffe, dass die

Hexen Kiana helfen können.« Raik fiel es schwer, dem harschen Blick des ehemaligen Kriegers standzuhalten. Doch ehe der Prinz fortfahren konnte, spürte er eine eiserne Faust, die seine Schläfe traf. Raik taumelte, das pulsierende Pochen wandelte sich sogleich zu einem tiefen Schmerz, der seinen Schädel durchfuhr wie ein Blitz.

»Solange du sprichst, werde ich dich nicht aufschlitzen«, entgegnete der Alte hasserfüllt.

»Ich bin zurückgekehrt, um sie zu unterstützen«, stöhnte Raik mit schmerzverzerrter Stimme. Der Prinz schwankte zurück, fand erst Halt, als er gegen die Mauer stieß. »Meine Mutter entlarvte mich als Feind der Krone. Deshalb bin ich hier.«

Raik zog mit aller Kraft an den Ketten, versuchte, die Fesseln von seinen Handgelenken zu streifen. Doch er scheiterte, was ihn zu völliger Wehrlosigkeit verdammte. Er konnte sich diesem Mann nicht widersetzen, der ihm selbst ohne Fesseln körperlich überlegen wäre.

»Sprich!« Im nächsten Augenblick spürte Raik die rechte Faust des Leibwächters in der Magengrube, die linke zertrümmerte seine Rippen. Der Alte war einst der stärkste Krieger gewesen. Selbst die Jahre in Gefangenschaft hatten die stählernen Fäuste kaum gedämpft. Hinzu kam blinde Wut, tiefster Hass, den er Raik gegenüber empfand, der schwer keuchend an der Mauer lehnte. Er war unfähig zu sprechen, fortzufahren, um sich der Gewalt des Mannes zu entziehen.

»Sprich!«, donnerte der Alte mit aller Kraft. Seine Stimme bebte, sein ganzer Körper vibrierte vor Zorn. Er wollte den Prinzen töten, der die einstige Königin zur Schlachtbank geführt hatte.

»Die, die …« Raik brach abrupt ab, als der Leibwächter seine Kehle umfasste und ihn fester gegen den kalten Stein drückte. Der Prinz riss die Augen auf, rang verzweifelt nach Luft, öffnete den Mund, versuchte, ein verständliches Wort herauszubringen. Doch seiner Kehle entsprang lediglich ein unverständliches Röcheln.

»Es reicht!« Raik hatte die Schritte nicht gehört, vernahm nur eine dunkle, verzerrte Stimme, die in Fetzen an sein Gehör drang.

Im nächsten Augenblick ließ der Leibwächter von ihm ab und trat mit aller Kraft auf den zu Boden sinkenden Prinzen ein. Das knirschende Geräusch zerberstender Rippen drang an Raiks Ohren, ein allumfassender Schmerz breitete sich in seinem Körper aus, der Kerker verschwamm vor seinen gläsernen Augen.

»Es reicht!« Erst als Leifs Stimme erneut erklang, ließ der Alte, dessen Namen er nie erfahren hatte, von ihm ab, was neben unerträglichem Schmerz auch Erleichterung in ihm aufkommen ließ.

»Steh auf!« Raik wandte seinen Körper schwerfällig auf die Seite, stützte sich am Boden auf und zwang sich zu knien, was das Pochen seines Schädels in ein unangenehmes Pfeifen übergehen ließ. Eine schwere Übelkeit überkam ihn, das Gefühl, erbrechen zu müssen, obwohl er seit vielen Stunden nichts mehr im Magen hatte.

»Steh auf!« Leif umfasste grob die Ketten und zog den Prinzen erbarmungslos auf die Beine, der sich gefährlich taumelnd an der Mauer abstützte, um nicht zu stürzen. Sein Blick suchte den Leibwächter, welchen Leif bereits aus der Zelle geführt hatte, als er kurz bewusstlos gewesen sein musste, was sich seinen Erinnerungen völlig entzog.

»Erinnerungslücken?«, fragte der Kerkermeister schallend laut, ehe er Raik auf den Gang zog. Der Prinz lief nur gebückt, sein ganzer Körper verkrampfte sich vor Schmerz. »Schon morgen werdet ihr euch wiedersehen.« Leif entfuhr ein lärmendes Lachen, das Raik bewusst werden ließ, dass er an diesem Ort sterben würde.

Kapitel 6

Skadis nervöser Blick fiel aus dem bogenförmigen Fenster, schweifte über einen kleinen Marktplatz, auf dem reges Treiben herrschte. Sie sah Kinder, die zwischen den Ständen wuselten, alte Frauen hinter Auslagen, die mit frischem Obst gefüllt waren. Doch mit Voranschreiten der Zeit schwanden die Vorräte der Bauern, die kargen Ernten wichen völligem Ausfall, was das Königreich mehr und mehr in eine tiefe Hungersnot trieb. Schließlich fiel ihr Blick auf drei Wachen, deren Schwerter den Schein der kalten Sonne reflektierten. Sie trugen keine Helme, keine Rüstungen, waren lediglich in braunem Leder gekleidet, weil die Aufstände der Sklaven in den letzten Tagen deutlich nachgelassen hatten. Das niedere Volk war wie gelähmt, aufgrund ihrer flüchtigen Königin gekränkt, die ihre Untertanen im Stich zu lassen schien.

»Sie hat euch nicht verraten.« Skadi schüttelte den Kopf, während sie einen jungen Mann beobachtete, der stehengeblieben war und in ihre Richtung sah, ehe er seinen Weg am Rande des Platzes fortsetzte, um die Kälte aus den Knochen zu vertreiben. Die Wachen gaben den kampfunerfahrenen Glacien ein Gefühl von Frieden und Sicherheit, erstickten drohende Aufstände stets im Keim.

»Skadi, ich freue mich außerordentlich, dich zu sehen.« Die Eisprinzessin wandte sich tief seufzend ihrer ältesten Schwester Esther zu, die der Jüngsten ein kaltes Lächeln schenkte. Skadis Blick fiel auf ihr hochgestecktes, lockiges Haar, ihre gepuderte Haut, ehe sie in die olivgrünen Augen der Thronerbin sah. Esther verachtete Skadi, ihre Schönheit, ihre Nähe zum ärmlichen Volk, während sie stets von den Terrassen des Schlosses auf die niederen Sklaven herabblickte, die ihre Familie zu beherrschen versuchte.

»Mutter wird dich nun empfangen.« In ihren Worten lagen Missachtung, Hohn und tiefster Spott, den sie stets öffentlich zur Schau trug, wenn ihr etwas missfiel. »Ich wünsche dir viel Glück. Du wirst es brauchen.«

Das Herz schlug Skadi bis zum Hals, als sie sich einem hohen Torbogen zuwandte, hinter welchem sich der Thronsaal befand, in dem Kälte und Hass regierten. Hektisch atmend betrachtete die Eisprinzessin das eiserne Tor, während sie taumelnd zurücktrat, als könne sie sich der Anhörung ihrer Mutter entziehen.

»Ich würde mir wünschen, dass du unserem Bruder Gesellschaft leisten kannst«, fuhr Esther witzelnd fort.

Skadi antwortete nicht, sah die Thronerbin mit aufgerissenen Augen an. Ihre Stimme war zynisch von Schadenfreude erfüllt. Doch ehe die Eisprinzessin auf ihre Provokation eingehen konnte, ertönten laute Schritte zweier Männer, die sich rasch auf die Schwestern zubewegten.

»Ich genieße deinen tiefen Fall«, fügte Esther schnippisch hinzu, während sie Skadi den Rücken zukehrte, die angespannt in die

Gesichter beider Männer sah, welche sich unter den Helmen glichen wie ein Ei dem anderen.

»Prinzessin, ich werde Euch nicht erneut in Ketten legen, wenn Ihr folgt«, sagte der Ältere mit sanftmütiger Stimme, der sie den langen Weg nach Glacies begleitet hatte, was Skadi zutiefst enttäuschte. Dieser Mann war der Eisprinzessin stets ein Vertrauter gewesen, nachdem ihr Vater im Krieg gefallen war. Dass ausgerechnet er die Hetzjagd auf zwei Unschuldige angeführt hatte, traf sie tief ins Mark.

»Ich folge Euch, trotz der Enttäuschung, die Ihr mir bereitet«, entgegnete Skadi schroff, während sie den Männern entgegenlief, welche die Eisprinzessin in ihre Mitte nahmen.

Doch der Soldat ignorierte ihre Provokation, sprach manierlich weiter: »Eure Mutter wartet bereits.«

Das Herz schlug Skadi bis zum Hals, ihr Atem wandelte sich in ein lautes Keuchen, als der Ältere das Tor aufstieß, das bis eben ihr einziger Schutz vor der machthungrigen Eiskönigin gewesen war, die sie einst geliebt und verehrt hatte. Doch nun paarten sich in ihrem Inneren Wut und Enttäuschung zu tiefstem Hass.

»Folgt mir!« Am ganzen Körper zitternd betrat Skadi den Thronsaal, schlich über graue Bodenplatten hinweg, während ihr Blick starr auf Caja gerichtet war, die am oberen Ende der Treppe auf dem Thron saß. Ihr Gesicht war wie versteinert, hob sich kaum von den deckenhohen Säulen ab, die sich rechts und links von der Eisprinzessin erhoben. Schließlich hielt sie – ohne ein Wort zu sprechen – am unteren Ende der Treppe inne und sank unterwürfig auf die Knie, während ihr Blick an den oberen Stufen haftete, um Caja nicht ansehen zu müssen. Doch sie spürte die strengen Augen der Eiskönigin auf sich, den hasserfüllten Ausdruck auf ihrem Gesicht.

»Geht!«, befahl Caja. Ihre Stimme war kalt wie Eis, scharf wie eine tödliche Klinge. »Schließt das Tor!«

Skadi wandte die Augen dem Boden zu, als sie die Schritte der Männer vernahm, welche sich von ihr entfernten, hielt den Atem an, als sich das schwere, eiserne Tor hinter ihren hochgewachsenen Gestalten schloss.

»Du hast mich verraten.« Die Eisprinzessin schaute auf, beobachtete Caja, die sich ihr mit bedächtigen Schritten näherte. »Mein liebstes Kind hat sich gegen die Krone gestellt, hat mir – ihrer Mutter – die Treue gebrochen.«

Skadi zitterte, Tränen standen in ihren Augen, ein Schluchzen entwich ihren vollen Lippen. Sie hatte Angst, fürchterliche Angst vor der Eiskönigin, vor den Konsequenzen ihrer kopflosen Flucht. Doch Skadi war bewusst, dass sie richtig gehandelt hatte, dass Kianas Befreiung die einzige Chance auf ein Überleben war.

»Warum hast du es getan?« Caja fasste ihre jüngste Tochter am Kinn, als diese erneut den Blick von ihr abwenden wollte. »Nenne mir einen Grund, den ich verstehe.« Ihr Griff wurde fester, ihre Augen eisiger, was blinde Wut in Skadi aufkommen ließ. Sie war nicht an diesen Ort gekommen, um Fragen zu beantworten, die Caja im gleichen Moment als Waffe gegen sie verwenden würde.

»Wo ist Raik?«, platzte es aus der Eisprinzessin heraus, ohne sich dem Verhör ihrer Mutter zu unterwerfen.

Ein erbarmungsloses Lächeln huschte über Cajas Gesicht, während sie sich ihr gegenüber auf eine Stufe sinken ließ. »Meine verdorbenen Kinder rotten sich zusammen, um mich zu stürzen!«, stellte sie kopfschüttelnd fest. »Dein Bruder ist, wo er hingehört.«

Skadis Augen verengten sich zu schmalen Schlitzen, wütend rappelte sie sich auf. »Wo ist Raik?« Die Worte entsprangen ihrer trockenen Kehle in Form eines lauten Schreis.

Caja stand auf, trat näher an ihre Tochter heran und fasste sie sanft an den Schultern. »Kind, er hat dich manipuliert. Nicht du trägst die Schuld.«

Die Eisprinzessin schüttelte den Kopf. »Ich habe ihn um Hilfe ersucht«, schluchzte Skadi weinend, obwohl sie sich selbst für ihre Tränen verachtete, die sie schwach wirken ließen. »Sag mir, wo er ist!«

Sie trat zurück, was Cajas Griff löste und wischte sich hastig die Tränen von den Wangen.

»Skadi, eine königliche Hinrichtung sorgt stets für Aufruhr.« Die Eiskönigin verschränkte die Arme vor der Brust und lief um ihre Tochter herum, deren Blick dem Boden zugewandt war. »Das Volk liebt dich, Töchterchen. Wenn der Henker deinen Bruder zum Galgen führt, verlange ich, dass du sprichst. Du wirst dem Volk sagen, dass Raik meinen Sturz geplant hat, dass er dich zwang, ihn zu unterstützen.«

Die Eisprinzessin schüttelte den Kopf, erneut traten Tränen in ihre Augen. »Ich werde nicht lügen«, schluchzte sie verzweifelt. »Du bist blind vor Hass. Ich verachte dich.«

Im nächsten Moment spürte Skadi einen Schlag, Cajas Handfläche auf der rechten Wange, die sogleich errötete. Bebend fasste die Eiskönigin erneut das Kinn ihrer Tochter und starrte in ihre fassungslosen Augen. »Du wirst unter Tränen deinen geliebten Bruder beschuldigen, dem du naiv geglaubt hast!«, zischte sie durch zusammengepresste Lippen.

Skadis Gesicht versteinerte sich, Wut blitzte in ihren mitternachtsblauen Augen auf. Sie verspürte eine fürchterliche Angst, Aufregung lag in hektischen Atemzügen. Doch sie hatte eine Entscheidung getroffen, die für sie unumstößlich war. »Wenn ich dir meinen Gehorsam verweigere, werde ich Raiks Schicksal teilen?« Ihre Stimme zitterte, ihre Worte schwankten zwischen Provokation und tiefster Furcht. Skadi war bewusst, dass die Eiskönigin für die Krone bereit war, über Leichen zu gehen.

Caja schüttelte kalt lächelnd den Kopf, während sie ihren Weg um die störrische Eisprinzessin fortsetzte. »Liebes, du hast die Wahl. Verdiene dir meine Vergebung, gestehe im Beisein des Volkes den Verrat deines Bruders. Gestehe, dann wirst du dein altes Leben zurückerhalten, ohne Konsequenzen befürchten zu müssen.«

Skadi rührte sich nicht, war wie gelähmt, lauschte angespannt den Worten der Eiskönigin, die sie kaum noch als Mutter identifizieren konnte.

»Gestehst du den Verrat deines Bruders nicht, wirst du heiraten. Ich werde dich persönlich dem Kerkermeister überlassen, der dich Manieren lehren wird.« Caja trat näher an sie heran und beugte sich über ihre zierliche Gestalt. »Triff die richtige Entscheidung, mein Kind. Er ist deinen Widerstand nicht wert.«

Skadi ballte die Hände zu Fäusten, hob den Kopf und schaute voller Entschlossenheit zu der Eiskönigin auf, deren Gesicht erneut zu Stein erstarrt war. »Du bist meine Mutter«, setzte sie schließlich fassungslos an. »Ich liebe dich, du warst alles für mich. Doch in den letzten Tagen musste ich erfahren, wie du wahrlich bist.« Skadi atmete tief ein, ehe sie Caja ihre Entscheidung mitteilte, die sie fällen musste, wenn sie in Zukunft noch in den Spiegel sehen wollte. »Ich werde heiraten!«

Die Stimmen waren bereits vor Stunden verebbt, waren einer unerträglichen Stille gewichen, die Kiana regelmäßig durch langsame Bewegungen unterbrach. Keuchend kroch sie immer tiefer in die Dunkelheit, ignorierte ihre blutenden Hände, ihre aufgeschürften Knie. Spitze Steine ragten aus der Erde hervor, bohrten sich wie Messer in die Haut der Königin.

»Ich kann nicht mehr«, seufzte Kiana, ehe sie den Atem anhielt, als ein modriger Geruch in ihr Gesicht schlug. Ihre Hände glitten blind über dünne Knochen eines lange verendeten Tieres, über winzige Käfer und Würmer, die den Tunnel vor vielen Jahren für sich beansprucht haben mussten. Die Königin spürte die krabbelnden Körper auf ihrer Haut, scharfe Fangzähne, die zwickten und brannten. Zitternd schloss sie die Augen, drohte in der verlassenen Höhle zusammenzubrechen. Sie fürchtete sich nicht vor Krabbeltieren, war mit Spinnen und anderem Getier aufgewachsen, welches immun gegen Eis und Schnee war. Doch sie hasste diesen unendlich langen Tunnel, der sie schmerzlich an die enge Zelle erinnerte, die seit frühester Kindheit ihre einzige Heimat gewesen war.

»Ich kann nicht mehr«, wiederholte Kiana kraftlos, während sie innehielt und ihre blutigen Handflächen anstarrte, ohne sie zu sehen. Winzige Steine brannten in tiefen Wunden, die bereits begannen, sich zu entzünden, was ihr Vorankommen deutlich erschwerte.

Schließlich glitten ihre Erinnerungen zu Skadi, zu der Angst in ihren Augen, als sie von den Männern aus dem Tunnel gezogen worden war. Sie betete, dass die Eisprinzessin unter Cajas Schutz stand, dass es ihr am Hof den Umständen entsprechend gut erging. Doch im nächsten Augenblick glitten Kianas Gedanken zu Raik, der eine Gefahr für Skadi darstellte, sollte er auf der Seite seiner Mutter stehen. Der abtrünnige Prinz, der in jungen Jahren bereit gewesen war zu töten, um an die Krone zu gelangen, war ein Risiko, das die Königin nicht einzuschätzen vermochte.

Kiana schluckte schwer, strich sich eine schwarze Haarsträhne aus dem Gesicht, die auf ihrer Haut kitzelte. Sie war eine junge Königin ohne Familie, ohne Rechte, ohne Reich. Ihr bisheriges Leben bestand lediglich aus Geschichten, Gewalt und tiefster Hoffnung, die sie täglich an der Krone festhalten ließ. Kiana hatte die falsche Königsfamilie stets verachtet, hatte jedem Einzelnen den Tod gewünscht. Doch als das Feuer in ihr schon fast erloschen war, hatte die Eisprinzessin ihren Gebeten ein Gesicht geschenkt.

»Ich habe geschworen, dass ich niemals aufgeben werde«, murmelte die Königin lautlos, als sie erneut an ihre erste Begegnung mit Skadi dachte, die viele Tage und Meilen zurücklag, während sie in den langen Tunnel starrte. Kiana hatte seit Stunden keinen menschlichen Laut mehr vernommen, bezweifelte, dass ihr die Schergen der Eiskönigin auf diesem Weg folgen würden. Sie war alleine, in tiefster Dunkelheit, die drohte, ihren Körper zu verschlingen. Dennoch kroch sie schneller, ignorierte die Müdigkeit, den pulsierenden Schmerz, der durch ihren Schädel schoss. »Ich werde nicht aufgeben«, fuhr Kiana verbissen fort. »Nicht jetzt!«

»Liebes, du bist hier.« Mit klopfendem Herzen stolperte Skadi die steilen Stufen hinab, erschauderte, als ein kalter Windhauch ihren Körper überfiel, welcher sich der abrupt stillstehenden Gestalt der Eisprinzessin durch die unterirdischen Gänge geisterhaft näherte. Ihr Blick fiel in die lodernde Flamme einer Fackel, die ihr als einziges Licht in der Dunkelheit diente, auf Leif, dessen Gesicht ein spöttisches Grinsen verzog.

»Ich habe die frohe Neuigkeit bereits vernommen«, fuhr der Kerkermeister hämisch fort, während er grob nach ihrem zierlichen Körper griff. »Doch wir müssen uns noch einige Zeit gedulden.«

Skadi erzitterte, als er sie gegen die Mauer presste, ihr Gesicht in seine Hände nahm und gierig über die vollen zartrosafarbenen Lippen der Eisprinzessin fuhr.

»Fass mich nicht an!«, zischte Skadi ungehalten, während sie Leif von sich stieß, dessen zügellose Hände im nächsten Augenblick über ihren Hals in Richtung Brust glitten. »Du wirst mir keine Manieren beibringen«, zitierte sie Caja wütend. »Ich werde niemals dein Eigentum sein. Eher wird mich Mutter persönlich an den Galgen führen müssen.«

Ein dunkler Schatten legte sich auf das Gesicht des Kerkermeisters, zornig umfasste er ihre Kehle und drückte sie unbeherrscht gegen die kalten Mauern. »Ich werde dich zu deinem missratenen Bruder bringen, Prinzessin.«

Skadi erschauderte, als er die Hand zurückzog und einen Arm um ihre Taille legte. »Hast du den freudigen Termin unseres Hochzeitstages bereits erfahren?«, fragte er betont zärtlich, was ihr den Atem stocken ließ. Leif war ein Sadist, ein Heuchler und Spieler, dessen Freundlichkeit stets dunkelsten Gedanken entsprang.

Die Eisprinzessin schüttelte schweigend den Kopf, das Herz schlug ihr bis zum Hals, Tränen brannten in ihren dunklen Augen. Sie fürchtete diesen Mann, der seit frühester Kindheit von der weißhaarigen Schönheit besessen war.

»Dieser Tag wird in die Geschichte unseres Reiches eingehen, Liebes.« Der Kerkermeister pausierte einen Moment lang, obwohl ihm bewusst war, dass tiefste Ungeduld ihr Inneres zerfraß. »Am Todestag deines Bruders wird unsere Hochzeitszeremonie vollzogen.«

Skadi hielt inne, was seinen Griff löste, starrte wie gelähmt in die blauen Augen des Mannes, den sie zutiefst verachtete. Schließlich schüttelte die Eisprinzessin den Kopf, weil ihrer Kehle kein Wort entsprang.

»Deine Mutter, eine wunderbare Frau, hat diesen Tag für uns festgelegt«, fuhr Leif provozierend fort, was ihre Zunge löste.

»Sei still!«, zischte Skadi voller Missachtung und Angst. »Ich hasse dich!«

»Mädchen!« Sie schrie, als er sie im Nacken packte, was die Stimmen der Gefangenen verstummen ließ. Die Eisprinzessin zitterte, weinte, ihr Blick war starr auf den feuchten Steinboden gerichtet. Wasser tropfte von hohen Decken auf sie herab, bildete winzige Pfützen, in denen sich ihr angsterfülltes Gesicht spiegelte.

»Ich werde dich zu deinem missratenen Bruder bringen.« Leifs raue Stimme hatte sich deutlich gesenkt, sanft hob er Skadis Kopf und strich eine weiße Haarsträhne aus ihrem tränenüberströmten Gesicht.

Die Eisprinzessin fürchtete ihn, seine Falschheit, sein unbeherrschtes Wesen, welches ihr Leben zerstören würde, sollte sie wahrlich zur Ehe mit ihm verpflichtet werden. Doch Skadi bereute ihren Widerstand nicht, hatte sich geschworen, an Raiks Seite zu stehen, der aufgrund ihres kopflosen Handelns im Kerker auf den Tod wartete.

»Skadi?« Die Eisprinzessin horchte auf, als sie die schwache Stimme des Prinzen vernahm, die aus einer schmalen Zelle an ihre Ohren drang.

»Was ist passiert?« Skadi entriss sich Leifs Griff, folgte den Worten ihres Bruders und umklammerte zittrig die eisernen Stäbe, die sie voneinander trennten. »Geht es dir gut?«

Raik nickte, während er sich schmerzerfüllt auf die Seite wandte und ihr einen traurigen Blick zuwarf. Sein rechtes Auge war zugeschwollen, von rot-violetten Blutergüssen übersät. »Ich habe alte Freunde getroffen.« Ein Husten entwich seiner Kehle, als er zu einem Lächeln ansetzte, sein ganzer Körper krümmte sich vor Schmerz.

Die Eisprinzessin wandte den Blick Leif zu, als dieser das Tor öffnete und huschte in die Zelle. Besorgt ließ sie sich neben Raik auf den Boden sinken, der flach atmend auf dem Rücken lag. Doch seine Augen waren auf den Kerkermeister gerichtet, der breit grinsend die Geschwister beobachtete.

»Unsere Hochzeit wird traumhaft schön«, sagte Leif provozierend, ehe er die Zelle verschloss, ihnen den Rücken zuwandte und laut pfeifend in der Dunkelheit verschwand.

»Hochzeit?« Raik setzte sich stöhnend auf und lehnte seinen geschundenen Körper gegen die Mauer. Sein Blick war gläsern, Schmerz lag in jeder Bewegung, in jedem Wort, das er sprach.

Skadi nickte betrübt. »Doch das spielt keine Rolle.« Sie fasste ihn am Kinn und drehte seinen Kopf auf die Seite, um sich die tiefen Wunden anzusehen, die zukünftig zu Narben werden würden. »Was ist passiert?«

»Mutter hat mein falsches Spiel durchschaut«, antwortete er knapp. »Ich, ich muss mich hinlegen«, presste Raik unter unerträglichen Schmerzen hervor.

Die Eisprinzessin riss sich hektisch den dünnen, braunen Ledermantel von den Schultern und faltete ihn zu einem flachen Kissen. »Ich werde mit ihr sprechen. Sie kann diese Behandlung nicht gutheißen.«

Raik schüttelte den Kopf, ein blitzartiger Schmerz durchfuhr seinen Schädel. Seit er vor vielen Tagen in den Kerker gebracht worden war, litt er unter dem unbändigen Hass der anderen Gefangenen, unter den Schlägen des Leibwächters der alten Königin, der ihm jede einzelne Wunde zugefügt hatte. Der Prinz war kaum fähig zu stehen, zu gehen, geschweige denn, sich dem kräftigen Mann zu widersetzen, der täglich drohte, ihn zu töten.

»Sie weiß es!«, hauchte Raik zwischen zwei qualvollen Atemzügen. »Warum bist du hier? Lebt sie?«

Skadis Blick schweifte über sein lädiertes Gesicht, ehe sie die eisblauen Augen des Prinzen fixierte, in denen der Kampf nicht verloren war.

»Kiana lebt, konnte Richtung Süden fliehen«, flüsterte die Eisprinzessin, ehe sie aufhorchte, als würde sie lauschende Ohren befürchten. Doch weder Leif noch die anderen Gefangenen schienen Notiz von den Sprechenden zu nehmen. »Mutter stellte mich vor die Wahl«, fuhr Skadi missmutig fort. »Um dein Todesurteil vor dem Volk zu rechtfertigen, sollte ich behaupten, dass du mich gezwungen hast, Hochverrat zu begehen. Mutter bot mir Freiheit an.« Sie brach ab, wandte ihre Augen dem Boden zu.

»Du hast abgelehnt!«, stellte Raik niedergeschlagen fest.

Skadi nickte. »Ich werde dich dem Volk nicht zum Fraß vorwerfen. Sie ist falsch, unsere ganze Familie besteht aus …«

»Sie will mich hängen sehen«, unterbrach Raik seine Schwester grob. »Es spielt keine Rolle, was das Volk denkt.« Er versuchte, sich aufzusetzen, um Skadi direkt in die Augen blicken zu können. Doch ein pulsierender Schmerz zwang ihn sogleich zurück auf den kalten Steinboden. »Nimm ihr Angebot an, heirate dieses Schwein nicht. Skadi, du hast ein solches Leben nicht verdient.«

Die Eisprinzessin schüttelte den Kopf, ihr Gesicht verzog sich zu einem unwilligen Schmollen. Sie war enttäuscht, hatte Dankbarkeit erwartet, vielleicht Erleichterung. Doch Raik hatte sein Schicksal bereits akzeptiert, wollte nur noch seine jüngste Schwester vor dem größten Fehler ihres Lebens bewahren.

»Gib nicht auf!«, zischte Skadi aufgebracht, als er den Blick von ihr abwandte und zur Decke starrte. »Solange Kiana am Leben ist, haben wir nicht verloren.«

»Versprichst du mir etwas?« Raik schien ihre Worte nicht vernommen zu haben, betrachtete ein Dutzend winzige Käfer, die über die Wände krabbelten.

Schließlich wandte er sich wieder seiner Schwester zu, als diese nicht reagierte, fing ihren traurigen Blick auf. »Versprich mir, dass du Mutters Angebot annimmst, wenn ich am Galgen stehe.«

Skadi seufzte, Tränen sammelten sich in ihren Augen. Sie brachte es nicht übers Herz, Raik zu verraten, konnte ihn der Meute nicht zum Fraß vorwerfen, die noch Jahre Schmachlieder über den abtrünnigen Prinzen singen würden. »Glaubst du, Mutter hat mich aus Mitleid in deine Zelle führen lassen?« Die Eisprinzessin wartete nicht auf eine Antwort, sprach unbeirrt weiter: »Sie weiß, dass du versuchen wirst, mich umzustimmen. Diesen Wunsch kann und werde ich ihr nicht erfüllen.«

Kapitel 7

Lange Zeit hatte Kiana geglaubt, blind zu sein, seit sie den weißen Schnee und das eisige Blau des Himmels am Tag zuvor letztmals gesehen hatte. Die Tunnelwände waren feucht, vermehrt krochen winzige Insekten über ihren Körper, der sich immer langsamer durch den tauenden Schlamm bewegte. Die Königin war entkräftet, müde, wünschte sich nichts sehnlicher als Schlaf, eine kurze Rast, um wieder Kräfte zu tanken. Doch wenn völlige Erschöpfung sie zu übermannen drohte, dachte Kiana stets an Skadi, die ihre Freiheit geopfert hatte, um ihr Leben zu retten. Die Eisprinzessin hatte sich den Männern widersetzt, hatte Prügel riskiert, um ihr Zeit zu schenken, flüchtige Minuten, die in diesen Tagen wertvoller waren als Gold.

»Ich schaffe es!« Kiana wiederholte jenen Satz, während sie sich durch den engen Tunnel zog. Sie spürte einen kümmerlichen, kalten Windhauch, der ihre Lebensgeister weckte, atmete tief ein, um den modrigen Geruch aus der Nase zu vertreiben. Die Königin musste sich in der Nähe eines Ausgangs befinden, was ihre zähen Bewegungen beschleunigte. Sie keuchte, das Herz schlug ihr bis zum Hals, als sie einen hellen Schimmer wahrnahm, der sich deutlich von der bedrückenden Dunkelheit abhob. Es war Schnee, der dunkle Stamm eines Baumes, der sich unter der schweren Last der zarten Flocken dem gefrorenen Erdboden zuneigte.

»Ich habe es geschafft!«, stöhnte Kiana voller Erleichterung, während sie sich rasch aus der Höhle zog und im Schnee liegen blieb, den sie sich nie so sehr herbeigesehnt hatte wie in diesem Moment. Ihr Körper schmerzte, ihre Gelenke brannten, als wäre sie kürzlich schwer verletzt worden. Der Tunnel hatte ihr das Leben gerettet. Doch den Tribut, welchen sie zahlen musste, war beträchtlich, so hoch, dass sie ihren entkräfteten Körper, dessen klägliche Überreste die Dunkelheit ausgespuckt hatte, kaum noch bewegen konnte.

Die Königin drehte sich auf den Rücken und beobachtete ein Dutzend Käfer, die ihr Haar erklommen. Sie waren feuerrot, die kräftigen Kiefer der Insekten nagten an Kianas langen, schwarzen Strähnen. Schließlich zog sie die Karte aus der Manteltasche und strich das alte Pergament glatt. Ihre hektischen Augen glitten über die Hütte, in der sie und Skadi überfallen worden waren, ehe sie sich schwerfällig aufsetzte, um ihren Standort zu lokalisieren. Doch die Umgebung bestand ausschließlich aus Schnee und Eis, was sie völlig orientierungslos zurückließ.

Die Königin seufzte frustriert, während sie sich aufrappelte und ihren geschwächten Körper in Bewegung setzte, obwohl sie die südliche Richtung nur erahnen konnte. Kiana hatte nie gelernt, die Himmelsrichtungen ohne Kompass zu deuten, hatte sich ausschließlich in einer winzigen Zelle zurechtfinden müssen. Nun wurde sie erneut für ihre Unwissenheit, für ihr Leben in Gefangenschaft, bestraft.

»Du bist es!« Kiana schreckte zusammen, wandte sich zitternd um, als sie eine helle Stimme vernahm, sah einem kleinen Mädchen in die Augen, die ihren glichen. Die Fremde konnte keine Glacien sein, die stets mit bläulichen, gräulichen oder grünlichen Augen geboren wurden. Dieses fremde Kind war eine Ignem, eine Angehörige des Volkes, dessen Regierung ihre Bestimmung war.

»Ich stamme aus dem Süden«, erklärte die Unbekannte das Offensichtliche, während sie nervös am blutroten Stoff ihres bodenlangen, bäuerlichen Kleides zupfte. »Mein Name ist Rami.«

»Ich bin …«, setzte Kiana an, ehe das Mädchen sie unterbrach. »Ich weiß, wer du bist.« Ein strahlendes Lächeln huschte über Ramis junges Gesicht. »Meine Mutter erzählte mir, dass die wahre Königin bereits auf dem Weg zu uns ist.«

»Deine Mutter …«

»… ist eine Hexe.« Das Mädchen schien es gewohnt zu sein, Sprechende zu unterbrechen. »Verzeiht«, fügte Rami kleinlaut hinzu, als sie Kianas strengen Blick auffing. »Ihr seid unsere Königin und ich behandle Euch wie eine von uns.« Ihre Gesichtszüge verfinsterten sich, unterwürfig wandte sie die Augen dem schneebedeckten Erdboden zu.

Kiana lächelte sanft, als das Mädchen schwieg, das sich bisher mit Worten nicht hatte beherrschen können. »Ich wäre gerne eine von euch. Bitte behandle mich so.« Ihre warme Aufforderung zauberte ein kindliches Lachen auf Ramis Lippen.

»Wir haben einen langen Weg vor uns«, entgegnete das Mädchen aufgeregt, während sie sich umsah, als würde sie Verfolger befürchten. »Die Glacien sind weit entfernt. Fürchte dich nicht.«

Kianas nervöser Blick traf Ramis Hände, die einander zitternd umklammerten. »Leider konnten wir die Eisprinzessin nicht vor ihrem Schicksal bewahren. Sie ist zurück in Glacies, im Kerker gefangen.« Das Mädchen schaute mit traurigem Blick auf, während sie Kianas linke Hand ergriff. »Der Prinz hat dich nicht verraten. Sie stehen dir – der wahren Königin – treu zur Seite, um die seelenlose Thronräuberin zu stürzen.« Rami brach ab, als ihre Stimme zu zittern begann. In ihren dunklen Augen lag Traurigkeit, ein Geheimnis, das sie nicht wagte, in Kianas Gegenwart auszusprechen.

»Was hast du auf dem Herzen?«, fragte die Königin angespannt, während sie die Hand des Mädchens fester umfasste. »Was ist geschehen?«

Rami räusperte sich, wandte die Augen den winzigen Käfern in Kianas Haaren zu, ehe sie wieder in ihr dreckverschmiertes Gesicht sah. »Der Prinz wird hängen, wenn wir uns nicht sputen. Er wurde von seiner Mutter, der Eiskönigin, wegen Hochverrats zum Tode am Galgen verurteilt. Die Eisprinzessin wird als Bestrafung einen grausamen Mann ehelichen müssen. Sie werden beide zugrunde gehen.«

Kiana riss die Augen auf, antwortete nicht, brachte in diesem Augenblick kein Wort heraus. Ihren Lippen entsprang lediglich ein unverständliches Krächzen, als sie es dennoch versuchte. Sie hatte in Raiks Nähe anfangs nur Angst und Hass gespürt, weil er der Schlächter ihrer Mutter gewesen war. Doch nun schenkte er ihr sein Leben, obwohl sie sich nicht kannten, indem er riskierte, von seinem eigenen Volk gehängt zu werden.

»Das darf nicht geschehen!«, entgegnete die Königin schließlich. Ihre Worte klangen besorgt, verzweifelter, als sie beabsichtigt hatte.

»Meine Mutter sah deine Verbündeten in den Flammen, ehe ihre Verbindung am gestrigen Abend vollständig abbrach.« Das Mädchen seufzte frustriert. »Auch in Glacies gibt es Hexen …« Ramis Augen verengten sich zu schmalen Schlitzen, als sie Kiana einen verachtenswerten Blick zuwarf. »… abtrünnige Hexen«, fügte sie mit leiser, verächtlicher Stimme hinzu.

Die Königin sah skeptisch auf das kleine Mädchen hinab, das ihr zehntes Lebensjahr noch nicht vollendet haben konnte. Kiana hatte nie an Hexen geglaubt, hatte sie stets für Gestalten aus gruseligen Märchen gehalten, die entstanden waren, um Kindern Gehorsamkeit zu lehren. Doch Rami sprach von Hexenkräften, als wäre ihre Existenz eine Selbstverständlichkeit.

»Wie viel Zeit bleibt uns?«, fragte Kiana nervös, während sie sich hastig in Bewegung setzte und das Mädchen mit sich zog, das ihren schnellen Schritten kaum standhalten konnte.

Rami zuckte mit den Schultern, während sie ihr keuchend folgte. »Ich weiß es nicht«, entgegnete sie japsend zwischen zwei Atemzügen.

»Ich habe Skadi im Stich gelassen, obwohl sie mir treu zur Seite stand«, murmelte die Königin niedergeschlagen, als sie Ramis besorgten Blick auffing. »Ich hätte sie retten müssen.«

Das Mädchen hielt abrupt inne, schüttelte langsam, aber entschieden den Kopf. »Sie lebt, während du gequält und getötet worden wärst, weil die Eiskönigin glaubt, die Erzkrone an sich binden zu können. Für kurze Zeit mag es möglich sein, die ewige Flamme zu täuschen, doch nicht ewig!« Sie schaute durchdringend zu ihr auf. »Du hast das einzig Richtige getan!«, fuhr Rami nachdrücklich fort.

Kiana tat es gut zu sprechen, ihre Sorgen und Nöte jemandem anzuvertrauen, obwohl ihr das Mädchen völlig fremd war. Doch sie fühlte sich mit Rami verbunden, die ihr Volk besser verstand, als es die Königin wohl jemals tun würde.

»Wir haben einige Tagesstrecken vor uns«, fuhr Rami fort, als könnte sie ihre Gedanken lesen, die im nächsten Augenblick den weit entfernten Süden streiften. »Doch ich habe genug Vorräte für uns beide.« Sie wies auf einen winzigen Beutel, dessen rote Kordeln ihr rechtes Handgelenk umschlangen.

Kiana betrachtete das Mädchen mit skeptischem Blick, als würde sie ihren Geisteszustand bezweifeln. Doch sie sagte nichts, wandte sich wieder dem steilen Hügel zu, der sie ihrer letzten Kraftreserven zu berauben drohte.

Rami lachte amüsiert. »Du musst noch viel über uns lernen.«

»Erzähl es mir«, antwortete die Königin keuchend. »Wir haben genug Zeit.«

»Du kennst die Prophezeiung?«

Kiana nickte. »Raik …« Ein flaues Gefühl breitete sich in ihrer Magengrube aus, als sie erneut an ihn dachte. »… der Prinz hat mir von ihr erzählt«, verbesserte sie sich selbst.

Das Mädchen sah forschend zu ihr auf, ein breites Grinsen umspielte ihre Lippen. »Du magst ihn«, stellte sie schließlich ehrlich überrascht fest.

Kiana hielt abrupt inne, zog Rami näher zu sich heran und schüttelte heftig den Kopf. »Er hat meine Mutter getötet«, zischte sie aufgebracht. »Ich vertraue ihm nur, weil ich keine andere Wahl habe. Wenn ich mich jemals verlieben sollte, wird es ein Mann aus dem Süden sein. Die Glacien haben mein Leben, meine Familie zerstört!« Ihre Stimme wurde lauter, wütend betonte sie jedes Wort, das ihren Lippen entwich.

Rami antwortete zunächst nicht, betrachtete den bebenden Körper der Königin von Kopf bis Fuß. »Ich wollte dir nicht zu nahe treten«, entgegnete das Mädchen schließlich schüchtern, während sie ihr den Rücken zukehrte, um dem Weg weiter zu folgen.

Kiana atmete tief ein, Verwirrung legte sich wie ein dunkler Schatten auf ihr Gesicht. Sie hatte stets ruhig und besonnen gehandelt, war nie aufgrund von Worten außer Fassung geraten. Doch als Rami, die unbedarfte Fremde, auf Raik zu sprechen gekommen war, hatte sie eine glühende Hitze gespürt, die fortwährend in ihrem Körper nachhallte. »Glaubst du wahrlich, dass ich für den Sohn meiner Feindin, den Mörder meiner Mutter, etwas empfinden könnte?« Ihre Frage war mehr an sich selbst gerichtet als an Rami, deren Blick unterwürfig dem Erdboden zugewandt war.

»Was wirst du tun, wenn das Königreich dein ist?« Kiana war es nicht gewohnt, dass ein junges Mädchen so vorwurfsvoll zu ihr sprach. »Wird er hängen? Wird die Eisprinzessin hängen, die Tochter deiner Feindin?«

Die Königin schüttelte den Kopf, während sie sich Rami einen Schritt näherte. »Ich werde gerecht über meine Feinde und deren Familien urteilen.«

Rami lächelte, schaute selbstbewusst in Kianas forsches Gesicht. »Befreie dich von deiner Wut, befreie dich von Reue und

Selbstzweifel. Dann wirst du eine würdige Königin sein.«

»Ihr seid allerliebst!« Raik schreckte aus dem Schlaf auf, als er Leifs Stimme vernahm, die eiskalt an seine Ohren drang. Sein Blick fiel auf Skadi, die neben ihm saß. Sie hatte nicht geschlafen, sah wiederholt voller Besorgnis auf ihren Bruder hinab, der seit Stunden reglos auf dem eisbedeckten Steinboden lag.

»Die Garde verlangt nach ihrem Prinzen«, fuhr er spöttisch fort.

»Nein!« Die Eisprinzessin sprang entrüstet auf, näherte sich dem Kerkermeister und umklammerte die Gitterstäbe mit eisernem Griff. »Es reicht!«

Skadi erschauderte, als Leif das Tor öffnete, eintrat und sie am Kinn fasste, was sie zwang, ihm ins Gesicht zu blicken. »Meine Schöne …« Er strich sanft durch ihr weißes, langes Haar, das Schnee glich. »Möchtest du dich ihm stellen?«

Die Eisprinzessin stieß ihn grob von sich und sah auf ihren Bruder hinab, als sie im Augenwinkel sehen konnte, dass er sich schwerfällig aufsetzte.

»Skadi, tu es nicht!«, befahl er mit grober Stimme, als ihre Blicke sich trafen.

Doch sie antwortete nicht, schenkte Raik nur ein warmes Lächeln, ehe sich ihre Miene verfinsterte, als sie erneut den Kerkermeister ansah, dessen Braut sie am Tag der Hinrichtung ihres Bruders werden würde. »Ich bin weder schwach noch ängstlich.« Ihre Worte klangen kälter als Eis, schärfer als der Dolch, den Leif im nächsten Moment zog und ihr an die Kehle drückte. Die Eisprinzessin rührte sich nicht, sah ihn mit ausdruckslosen Augen an, ohne die Waffe eines Blickes zu würdigen. »Bring mich …«

»Rühr sie nicht an!« Raik rappelte sich mühselig auf, griff nach seiner Schwester und zog sie hinter sich. »Skadi wird von diesem Mann nicht angerührt!«

Die Eisprinzessin schüttelte den Kopf, stieß grob in seine gebrochenen Rippen, was ihren Bruder atemlos auf die Knie zwang. Schließlich sah sie erneut in Leifs Richtung, dessen Gesicht sich in ein dämonisches Grinsen verzog.

»Ich möchte diesen Mann sehen, der seit Tagen meinen Bruder misshandelt.«

Das Lachen ihres zukünftigen Ehegatten erstarb, als er ihren forschen Befehl vernahm, Anerkennung beschlich sein Gesicht.

»Nun gut«, sagte Leif, ehe er seiner Braut eiserne Handfesseln anlegte. Unsanft zog der Kerkermeister an einer kurzen Kette, als wäre sie ein Hund, der Auslauf bekam.

Skadi schaute nur einen Moment zurück, während sie dem Mann folgte, den sie insgeheim fürchtete, seit sie sich vor vielen Jahren das erste Mal begegnet waren. Schon damals war sein Blick gierig gewesen, sein dunkler Charakter voller Hass und Missgunst.

»Du beeindruckst mich.« Leif hielt abrupt inne, zog seine Zukünftige zu sich heran, fasste ihr Gesicht und drückte die Lippen auf ihre.

»Deine Mutter verlangt, dass du jungfräulich in die Ehe gehst«, seufzte der Kerkermeister in ihr Ohr, während er sie umwandte und ihr Gesicht gegen das Gitter drückte. »Doch ich kann noch ganz andere Dinge mit dir tun, Prinzessin.«

Skadi erschauderte, als seine Hände grob unter ihr bäuerliches Kleid glitten. Doch die Eisprinzessin sagte nichts, rührte sich nicht, presste die Lippen aufeinander und starrte gedankenverloren in die

Dunkelheit der Zelle hinein, obwohl ihr ganzer Körper befahl, zu schreien, zu weinen, sich zur Wehr zu setzen.

»Hast du nichts zu sagen?«, fragte der Kerkermeister verwundert, während er erregt an ihre Brust fasste, was die Eisprinzessin schweigend erduldete. Grob drehte Leif ihren Vorderkörper wieder zu sich, sah misstrauisch in Skadis mitternachtsblaue Augen.

»Glaubst du, dass ich weine, schreie, dich anflehe, es nicht zu tun?«, fragte die Eisprinzessin schallend laut lachend, als seine rauen Hände über ihren Hals glitten. »Du wirst mich mein Leben lang quälen, Leif. Doch ich werde niemals um Gnade betteln. Das bist du jämmerliche Gestalt nicht wert.«

Skadi war wie gelähmt, als er sie im nächsten Augenblick fester gegen das Gitter drückte und erneut unter ihr Kleid fuhr. Sie spürte seine raue Hand, die ihre Oberschenkel berührte, die zweite, welche auf der linken Wange der Eisprinzessin ruhte.

»Ich verehre dich, Schönheit«, hauchte der Kerkermeister in ihr Ohr. »Du wirst mir gehören, mir allein.«

Skadi presste die Lippen aufeinander, kniff die Augen zusammen, als er ihren Hals küsste. Sie spürte, wie Leifs Hände durch ihr langes Haar fuhren, wie er seinen muskulösen Körper fester gegen ihren drückte.

»Weißt du, dass ich jede Nacht von dir träume?«, keuchte der Kerkermeister zwischen hektischen Atemzügen, ehe er sich abrupt von ihr löste und ihre Kehle umfasste. »Du wirst mich anflehen, ich schwöre, dass du mich anflehen wirst!« Irrsinn leuchtete in seinen Augen auf, kranker Wahn, sie zu besitzen, lag in seinen abscheulichen Worten.

Die Eisprinzessin schüttelte den Kopf. »Ich werde dich nicht anflehen«, entgegnete sie selbstbewusst. »Doch ich möchte dir ein Angebot unterbreiten.« Skadi räusperte sich, um ihre unmerklich zitternde Stimme unter Kontrolle zu bringen. »Wir werden schon bald Mann und Frau sein. Ich bin eine Prinzessin. Von mir wird erwartet, dass ich gänzlich unangetastet bin. Lass mir meine Würde, Leif. Erweise meinem Bruder und mir etwas Respekt. Dann werde ich dir in unserer Hochzeitsnacht zu Willen sein.«

Skadi beobachtete nervös, wie er zurücktrat, sie skeptisch von Kopf bis Fuß ansah. Schließlich streckte er eine Hand nach ihr aus und strich sanft durch das lange Haar der Eisprinzessin. »Ich respektiere dich, Liebes«, entgegnete der Kerkermeister, während er die Kette umfasste, die sie zwang, ihm zu folgen. »Ich bringe dich zurück.«

Skadi schüttelte den Kopf, trat näher an ihn heran, fuhr zitternd durch sein dunkles Haar, was einer beinahe zärtlichen Geste gleichkam. »Dieser Mann misshandelt meinen Bruder seit Tagen. Ich möchte mit ihm sprechen.«

Leif griff nach Skadis Hand, die ihn berührte, und strich sanft über ihre langen Finger. »Er wird deine Fragen nicht beantworten, Liebes.«

Die Eisprinzessin schenkte ihm ein warmes Lächeln, obwohl es ihr schwerfiel, seine Gunst erobern zu müssen. »Er wird mit mir sprechen!«, entgegnete Skadi, während sie ihre Hand von seiner löste und dem schmalen Gang folgte, der sie tiefer in den Kerker führte. Die Eisprinzessin lief bedächtig, sah in jede einzelne Zelle hinein, die sie passierte. Doch sie erkannte nur die Silhouetten von Gefangenen, die in den Ecken kauerten und in ihre Richtung starrten.

Schließlich hielt Leif vor einer Zelle inne und blickte in die dunklen Augen des Mannes, der einst die rechtmäßige Königin bis zu ihrem frühen Tod beschützt hatte.

»Ich lasse euch alleine.« Der Kerkermeister ließ die Kette fallen, die rasselnd auf dem Steinboden aufschlug, und entfernte sich einige Schritte von ihr. »Hintergehst du mich, wird dein Bruder es büßen.«

Skadi nickte, ehe sie die Augen wieder dem Mann zuwandte, der Raik seit vielen Tagen folterte, um seine Gier nach Rache zu befriedigen. »Du hast den Kerker nicht verdient«, sagte der Unbekannte, während er sich erhob und näher an das Gitter herantrat. »Du magst die Tochter der Eiskönigin sein, die Schwester des Jungen, der meine Herrin getötet hat.« Er fasste sie am Kinn und hob ihren Kopf. »Dennoch bist du besonders, die Erfüllung einer …« Die Eisprinzessin riss die Augen auf, als er auf die Prophezeiung zu sprechen kam, und legte sich rasch einen Zeigefinger an die Lippen.

»Ihr ward der Leibwächter von Kianas Mutter?«, fragte Skadi leise flüsternd, während sie hektisch den langen, dunklen Gang entlang sah. Doch Leif hatte sich gänzlich von ihr entfernt.

»Das war ich einst«, antwortete der Unbekannte, dessen Blick ausdauernd auf ihrem Körper haftete.

»Ich habe Kiana befreit, brachte sie zu meinem Bruder, der uns bis zum heutigen Tag unterstützt.« Skadi atmete hektisch, als ihre Gedanken die Männer streiften, die sie aus dem Tunnel gezerrt hatten. »Wir stammen von verfeindeten Völkern ab, doch wir haben das gleiche Ziel. Dafür werde ich Eure Hilfe brauchen!«

Zitternd schlang Kiana eine wärmende Decke aus brauner Schafswolle um ihren Körper, während ihr müder Blick auf ein Feuer gerichtet war, das Rami mittels eines bloßen Gedankens entzündet hatte. Sie war noch eine junge Hexe, eine Novizin, welche die Lehren ihres Volkes aufsaugte, um ihm zukünftig zu dienen.

»Bist du hungrig?«, fragte das Mädchen lächelnd und zog ein winziges Samenkorn aus dem kleinen, braunen Beutel, dessen goldene Kordeln ihr Handgelenk umschlangen.

Die Königin nickte, beobachtete Rami skeptisch, die das Saatkorn in die Flammen warf. »Das Feuer ernährt uns«, fuhr die Hexe schmunzelnd fort, ehe sie nach einem langen, dünnen Ast griff und in der Glut stocherte.

Kiana riss verblüfft die Augen auf, als sich der Samen aufblähte, den Rami im nächsten Augenblick mit dem spitzen Ende des Astes aufspießte und aus dem Feuer zog.

»Möchtest du ein Stück Brot?«, fragte das Mädchen lachend, während sie den Laib in zwei Hälften teilte und der Königin eine zuwarf, ohne die Antwort auf ihre Frage abzuwarten. »Es ist noch wunderbar frisch.«

»Danke«, antwortete Kiana verblüfft, während sie verdutzt über das Brot strich. Skeptisch roch sie an dem frischen Laib, ehe sie ihre Zähne in die harte Kruste bohrte, um den tiefen Hunger zu stillen, der seit Stunden in ihrem Inneren rumorte. »Wie ist das möglich?«, fragte die Königin zwischen zwei Bissen.

»Während der Norden in Schnee und Eis versinkt, leidet der Süden unter anhaltender Trockenheit, die lange Zeit unser Leben bedroht hat. Doch wir sind Hexen, sind seit Generationen eng mit der Natur verbunden. Wir erschaffen aus dem Nichts Feuer, aus Samen Nahrung.« Sie brach ab, nahm einen Bissen, ehe sie weitersprach: »Als Königin bist du verpflichtet, dein Volk zu kennen. Ich werde dich das Wissen lehren, wenn du es gestattest.«

Kiana ließ das Brot auf den Erdboden sinken und starrte niedergeschlagen in die Flammen. Ihr war bewusst, dass die junge Hexe nicht gewillt war, sie zu kränken, dass ihre Worte ausschließlich einer bloßen Feststellung entsprangen. Dennoch schaute Rami schuldbewusst zu der Königin auf, als sie ihren trüben Blick wahrnahm.

»Verzeih«, hauchte das Mädchen, während sie nervös auf ihrer Unterlippe kaute. »Mutter warnt mich stets vor meinem großen Mundwerk.«

Kiana antwortete zunächst nicht, ließ sich müde auf den Boden sinken und starrte gedankenverloren in das sternengesäumte Firmament hinauf. Ihr Blick schweifte über dunkle Wolken, die Richtung Norden zogen, um das Königreich auch in dieser Nacht unter Eis und Schnee zu begraben.

»Du bist ein bezauberndes Mädchen«, sagte die Königin schließlich ächzend. Erschöpft drehte sie ihren entkräfteten Körper auf die Seite, um sich endgültig dem Schlaf hinzugeben, den sie sich bereits seit vielen Stunden herbeisehnte. Doch ehe Kiana die Augen schließen konnte, vernahm sie Schritte, laute Stimmen, die von allen Seiten an ihre Ohren drangen.

Die Königin setzte sich wie elektrisiert auf, griff nach der Decke und sprang panisch auf die Beine. »Wir müssen fliehen!«, zischte sie ungehalten, als sich Rami nicht augenblicklich rührte. »Die Schergen der Eiskönigin. Sie sind hier.«

Doch das Mädchen schüttelte den Kopf, ein sanftes Lächeln legte sich auf ihr gerötetes Gesicht. »Ich kann jeden Schritt spüren, der in meiner Nähe getan wird.« Sie rappelte sich auf, reichte Kiana eine Hand, die sie nach kurzem Zögern ergriff. »Der Süden ist hier, um dich sicher zur ewigen Flamme zu geleiten.«

Kapitel 8

»Skadi! Raik!«

Die Eisprinzessin wandte den Kopf auf die Seite, während sie zwischen Traum und Realität schwankte. Sie vernahm die helle Stimme nur gedämpft, völlig verzerrt, was ihr jede Menschlichkeit abverlangte.

»Wacht auf!«

Ihr verschwommener Blick traf Raik, an dessen Schulter sie lehnte, seit sie vor vielen Stunden eingeschlafen war. Doch er schien die Worte nicht wahrzunehmen, welche immer tiefer in ihr Bewusstsein eindrangen.

»Wacht auf!«

Skadi hob verschlafen den Kopf, als die Stimme erneut erklang, sah in das weiße Gesicht einer Gestalt, die sie im ersten Augenblick nicht fähig war zu identifizieren. Zunächst keimte in ihr die Angst auf, dass Leif zu ihr sprach, dass er die Eisprinzessin, entgegen seinem Versprechen, aus der Zelle holen wollte, um sie zu missbrauchen. Doch die verzerrte Stimme hatte auch Raik angesprochen, der fortwährend keine Notiz von dem unerwarteten Besuch nahm.

»Ich bin es!« Die leise Stimme wandelte sich in ein ungeduldiges Zischen, das einer Schlange gleichkam.

»Wer, wer …?« Die Eisprinzessin schreckte mit klopfendem Herzen auf, als sie das Quietschen des eisernen Tores vernahm, welches den Weg in die Freiheit versperrte, Schritte, die sich ihrem wehrlosen Körper langsam näherten.

»Wie geht es euch?« Zitternd richtete Skadi sich auf, starrte in das sorgenvolle Gesicht ihrer Schwester Isa, die sanft eine Hand auf die Stirn der Eisprinzessin legte. »Du hast Fieber«, stellte sie mütterlich fest. »Trink das! In wenigen Stunden wird es verschwunden sein.«

Skadi antwortete nicht, griff zitternd nach einem kleinen, bauchigen Fläschchen und trank die bittere Flüssigkeit, die prompt schwerste Übelkeit in ihr auslöste. Sie würgte, drohte, die Medizin gleich wieder auf dem steinernen Boden zu erbrechen.

»Übergib dich nicht.« Die Eisprinzessin nickte, lehnte den Kopf zurück und starrte schwer atmend in die Dunkelheit. Ihre volle Konzentration galt ihrem Magen, der Unterdrückung von Übelkeit, die erst nachließ, als sie einen Schluck Wasser zu sich nahm.

Schließlich fiel Isas Blick auf Raik, der reglos an der Mauer lehnte. Er schlief, war durch ihren Eintritt in die Zelle nicht erwacht.

»Bist du wirklich hier, um nach uns zu sehen?«, fragte Skadi mit trauriger Stimme, während sie den Kopf von der Mauer löste. Tränen liefen über ihr Gesicht, schluchzend wandte sie sich Raik zu, der wie elektrisiert die Augen aufschlug, als er Isas Berührung auf einer Wange spürte. Zunächst war sein Blick voller Verwirrung. Doch als der Prinz seine Schwester erkannte, die er zutiefst verachtete, verhärteten sich seine Gesichtszüge zu völliger Ablehnung.

»Verschwinde, du blöde Gans«, raunte Raik wütend und richtete sich unter Schmerzen stöhnend auf. Er ignorierte Isas schockiertes Gesicht, als sie die Blutergüsse wahrnahm, die in den letzten Tagen eine tiefrote Farbe angenommen hatten. Sie übersäten nahezu sein ganzes Gesicht, was die Prinzessin nur vermuten ließ, wie es um den Zustand seines restlichen Körpers bestellt war.

»Verschwinde, du arrogantes Miststück. Geh zu unserer niederträchtigen Mutter, wo du hingehörst«, fuhr Raik völlig außer Fassung fort, als Isa der Aufforderung zu gehen nicht gleich nachkam. »Ich habe dich angefleht, sie zu überzeugen. Doch du hast es vorgezogen, mich meinem Schicksal im Kerker zu überlassen.« Er ignorierte Skadi, die ihn sprachlos anstarrte, fuhr unbeirrt fort: »Selbst deine jüngere Schwester ist dir nicht heilig. Du bist verachtenswert, Isa.« In seiner erhobenen Stimme lagen tiefste Missachtung und unbändige Wut, die den ganzen Körper des Prinzen erschütterten.

Schließlich fiel sein Blick auf die Eisprinzessin, deren Augen dem Boden zugewandt waren, ehe er wieder Isa ansah, die sich nie ernsthaft für die Ängste und Sorgen von Skadi interessiert hatte. Sie glich Esther und Caja, die stets ausschließlich auf ihren eigenen Vorteil bedacht waren.

»Bitte, hör auf! Ich möchte nicht streiten.« Die Eisprinzessin hob den Blick, sah Raik unglücklich an. In ihren mitternachtsblauen Augen paarten sich Angst und Verzweiflung, die sich in hektischen Atemzügen niederschlugen. Sie hatte bereits begonnen an ihrer Hoffnung zu zweifeln, die sie in den letzten

Wochen auf den Beinen gehalten hatte, ihr scheinbar unvermeidliches Schicksal zu akzeptieren, das sie beinahe zerstörte.

»Sie interessiert sich nicht für dich, Skadi«, entgegnete Raik gröber als beabsichtigt. »Ist es nicht so?« Er wandte sich erneut Isa zu, die seinen hasserfüllten Blick empört erwiderte, was jedes Mitleid in ihr zerbrechen ließ wie Glas.

Die Prinzessin stand auf, entfernte sich einige Schritte von ihm. »Ich wollte euch Nahrung bringen, euch mitteilen, dass ich Mutter versuchen werde, umzustimmen«, sagte Isa schließlich gekränkt, während sie einen Laib Brot aus der Manteltasche zog und vor die Füße ihres Bruders warf. »Doch ich lasse mich nicht länger von dir verunglimpfen. Du hast mich belogen, hast mein Vertrauen schändlich missbraucht.« Die Prinzessin schüttelte angewidert den Kopf. »Ich habe dir in der Bibliothek mein Herz ausgeschüttet, von meinen Sorgen erzählt, die du nutzen wolltest, um mich zu manipulieren.« Sie keuchte, sprach atemlos weiter: »Verrotte im Kerker, Raik. Du hast es verdient!«

Mit entschlossenen Schritten verließ Isa die Zelle und schloss das Tor, ehe sie ihren Geschwistern wortlos den Rücken zuwandte. Im nächsten Augenblick erkannte Skadi nur noch ihren weißen, bodenlangen Mantel, dem die flackernden Fackeln ein geisterhaftes Aussehen verliehen.

»Warte!«, rief die Eisprinzessin verzweifelt, als die Gestalt ihrer Schwester fast unsichtbar geworden war.

»Lass sie gehen!«, entgegnete Raik schroff, während er wütend das Brot gegen die steinerne Mauer stieß. »Sie hasst dich, Skadi. Dieses Miststück ergötzt sich an unserem Leid.«

Die Eisprinzessin schüttelte den Kopf, ehe sie sich aufrappelte und zitternd die eisernen Stäbe umfasste. »Bitte, hilf uns.« Ihre Stimme füllte tiefste Verzweiflung. »Bitte, hilf uns!«, wiederholte sie weinend.

Schluchzend taumelte Skadi zurück, als Isa quälend lange Minuten nicht auf ihren Ruf reagierte, und ließ sich niedergeschlagen neben Raik auf den Boden sinken.

»Weine nicht.« Ihren Lippen entwich ein tiefes Schluchzen, während sie sich die Tränen von den Wangen strich. Tröstend zog Raik die Eisprinzessin in seine Arme und küsste sie auf die Stirn. »Bitte, verzeih mir. Ich hätte sie den Grund ihres Kommens erklären lassen müssen.«

Zitternd griff Skadi nach dem dünnen Laib Brot, riss ein Stück ab und reichte den Rest Raik, der es unangetastet neben sich auf die Steinplatten sinken ließ. Sie hatten seit Tagen nichts gegessen, der Hunger nagte unerbittlich an ihren ausgelaugten Körpern.

»Iss!«, entgegnete die Eisprinzessin streng, ohne auf die Entschuldigung einzugehen, und lehnte sich an seine Schulter.

Raik antwortete nicht, schüttelte niedergeschlagen den Kopf, während er in tiefste Dunkelheit starrte, die Isa kurz zuvor verschluckt hatte. Er bereute seine harschen Worte, welche die Prinzessin aus dem Kerker vertrieben hatten, bezweifelte ihre baldige Rückkehr.

»Schlaf!«, murmelte der Prinz liebevoll, griff nach einer dünnen Decke und legte sie fürsorglich um die schmalen Schultern seiner jüngsten Schwester. Skadi spürte, wie er zärtlich durch ihr langes, weißes Haar strich, was sie nach und nach in einen schlafähnlichen Zustand versetzte.

»Ich werde dich beschützen«, fuhr Raik entschlossen fort, während er den Kopf zurücklehnte und die vereiste Decke anstarrte, bis ihm die Augen zufielen.

»Meine Königin!« Kiana wich zurück, als sie die langen Schatten von drei Männern und vier Frauen erkannte, die sich ihr mit gemächlichen Schritten näherten. Ihr angstvoller Blick fiel auf einen Mann, der ihr gegenübertrat und sich verbeugte. »Die Garde der Eiskönigin ist auf der Suche nach Euch, Hoheit. Wir sind gekommen, um Euch zu beschützen, um Euch sicher zu Eurem Ziel zu geleiten.«

Kiana antwortete nicht, sah skeptisch auf Rami hinab, die freudestrahlend einer jungen Frau in die Arme fiel, ehe sie wieder den Mann ansah, dessen dunkle Augen weiterhin auf sie gerichtet waren. Die Königin war voller Argwohn, hatte stets geglaubt, dass sie eine Verbindung zu ihrem Volk spüren müsste, sollte sie ihm jemals gegenüberstehen. Doch Kiana empfand nur tiefstes Misstrauen, eine nagende Angst, die sich in ihrem Körper ausbreitete wie Eis.

»Bitte, folgt uns«, fuhr die Frau fort, die Rami in den Armen hielt. »Lasst uns Eurer Krone die ewige Flamme erneut schenken.«

Kiana nickte, während sie sich einige Schritte von dem Unbekannten entfernte, der angeboten hatte, sie zu beschützen, und musterte ihn von Kopf bis Fuß. Er war ein anziehender Mann, gekleidet in schwarzen Hosen und einem roten Ledermantel, der bis zu gleichfarbigen Stiefeln reichte. Seine Hautfarbe glich einem zarten Braun, wie es für das Volk der Ignem üblich war. Nur Kiana stach mit ihrer schneeweißen Haut hervor, was ihrer langjährigen Gefangenschaft geschuldet war.

»Es war nie meine Absicht, Euch zu nahe zu treten, Hoheit«, fuhr der Fremde ehrlich betroffen fort, als er Ablehnung und Angst in den raschen Schritten wahrnahm, mit denen sich die Königin von ihm entfernte. »Die Hexen schickten mich, um Euch als treue Leibwache zu dienen. Lasst mich Euer Leben vor den Schergen der Eiskönigin beschützen.«

Kiana hielt inne, schenkte ihm ein warmes Lächeln. »Wie lautet Euer Name?«, fragte sie, ohne zu seiner Bitte Stellung zu beziehen.

Der Unbekannte verbeugte sich erneut, während er ihr Lächeln erwiderte, das die junge Königin sogleich völlig in seinen Bann zog. »Mein Name ist Sharik«, entgegnete er. Seine Stimme war sanft, sein Blick glitt abschätzend über ihr erschöpftes Äußeres. Dennoch konnte die Königin Interesse in seinen Augen erkennen, was ihre Wangen erröten ließ.

»Es wäre mir eine Ehre, Euch dienen zu dürfen«, fuhr der Leibwächter fort, als Kiana nicht antwortete.

Ihre Augen waren weiterhin auf seine sanften Gesichtszüge gerichtet, die sich deutlich von den Glacien unterschieden. Im Gegensatz zum eisigen Volk wirkte er behutsam, der Königin treu ergeben und warmherzig, was sie in jeder Bewegung wahrnahm, in jedem Blick, den er ihr zuwarf. Sein Bart war kurzgeschoren, sein Haar, das streng zu einem Zopf gebunden war, glich der Dunkelheit. »Bei Euch werde ich sicher sein«, entgegnete Kiana versonnen, ehe sie sich Rami zuwandte, die ihre Hand ergriff und die Königin von ihm wegzog.

»Ich möchte dir …« Das Mädchen brach ab, als die keifende Stimme ihrer Mutter sie unterbrach:

»Kind, sei nicht unhöflich!«, zischte diese ungehalten, ehe sie sich auf Kiana konzentrierte, deren Blick auf Rami gerichtet war, die ihr Gesicht schüchtern dem vereisten Erdboden zuwandte.

»Ihr habt eine entzückende Tochter«, entgegnete die Königin, während sie sich Rami gegenüber auf die kalte Erde kniete und sie zärtlich in die Arme schloss. »Bleib, wie du bist«, fuhr sie mütterlich fort, ehe sie das Mädchen auf die Stirn küsste, das ihr ein freudiges Lächeln schenkte. Liebevoll strich Kiana durch ihr langes, schwarzes Haar, ehe sie sich aufrappelte, um erneut mit der Mutter der jungen Hexe zu sprechen. »Wer seid Ihr? Wie könnt Ihr mir helfen?«

»Mein Name ist Siria«, entgegnete diese ergeben. »Ihr habt die ewige Flamme verloren, die stets schwindet, wenn das Volk an Kraft verliert.«

Ihre Worte ließen die Königin erneut an Raik denken, dessen eisblaue, wissende Augen sich tief in ihr Gedächtnis gebrannt hatten. Er war von dieser Vermutung bei ihrer letzten Begegnung überzeugt gewesen, welche der Wahrheit zu entsprechen schien. Gedankenverloren griff Kiana in die tiefe Tasche ihres Mantels und zog den schwarzen, rundlichen Gegenstand heraus, den sie vom einstigen Feind ihrer Familie erhalten hatte, ehe sie durch seinen Plan getrennt worden waren.

»Habt Ihr ihn von Eurer Mutter?« Die Königin schreckte aus den Gedanken auf, welche sie stets in die Vergangenheit führten, als Shariks Stimme erneut erklang.

Sie antwortete zunächst nicht, schaute angespannt zu ihm auf, schüttelte schließlich den Kopf. »Was ist es?«, fragte Kiana, ohne von Raik zu erzählen, der als Feind des Südens wohl kaum als Verbündeter akzeptiert werden würde.

»Ein Kompass«, entgegnete der Leibwächter knapp. »Ein magischer Kompass, der Euch den Weg durch die Mine weisen wird.« Er lächelte. Es war ein anziehendes Lächeln, das Kianas Herz bis zum Hals schlagen ließ. Die Königin fühlte sich in seiner Nähe wohl, völlig in Sicherheit, obwohl sie erst kurz zuvor als Fremde aufeinandergetroffen waren.

»Wer hat ihn dir – verzeih – Euch gegeben?« Sie hielt unvermittelt inne, sah freundlich in sein Gesicht. »Nennt mich Kiana«, entgegnete sie. »Ich fühle mich wohler, wenn ich mit meinem Namen angesprochen werde.«

Der gemächliche Atem der Königin beschleunigte sich, als er behutsam ihren Arm umfasste und sie einen steilen Hügel hinaufführte. »Ich bin sehr erschöpft«, presste Kiana keuchend hervor, während sie versuchte, seinem schnellen Schritt zu folgen. »Wohin wird uns der Weg am heutigen Tag führen?« Ihre Stimme klang rau, wie erstickt.

»Unser Lager befindet sich nur wenige Meilen entfernt«, entgegnete Sharik, ehe er innehielt und ihr eine lange Strähne aus dem Gesicht strich, das noch immer von Erde und Schmutz aus dem Fluchttunnel übersät war. »Wenn du eine Pause benötigst, werden wir sie einlegen. Du bist unsere Königin, du wirst jede Entscheidung alleine treffen.«

Da sah sie wieder den Glanz in Shariks dunklen, bernsteinfarbenen Augen, das sanfte Lächeln, das seine Lippen umspielte.

Doch Kiana erwiderte die Geste nicht, schüttelte entschieden den Kopf. »Ich bin den weiten Weg gegangen, werde auch diesen überstehen.«

»Meine Schneeflocke!« Skadi schlug die Augen auf, als sie Leifs eiskalte Stimme vernahm. Sein Blick glitt über den halben Brotlaib, der am Boden lag, ehe er sich wieder der Eisprinzessin zuwandte. »Ihr hattet Besuch«, fügte der Kerkermeister schnippisch hinzu, ohne zu fragen, wer in der Nacht bei den Geschwistern gewesen war.

Skadi nickte, hob den Kopf und lehnte ihn gegen die Mauer. Die Eisprinzessin verachtete diese Zelle, die feuchte Kälte, die ihre müden Knochen zu Unbeweglichkeit verdammte. Schließlich streiften ihre Gedanken Kiana, die ihr Leben im Kerker hatte verbringen müssen, ehe sie mit ihr geflohen war. Doch nun war die wahre Königin frei, bereit den Thron zu besteigen, der ihr rechtmäßiges Erbe war.

»Die Königin persönlich hat mich aufgesucht, um sich nach eurem Befinden zu erkundigen.« Seine Stimme glich stets Eis, wenn er das Wort an sie richtete. »Sie befahl mir, deinen Bruder weiterhin wegen Hochverrats zu foltern.«

Die Eisprinzessin rappelte sich auf, schüttelte energisch den Kopf. »Leif, du hast mir versprochen, die Bestrafungen zu unterlassen.« Ihre Stimme war sanft, getränkt von Flehen und Hoffnung. »Wir werden heiraten. Ich muss deinen Worten vertrauen können. Oder legst du keinen Wert auf meine Wünsche?« Ein liebliches Lächeln lag auf ihren vollen Lippen, als sie sich ihm langsam näherte, zitternd knöpfte sie die obersten Knöpfe ihres bäuerlichen Kleides auf. »Ich biete dir etwas, was sie dir nicht geben kann …« Die Eisprinzessin brach abrupt ab. »Mich!«

Leifs Blick wanderte zu Raik, der sich mühselig aufrappelte, als er das Angebot seiner jüngsten Schwester vernahm, das so unmoralisch war, dass der Kerkermeister geneigt war, darauf einzugehen. Doch er war nicht an diesen Ort gekommen, um seine Lust zu befriedigen. Leif wollte Zwietracht säen, zusehen, wie die Geschwister miteinander brachen.

»Dein Bruder wird entscheiden«, sagte er schließlich hämisch, ehe er das Wort direkt an Raik richtete: »Du bist wahrlich lästig wie eine Fliege, die sich außer Reichweite befindet. Meine Königin teilte mir ebenfalls mit, dass dein Überleben doch nicht zwingend notwendig ist.« Der Kerkermeister umfasste die eisernen Stäbe und starrte ihn schallend laut lachend an. »Ein Unfall wäre …« Er überlegte, ein spöttisches Grinsen lag auf seinem Gesicht. »… ein Unfall«, fügte er fantasielos hinzu.

Skadi wandte sich dem Prinzen zu, der entschieden den Kopf schüttelte, ehe sie wieder ihr Gegenüber ansah. »Du willst mich«, zischte sie wütend. »Geh auf meinen Handel ein!«

Der Kerkermeister griff durch das Gitter hindurch und strich sanft über ihre Wangen. »Liebes, du gehörst mir bereits. Ich werde warten, wenn ich mich stattdessen dieser lästigen Zecke entledigen kann.«

Die Eisprinzessin trat einen Schritt zurück, um sich seiner Berührung zu entziehen.

»Meine Entscheidung ist gefallen. Dein Bruder wird die Wahl treffen.«

»Mutter!« Isa zitterte, während sie mit sachten Schritten die Stufen hinaufstieg, die zum Thron in Form einer Eisflocke führten. »Mutter, bitte sprich mit mir.«

Caja löste sich aus ihrer Starre, setzte sich einen silbernen Kelch an die Lippen und nahm einen tiefen Schluck. »Was kann ich für dich tun, mein Kind?«

Die Prinzessin wandte das Gesicht unterwürfig dem Boden zu, fixierte einen breiten Sprung, der aus Zeiten des Krieges stammte. »Mutter, ich liebe dich.« Ihre Stimme zitterte, ihre bebenden Finger umklammerten einander. Sie war voller Nervosität, fast krank vor Angst, wollte diesem Ort am liebsten fernbleiben. Doch Isa hatte in der letzten Nacht kein Auge zugetan. Sie musste erfahren, ob Caja wahrlich so erbarmungslos war, wie der Zustand ihrer Geschwister vermuten ließ.

Die Eiskönigin rappelte sich auf, trat näher an ihre mittlere Tochter heran und nahm das schüchterne Gesicht der Prinzessin in beide Hände. Tränen leuchteten in Isas leeren Augen, Leichenblässe lag auf ihrer Haut.

»Ich habe eine Bitte.« Die Prinzessin wagte es kaum die Worte auszusprechen, um Gnade für Skadi und Raik zu flehen, die beide im Kerker zu sterben drohten.

»Kind, meine Verachtung gilt nicht dir!« Isa betrachtete das rubinrote Kleid ihrer Mutter, ohne die winzigen Stickereien in Form von silbernen Kronen wahrzunehmen, um ihr nicht ins Gesicht sehen zu müssen.

»Lass sie gehen!«, platzte es schließlich aus der Prinzessin heraus, was Entsetzen in Caja auslöste, die gewillt war, ihren Sohn zu töten und ihre jüngste Tochter einer Zwangsheirat zu unterziehen. »Bitte, lass sie gehen. Begnadige Raik, schick ihn fort. Zwing Skadi nicht, dieses Scheusal zu heiraten.« Ihr leises Schluchzen wandelte sich in verzweifelte Tränen, als alle Dämme zu bersten begannen, die sie am heutigen Tag aufrecht hielten. »Ich kann nicht zusehen, wie meine Familie zerbricht«, schluchzte Isa mit piepsiger Stimme. »Mutter, bitte!«

Caja antwortete nicht, beobachtete gekränkt, wie sich die Prinzessin verängstigt von ihr entfernte, die in Tränen aufgelöst um Gnade flehte.

»Mein Schatz!« Die Eiskönigin näherte sich Isa erneut einen Schritt, schloss ihre Tochter in die Arme und strich sanft durch ihr langes Haar, das stets zu einem aufwendigen Zopf geflochten war. Doch am heutigen Tag fiel es völlig zerzaust bis zu ihren Hüften. »Du wirst es verstehen. Vertraue mir, mein Kind!«

»Nein, das werde ich nicht!« Isa schüttelte heftig den Kopf, während sie sich aus der Umarmung ihrer Mutter befreite und die Stufen hinabstieg, ohne sie aus den Augen zu verlieren.

»Bitte, lass sie gehen«, wiederholte die Prinzessin krächzend. Sie räusperte sich, ein leises Husten entwich ihrer schmerzenden Kehle.

Doch Caja schüttelte den Kopf, sah sanft in die verquollenen Augen ihrer Tochter, die sie fassungslos anstarrten. »Du wirst es verstehen.«

Kapitel 9

»Du bist mutig«, sagte der Leibwächter der alten Königin, während er vor Raiks zusammengesunkener Gestalt auf und ab ging. »Mutig oder dumm!«

Raik lehnte den Kopf gegen die Mauer, sein müder Blick fixierte den Dolch, welchen der Alte mit seiner rechten Hand umklammerte. Von ihm stammten oberflächliche Schnitte, die seine Kehle entlang führten, schwere Verletzungen im Brustbereich, die nicht aufhören wollten zu bluten. Sie brannten wie sengendes Feuer, öffneten sich stets erneut, wenn er sich abrupt bewegte.

»Solange ich lebe, werde ich nicht zulassen, dass dieses Schwein meine Schwester vergewaltigt!«, entgegnete Raik schließlich mit energischer Stimme, als er erneut in das Gesicht des Mannes sah, dessen Wut noch längst nicht befriedigt war.

»Junge, deine Entscheidung ehrt dich«, sagte der Leibwächter anerkennend. »Die Gefangenen reden, Tag und Nacht höre ich ihre Worte, die von diesem törichten Folterknecht als Unsinn abgetan werden. Doch wir wissen viel, Junge, sehr viel. Du musst nur lernen, zuzuhören.« Der Alte näherte sich Raik mit langsamen

Schritten, ergriff seine Hand und zog den Prinzen unsanft auf die Beine, wodurch ihm ein schmerzvolles Stöhnen entfuhr.

»Was reden sie?«, fragte Raik, während er einige Schritte zurücktaumelte, bis er festen Halt an der Mauer fand.

»Ein Beispiel, das dich betrifft?« Der Leibwächter fuhr fort, ohne seine Antwort abzuwarten: »Die Eiskönigin plant keine Hinrichtung, weil deine Schwester ihre Unterstützung verweigert. Eines Tages wirst du hier sterben.« Er wies auf blutverschmierte Wände, auf Zähne und Knochensplitter, die zurückgeblieben waren, um im Laufe der Zeit zu Staub zu zerfallen. »Vielleicht irren sie, vielleicht entsprechen ihre Vermutungen der Wahrheit.« Seine kräftigen Schultern hoben und senkten sich. »Ich weiß es nicht.«

Raik lehnte den Kopf zurück, nickte schweigend, während seine Gedanken die Frau streiften, welche er einst als Mutter bezeichnet hatte. Doch die Gier nach der wahren Krone, nach Macht und Reichtum hatten ein rasendes Monster erweckt, dessen Weg aus Kälte und Tod gepflastert war.

»Die Eisprinzessin hat mich aufgesucht«, fuhr der Leibwächter fort, als Raik drohte in seinen Erinnerungen zu versinken. »Deine Schwester ist ein wunderschönes, liebenswertes Ding, das dieses Schicksal nicht verdient hat. Sie bat mich um Hilfe.«

Ein Schaudern überkam Raik, als der Alte ihm näherkam, um sich unerwünschten Zuhörern zu entziehen. »Ihr plant, die Königin zu bestehlen?«, fragte er so leise, dass nur der Prinz fähig war, ihn zu hören. »Sie zu stürzen?«

Der Prinz warf einen flüchtigen Blick durch die Gitterstäbe hindurch, lauschte Leifs Schritten, die sich in den letzten Minuten weit von ihnen entfernt hatten. Schließlich nickte er. »Meine Mutter ist eine kaltherzige Frau«, entgegnete Raik, als der

Leibwächter schwieg, ihn geduldig wartend ansah. »Sie ignoriert das Eis, das Leid des Volkes. Seit die Erzkrone an Kraft verliert, kehrt die Eiszeit zurück. Ihr seht es, ich sehe es. Doch meine Mutter ist blind vor Machtgier und tiefstem Hass. Sie wird jede lebende Seele des Reiches in den Abgrund führen.« Raik wandte seinen Blick erneut den Gittern zu, als er Schritte hörte, Leifs Pfeifen vernahm, das wohl jeden Gefangenen im Traum verfolgte.

»Warum kämpfst du weiterhin, obwohl dein Tod gewiss ist?«, fragte der Leibwächter, den sich nähernden Kerkermeister ignorierend.

»Mir ist es völlig gleich, von welcher Königin ich wegen Hochverrats aufgeknüpft werde«, antwortete der Prinz hektisch atmend. »Doch ich schulde Skadi einen Bruder, der sie beschützt. Das werde ich bis zu meinem letzten Atemzug tun.«

Raik beobachtete angespannt, wie er erneut den Dolch zog, die scharfe Klinge mit seiner rechten Hand umfasste und ihm die Waffe reichte.

»Für den Notfall!«, raunte der Leibwächter mit dunkler Stimme, während er zusah, wie sein Gegenüber den Dolch in der Innentasche seines Mantels verschwinden ließ. »Hör mir gut zu, Bürschchen!« Er trat näher an Raik heran, fasste die Schultern des Prinzen und drückte ihn gegen die Mauer, was ihn zwang, sich vollständig aufzurichten. »Ich kann dir sagen, wo sich die echte Eiskrone befindet.«

Raiks Augen weiteten sich, überrascht sah er zu dem Mann auf, dessen Gestalt seine um eine Haupteslänge überragte. »Sie trägt eine Fälschung?«

»Die Eiskönigin fürchtet bereits seit der Eroberung des Reiches einen erneuten Krieg. Daher wurde eine Nachbildung angefertigt, um den Splitter der Erzkrone zu beschützen, der Kianas Macht entfalten wird.«

Raik erwiderte fassungslos den frostigen Blick des Alten, erschauderte, als sich das Gesicht des Leibwächters seinem näherte. »Ich werde euch helfen. Doch ihr müsst schnell handeln.«

Kianas Augen schweiften über tiefgrüne Nadelbäume, über tauenden Schnee, während sie aufmerksam Shariks Stimme lauschte, die sie auf dem Weg in Richtung Süden begleitete. Die Königin hatte die Frauen und Männer aus dem Gedächtnis verbannt, die ihnen schweigend folgten, war völlig auf den anziehenden Leibwächter konzentriert, dessen Worte sie immer tiefer in seinen Bann zogen. Kiana konnte nicht leugnen, dass er ein gut geratener Mann war, dem die Frauen in Scharen folgen mussten. Doch seine Augen waren beharrlich auf die junge Thronerbin gerichtet.

»Ich werde für dich Glacies erobern«, sagte er, als sich Schweigen zwischen ihnen ausbreitete. Kiana lächelte, das Herz schlug ihr bis zum Hals, ein angenehmes Kribbeln erfüllte ihren ganzen Körper. Sie hatte nie die Wertschätzung eines Mannes genossen, war mit der Gewissheit aufgewachsen, lebenslänglich eingesperrt zu sein. Doch nun wurde ihr Shariks Aufmerksamkeit zuteil, die ihren ganzen Körper erbeben ließ, obwohl sie sich mit aller Kraft dagegen wehrte.

»Erzähl mir etwas von dir«, forderte die Königin ihn auf, ohne auf sein Versprechen einzugehen, das die Eroberung des Reiches betraf. Kiana kannte diesen Mann nicht, der sie ansah, als wäre sie trotz ihres verdreckten Äußeren die schönste Frau, der er jemals begegnet war.

»Ich wuchs mit dem Wissen auf, für deinen Schutz verantwortlich zu sein. Viele Krieger des Südens haben aufgegeben, weil du eine Gefangene der Eiskönigin warst. Doch ich habe täglich viele Stunden trainiert, um dich eines Tages befreien zu können.« Kiana schloss vertrauensvoll die Augen, als er innehielt und zärtlich über ihre rechte Wange strich. »Meine Vorfahren wachten stets über die wahren Königinnen. Ich wollte ihren Schwur nicht brechen, den sie einst der ersten Herrscherin des Reiches gaben.« Ein dunkler Schatten legte sich auf sein Gesicht, als die trübe Vergangenheit nach ihm griff, die er seit Jahren zu vergessen versuchte. »Doch meine Ausbildung fand ein jähes Ende, weil mein Vater während des Krieges getötet wurde«, fuhr Sharik seufzend fort. »Zumindest hoffe ich, dass er den Tod gefunden hat.«

Kiana hielt unvermittelt inne, starrte ihren Leibwächter mit aufgerissenen Augen an. Sie kannte jeden Gefangenen, hatte das Schicksal jedes einzelnen geteilt. »Wer ist dein Vater?«, fragte sie mit angehaltenem Atem.

»Sein Name war Arun. Er beschützte einst das Leben deiner Mutter. Doch als die Stadt fiel, wurde sie von dem Sohn der Eiskönigin getötet.« Er ballte die Hände zu Fäusten, Wut ließ seinen kräftigen Körper erbeben. »Wenn ich wüsste, wohin er sich zurückgezogen hat, würde ich ihm die Kehle aufschlitzen.« Shariks leuchtende Augen fixierten ihr Gesicht, Hass flammte in seiner verhärteten Miene auf, der sie erschaudern ließ. »Kiana, ich werde diesen Mistkerl für dich töten.«

Die Königin antwortete zunächst nicht, erwiderte schweigend seinen bohrenden Blick.

»Dein Vater lebt«, sagte Kiana schließlich mit leiser Stimme. »Er verrottet seit der Eroberung des Reiches – seit über sechzehn Jahren – im Kerker. Ich war damals ein zweijähriges Mädchen, als meine Mutter mich zur Königin krönte, um mein Leben zu retten.« Geistesabwesend strich Kiana über das schwarze Diadem, welches sie seit jenem Tag beschützte. Es verströmte eine flüchtige Wärme, die stärker wurde, seit sie sich den südlichen Ländereien näherten.

»Mein Vater lebt?«, wiederholte Sharik angespannt, während sein starrer Blick durchdringend auf die Königin gerichtet war, die nickte. Sein muskulöser Körper war zum Bersten gespannt, sein Atem hektisch vor Wut. »Ich werde diesen Mistkerl töten, der deine Mutter aufgeschlitzt hat. Doch zunächst wird er mehr Qualen erleiden, als ein Mensch erdulden sollte.«

Kiana trat besänftigend näher an ihn heran, nahm zärtlich seine bebenden Hände. »Der Prinz war ein Kind, hat diesen Anschlag im Alter von dreizehn Jahren begangen. Er wurde von der Eiskönigin manipuliert, zum Morden getrieben.« Die Königin brach abrupt ab, als Shariks lautstarke Stimme ertönte: »Ich war im selben Alter, als deine Mutter fiel. Doch meine Waffe hätte nie eine unschuldige Frau durchbohrt!« Der Leibwächter griff nach Kiana, zog sie so nahe an seinen Körper heran, dass sich ihre Gesichter beinahe berührten. »Hoheit, Hochverrat muss mit dem Tod bestraft werden. Fälle dieses Urteil für dich und deine Familie, wenn du auf dem Thron sitzt«, fuhr er mit eindringlicher Stimme fort.

Die Königin löste sich aus seiner eisernen Umarmung, tauchte die Hände in ihre tiefen Manteltaschen und griff nach dem Kompass, der das Geschenk des abtrünnigen Prinzen gewesen war. Ihre Gedanken streiften Raik, dem sie nicht vollständig vertraute, obwohl Rami ihr offenbart hatte, dass der Prinz wegen seiner Loyalität zu ihr im Kerker des Königreichs der Kälte saß.

»Ich werde eine Entscheidung fällen, wenn die Zeit gekommen ist.« Sie lächelte, als sich sein versteinertes Gesicht entspannte, als das hasserfüllte Leuchten in seinen Augen schwand.

»Verzeih mir!« Er trat näher an die Königin heran, legte die Arme um ihre schmale Taille. »Es ist schwer für mich, zu wissen, dass er seit sechzehn Jahren leiden muss. Ich werde meinen Vater befreien, werde ihn in den Kreis seiner Familie zurückholen. Was den falschen Prinzen angeht, vertraue ich auf deine richtige Entscheidung.«

Im nächsten Augenblick löste sich Sharik von ihrem Körper und wandte der Königin den Rücken zu. Doch der Leibwächter entfernte sich nur wenige Schritte, ehe er erneut innehielt. »Kiana, ich verehre dich, meine ganze Familie hat die deine verehrt.« Der tiefe Hass war aus seiner Stimme gewichen, Sanftmütigkeit entspannte Shariks Gesicht. Doch die harschen Worte, seine Forderung, Raik zu töten, hallten fortwährend in ihr nach wie ein Echo, obwohl sie die Reaktion des Leibwächters verstand.

Schließlich wandte sich die Königin Rami zu, die jede ihrer Bewegungen skeptisch beobachtete. Ihr kindliches Gesicht war wie versteinert, Skepsis lag in den braunen Augen des aufgeweckten Mädchens. Doch die junge Hexe sagte nichts, sah zu Siria auf, als diese zärtlich durch das schwarze Haar ihrer Tochter fuhr.

»Rami ist ein fantasievolles Kind.« Die Königin schrak zusammen, als sie die krächzende Stimme einer alten Hexe vernahm, die seit ihrer ersten Begegnung kein Wort an sie gerichtet hatte.

»Sie weiß etwas«, entgegnete Kiana mürrisch, während sie den Blick auf die Unbekannte richtete, deren schwarze Augen bedrückender Dunkelheit glichen. »Rami verbirgt ein Geheimnis vor mir.«

Die Hexe schüttelte den Kopf, ein dunkler Schatten legte sich auf ihr Gesicht, das von tiefen Furchen übersät war, die das Voranschreiten der Zeit offenbarten.

»Traue ihr nicht weiter, als du einer Verrückten trauen würdest.«

Skadi wusste nicht, ob es Tag oder Nacht war, ob die Sonne schien oder schwere Schneefälle das Königreich erschütterten. In Gedanken versunken zählte sie die Stunden, die sie bereits in diesem Loch saß, die Wochen, welche diesen vielleicht noch folgen würden, während sie zitternd durch ihr langes, weißes Haar strich und in tiefste Dunkelheit starrte. Die Eisprinzessin hielt den Atem an, versuchte, Stimmen zu vernehmen, Bewegungen zu identifizieren. Doch es blieb alles still, was ihre Sorge ins Unermessliche steigen ließ.

»Leif!«, brüllte sie schließlich mit angsterfüllter Stimme. Skadi vernahm sogleich ein lautes Pfeifen, Schritte, die sich der Zelle federnd näherten.

»Meine Schöne …« Sie verachtete sein breites Grinsen, seinen spöttischen Blick. »Was kann ich für dich tun?«

»Sei still!«, zischte die Eisprinzessin hasserfüllt. »Bring mir meinen Bruder!«

»Ihr Wunsch …«, Leif unterbrach seine Worte für eine tiefe Verbeugung, ehe er der Gefangenen den Rücken zuwandte, »… ist mir Befehl.«

Skadis Herz schlug ihr bis zum Hals, als sich der Kerkermeister von der Zelle entfernte, laut pfeifend dem schmalen Gang folgte, den er seit Jahren mehrmals täglich ging. Anfangs war er in Begleitung seines Vaters gewesen, einem widerwärtigen Schurken, bis dieser vor Leifs jungen Augen von einem Gefangenen erdolcht worden war. Seither war der Kerkermeister in seine Fußstapfen getreten, führte die Grausamkeiten bis heute fort.

»Leif!« Ihre Stimme war nervös, getränkt von Sorge und lähmender Angst. Sie erwartete in jedem Moment, von dem Tod ihres Bruders zu erfahren, in Tränen auszubrechen. »Leif!«

Es dauerte nur wenige Minuten, eine viel zu lange Zeit, bis die Eisprinzessin erneut Schritte vernahm, die sich langsam der Zelle näherten. Skadi hielt den Atem an, als die Gestalten in das fahle Licht einer Fackel traten. Ihr besorgter Blick fiel auf Raik, auf eiserne Ketten, die seine Hände zu völliger Bewegungslosigkeit verdammten.

»Du bekommst ihn wieder, meine Schöne«, sagte Leif abfällig, während er den Prinzen grob in die Zelle stieß, ihm die Fesseln abnahm und das Tor schloss.

Skadi ignorierte die Provokation, seine gierigen Augen, die ihren Körper stets auszogen, wenn sie sich begegneten. Ihr Blick war ausschließlich auf Raik gerichtet, der sich schwer atmend auf die kalten Bodenplatten sinken ließ.

»Geht es dir gut?« Die Eisprinzessin brachte diese Frage kaum über ihre zitternden Lippen.

Der Prinz nickte schweigend, ohne seine Schwester anzusehen, die vor Sorge nicht fähig war stillzustehen.

»Du wirst dich nicht erneut zwischen Leif und mich stellen«, zischte Skadi wütend. »Irgendwann wird er mich misshandeln. Es ist nur eine Frage der Zeit.«

Raik musterte die Eisprinzessin mit kritischem Blick. »Ich werde dich nicht ewig beschützen können«, bestätigte er missmutig. »Dennoch wird dich das Schwein nicht anfassen, solange mein Herz schlägt.«

Skadi schüttelte fassungslos den Kopf, während sie ihm gegenüber auf und ab lief. Sie konnte nicht stehen, nicht sitzen, brauchte ein Ventil, um nicht in Tränen auszubrechen. »Du möchtest mich beschützen?«, fragte die Eisprinzessin erschüttert. »Raik, du magst mein Bruder sein. Doch ich kenne dich kaum. Du warst nie für uns da, hast uns im Stich gelassen. Jetzt bist du gewillt, mich zu retten?« Sie schluchzte. »Ich hätte dich schon vor Jahren gebraucht. Doch ohne Kiana wären wir uns vermutlich nie begegnet. Mein Leben war dir völlig gleichgültig.« Ihre abschließenden Worte versanken in Tränen. Doch der Prinz hatte ihren verzweifelten Vorwurf vernommen, richtete sich schwerfällig auf.

»Es stimmt«, sagte Raik bekümmert. »Ich habe wegen Mutter auch mit dir und unseren Schwestern gebrochen. Das werde ich mir niemals vergeben.«

Skadi atmete tief ein, um ihren bebenden Körper wieder unter Kontrolle zu bringen, und ließ sich ihm gegenüber auf den Boden sinken. Die Eisprinzessin fühlte sich ihrem Bruder so nah, obwohl sie sich kaum kannten, als wären sie nie voneinander getrennt gewesen. Dennoch füllte ihr Inneres eine bittere Enttäuschung. Sie hatte sich stets einen Verbündeten gegen ihre resoluten Schwestern gewünscht, jemanden, der an ihrer Seite stand. Doch Raik hatte sich in die Wildnis zurückgezogen, um sich seiner Familie vollständig zu entziehen.

»Es tut mir leid«, sagte Skadi schließlich. »Ich, ich kann nicht mehr.« Ihr müder Blick schweifte über winzige Insekten, die an den Decken verharrten, über vereinzelte Käfer und Spinnen, die begannen, ihr Haar zu besiedeln.

Raik antwortete nicht, nickte nur, während er durch die Gitterstäbe spähte.

»Wir …« Abrupt legte er eine Hand auf ihre Lippen, um die Worte der Eisprinzessin zu unterbrechen, und starrte mit zusammengekniffenen Augen in die Dunkelheit. Er erkannte einen dunklen Schatten, der sich kaum merklich auf die Gefangenen zubewegte.

»Isa«, murmelte Skadi, überrascht, als die Gestalt vollständig in das Licht einer sterbenden Fackel trat. »Danke, dass du zurückgekehrt bist«, fuhr die Eisprinzessin mit leiser Stimme fort.

Raik schwieg, musterte seine Schwester von Kopf bis Fuß, die er bis zum heutigen Tag aufgrund ihrer Arroganz verachtete. »Ich hätte dich nicht beleidigen dürfen«, sagte der Prinz schließlich, als er Skadis auffordernden Blick auf sich spürte. »Bitte, verzeih mir.«

»Ich habe Mutter um Gnade für euch gebeten«, entgegnete die Prinzessin, ohne auf die heuchlerische Entschuldigung ihres Bruders einzugehen. »Sie ist eiskalt.« Isa erschauderte, als sie an Cajas Reaktion dachte, an ihre erbarmungslosen Worte, die noch Stunden später in ihr nachhallten. »Wie kann ich euch helfen?«

Raiks skeptischer Blick traf Skadi, deren Augen ausdauernd auf ihrer Schwester hafteten, die nervös von einem Fuß auf den anderen trat. Er traute der Prinzessin nicht, die stets für Esther und ihre Mutter Partei ergriffen hatte. Doch ihm war bewusst, dass es nichts mehr zu verlieren gab, dass sie Unterstützung brauchten, um ihrem Schicksal zu entrinnen.

»Es existiert eine Prophezeiung der Hexen, die einst die Eiszeit abwendeten, unter der wir drohten auszusterben«, sagte der Prinz schließlich. »Vielleicht können wir Mutter damit umstimmen.«

Isa neigte nachdenklich den Kopf. »Was besagt diese Prophezeiung?« Neugier lag in ihrer hellen Stimme.

»Die südlichen Hexen erschufen einst die Erzkrone, um die Glacien und die Ignem vor dem sicheren Untergang zu bewahren. Sie krönten das erste Kind, das aus der Verbindung eines Mannes aus dem Norden und einer Frau aus dem Süden entstand und schenkten ihm beide Reiche. Es war ein Mädchen. Seither wird die Erzkrone an die weiblichen Nachkommen weitergegeben. Doch die Hexen belegten sie mit einem Fluch. Stirbt die letzte wahrhaftige Erbin des Königreiches, wird eine Eiszeit anbrechen, die jedes Leben in Glacies auslöschen wird.« Er verschwieg Skadis Rolle in der Prophezeiung, um sie zu schützen, sprach unbeirrt weiter. »Stirbt Kiana – die letzte Erbin – wird die ewige Flamme entweichen. Das Reich, wie wir es kennen, wird untergehen.« Er betonte jedes einzelne Wort, als wollte er an ihre Vernunft appellieren.

»Du glaubst, dass es wahr ist?«, fragte Isa zweifelnd. Ein nachdenklicher Schatten legte sich auf ihr Gesicht, Anspannung umspielte ihre schwach zitternden Lippen.

Raik nickte. »Seit Kianas Lebenskraft schwindet, bricht das Königreich zusammen. Selbst im Süden herrscht reger Schneefall. Die Ernten fallen aus, große Teile des Volkes leiden Hunger. Du hast nie von den Nöten erfahren, weil dir Mutter vorgaukelt, dass alles in Ordnung sei.« Er stand auf, trat der Prinzessin gegenüber und sah verzweifelt in ihre olivgrünen Augen, die sich deutlich von seinen und Skadis unterschieden. »Ich habe die letzten sechzehn Jahre außerhalb dieser Mauern verbracht, habe mehr Menschen sterben sehen, als ich vergessen könnte. Schon bald wird der Tod auch an deine Tür klopfen, Schwester. Weder du noch Mutter werden ihn aufhalten können.«

Raik kehrte ihr den Rücken zu, entfernte sich einige Schritte und lehnte seinen Körper gegen die steinerne Mauer. »Es ist die Wahrheit«, fuhr er mit Nachdruck fort.

»Was, wenn sie zurückkehrt?«, fragte Isa mit klopfendem Herzen. »Wenn sie Mutter als wahre Königin anerkennt? Sie könnte Kiana Freiheit schenken, eine Heimat innerhalb der Stadt.«

Raik schüttelte beharrlich den Kopf. »Sie würde den Tod vorziehen. Ich habe ihre Mutter getötet, ihr Volk wird von unserer Familie seit Jahren versklavt. Die Ignem sind dem Untergang geweiht. Isa, wir können uns glücklich schätzen, wenn wir nicht wegen Hochverrats zum Tode verurteilt werden, sollte sie erfolgreich zurückkehren. Ihre Blutlinie muss sich fortsetzen, was in Gefangenschaft wohl kaum geschehen wird. Oder möchtest du das arme Mädchen vergewaltigen lassen?«

Isa schüttelte den Kopf. »Natürlich nicht.«

Raik wies auf Skadi, die den Worten der Sprechenden lauschte. »Dieses Schicksal wird deine Schwester ereilen, wenn sie mit Leif verheiratet wird.« Der Prinz griff nach der scharfen Klinge des Dolches, welcher tief in der Tasche seines Ledermantels vergraben war.

»Du wirst ihn brauchen«, hatte der Leibwächter der verstorbenen Königin gesagt, ehe sich ihre Wege Stunden zuvor getrennt hatten.

»Mutter ist herzlos«, brachte Skadi schließlich zitternd hervor, während ihre Augen der Dunkelheit zugewandt waren. »Sie opfert uns – ihre eigenen Kinder – für die Krone. Isa, sie würde auch dich opfern, solltest du dich auf unsere Seite schlagen. Das muss dir bewusst sein, wenn du gedenkst uns zu helfen.«

Isa warf einen Blick zurück, als die Rufe der Gefangenen lauter wurden, als sie ein leises Pfeifen vernahm, das sich ihnen näherte.

»Wo finde ich die Prophezeiung?«, fragte die Prinzessin hektisch atmend.

»Als ich vor sechzehn Jahren die Stadt verließ, habe ich alle Schriften an mich genommen, die von ihr erzählen. Du findest die Bücher in meinem Unterschlupf. Weißt du, wohin ich mich zurückgezogen habe?« Isa nickte angespannt, warf einen nervösen Blick in den schmalen Gang, der zu jeder Zeit Leifs Gestalt ausspucken konnte. »Doch gib auf dich acht, offenbare niemandem deine wahre Identität. Außerhalb der Mauern bist du den Feinden der Krone hilflos ausgeliefert.«

Die Prinzessin nickte erneut, wandte ihren Geschwistern den Rücken zu. »Haltet durch!«, flüsterte Isa sorgenvoll, ehe sie mit schnellen Schritten in der Dunkelheit verschwand.

»Wird sie uns helfen? Wird sie sich gegen Mutter stellen?«, fragte Skadi zweifelnd, während sie den Prinzen ansah, dessen Blick den schemenhaften Bewegungen seiner Schwester folgte.

»Ich weiß es nicht.«

Kapitel 10

Kianas Augenlider schlossen sich, als sie einen weichen, feuchten Schwamm auf den verschmutzten Wangen spürte, öffneten sich erst erneut, als die alte Hexe ihre Hand zurückzog. Ihr Blick fiel in einen kreisrunden, malerischen See, schweifte über ein Dutzend Wasserrosen, deren weiße Blüten weit geöffnet waren, über winzige Grillen, die laut zirpend im dichten Schilf saßen.

»Ihr seid wunderschön, meine Königin.« Kiana wickelte ein seidenes Tuch fester um ihren nackten Körper, während sie zu der alten Frau aufsah, die sie stets vor Ramis Naivität warnte, wenn sie miteinander sprachen.

»Ihr habt mir Euren Namen nicht verraten«, stellte die Königin fest, ohne auf ihr Kompliment einzugehen, als die Hexe im nächsten Augenblick nach einer hölzernen Bürste griff und sanft durch ihr nasses Haar fuhr. Kiana hatte stundenlang gebadet, hatte es genossen, den Dreck abzuwaschen, der aus dem Fluchttunnel stammte.

»Verzeiht«, entgegnete ihr Gegenüber mütterlich. »Mein Name ist Marisol. Es ist mir eine Freude, Euch zu begleiten.« Die Alte lächelte, blickte sanft in Kianas junges Gesicht. »Es wird Sharik eine Ehre sein, eine Schönheit wie Euch zu heiraten.«

Die Königin wich erschrocken zurück, schaute mit aufgerissenen Augen zu ihr auf. »Heiraten?«, fragte sie mit angehaltenem Atem, während sie Sharik einen kurzen Blick zuwarf, der unweit von ihr entfernt am Ufer saß. Doch er konnte die Worte der Frauen nicht verstehen, die sie leise flüsternd miteinander wechselten. »Hat er darum gebeten?«

Marisol schüttelte den Kopf, ein warmes Lächeln umspielte ihre faltigen Lippen. »Ihr braucht einen gestandenen Mann aus dem Süden an Eurer Seite, meine Königin. Gemeinsam werdet ihr beide Reiche regieren, in guten wie in schlechten Zeiten.«

Kianas Blick verfinsterte sich, angespannt schaute sie zu der Hexe auf, die gewillt war, sie einer frühen Ehe zu unterziehen. Doch es lag ihr fern, einen Fremden zu heiraten, die Macht und den Thron zu teilen, der ihr seit Geburt zustand.

»Ich werde diese Entscheidung zu einem späteren Zeitpunkt fällen.« Sie brach abrupt ab, wandte sich erneut Sharik zu, der fortwährend wie zu Stein erstarrt am Ufer saß. »Wie könnt Ihr seiner Zustimmung sicher sein?«

Marisol folgte ihrem Blick, ehe sie antwortete: »Ich sehe, wie er Euch ansieht.«

Kiana schüttelte peinlich berührt den Kopf, als sie eine schwache Röte spürte, die sich auf ihre Wangen niederschlug. Sie mochte Sharik, sein anziehendes Äußeres, die Aufmerksamkeit, welche er der Königin zukommen ließ. Doch es lag ihr dennoch fern, ihn zu ehelichen, weil es dem Wunsch des Südens entsprach. »Ich werde zu einem späteren Zeitpunkt entscheiden«, wiederholte Kiana gekränkt, während sie aufstand und entschlossen auf ihre

Untergebene hinabsah, die sich ebenfalls aufrappelte, um der Königin direkt ins Gesicht sehen zu können.

»Ich glaube an Euch«, entgegnete Marisol sanft, als sie ein ärgerliches Leuchten in Kianas Augen wahrnahm. »Die Glacien müssen vertrieben oder versklavt werden, Hoheit. Lasst nicht zu, dass das Kältevolk, welches grausame Verbrechen beging, vor Konsequenzen verschont bleibt. Ihr habt Gefangene kennengelernt, die als Sklaven schuften und sterben müssen. Sie brauchen Rache, Rache, um zu überwinden, was ihnen angetan wurde.« Die Hexe erwiderte den gefühllosen Blick der Königin, fuhr unbeirrt mit den Forderungen ihres Volkes fort: »Ihr seid verpflichtet, die falsche Königsfamilie zum Tode zu verurteilen, um ein Zeichen Eurer Herrschaft zu setzen. Heiratet im Süden, kehrt mit Eurer Familie und einem Kind im Leib zurück. Dann werdet Ihr das Reich im Namen Eures Volkes, im Namen der Ignem regieren.«

Kiana erschauderte, als sie die kalten, knochigen Hände der Alten spürte, die ihre umfassten. »Die ewige Flamme ist ein mächtiges Artefakt, das sich nur wahren Königinnen unterwirft. Ihr werdet Euch beweisen müssen.«

Kiana antwortete nicht, schaute nervös zurück, als sie Schritte vernahm, beobachtete eine rothaarige Hexe, die bisher kein Wort an sie gerichtet hatte. Die junge Fremde schien Kiana zu meiden, welche skeptisch in ihre Richtung sah.

»Ihr braucht Ruhe, Hoheit«, lenkte Marisol mütterlich ein, als sie Angst und Misstrauen in ihrem Gesicht erkannte. »Wenn Ihr erst die Prüfung in der Mine abgelegt habt, werdet Ihr verstehen.«

Die Hexe lächelte sanft, löste sich von Kiana, wandte ihr den Rücken zu und entfernte sich einige Schritte. »Schlaft, wir werden über Euch wachen.«

Die Königin erwiderte den freundlichen Blick, ehe sie sich erneut dem See zuwandte. Ihre Augen streiften silbern schimmernde Fische, welche unter der Oberfläche schwammen, winzige Libellen, die über ein Dutzend Wasserrosen schwebten.

»Sie mag für Fremde furchteinflößend wirken. Doch sie verehrt dich, wie ich dich verehre.« Kiana drückte das seidene Tuch fester an ihren zierlichen Körper, als sie überraschend Shariks Stimme hinter sich vernahm. Sie hatte seine Schritte nicht gehört, war zu tief in ihren Gedanken versunken gewesen, in denen sie stets Marisols Worte wiederholte, die von ihrer bevorstehenden Hochzeit erzählten.

»Wünschst du es?«, fragte die Königin, während ihre Augen starr auf den See gerichtet waren. Der Leibwächter antwortete nicht, trat neben sie und folgte ihrem Blick in das Wasser.

»Die Hexe sprach von einer Hochzeit«, fuhr Kiana fort, als er schwieg, während sie sich ihm gänzlich zuwandte, was seinen Blick auf ihr Gesicht lenkte, obwohl die Silhouette ihres Körpers durch den dünnen Stoff deutlich zu erkennen war. »Sie sprach von unserer Hochzeit.«

Sharik legte seine warmen Hände auf ihre nackten Schultern und sah sanft in ihre dunklen Augen, in welchen der Widerstand seit Marisols Forderungen lauter geworden war. »Kiana, die Hexe ist alt. Sie sieht eine Verbindung zwischen uns und wünscht diese zu festigen. Lass dich nicht unter Druck setzen. Du bist ihre Königin, du bist meine Königin.« Er lächelte, was ihr stets das Herz bis zum Hals schlagen ließ. »Die Macht der Hexen steht weit unter der deinen. Treffe diese Entscheidung weise. Du würdest mit mir leben müssen, nicht sie.«

Ein Zittern durchfuhr Isas Körper, als sie sich vom Schloss entfernte, dem schmalen, schneebedeckten Pfad folgte, der sie auf direktem Weg in die Stadt führte. Ihr Blick glitt über niedrige Mauern, über buschige Nadelbäume, die aus tiefstem Schnee hervorragten. Nur sie konnten der unerbittlichen Kälte trotzen, die das Volk mehr und mehr in die Knie zwang. Die Glacien litten nicht unter den eisigen Temperaturen, die den Sklaven aus dem Süden schwer zusetzten. Doch sie starben aufgrund des Hungers, aufgrund tödlicher Erkrankungen, die ihren unterernährten Körpern die letzten Reserven entzogen.

»Schwester, wohin gehst du?« Isa hielt abrupt inne, als sie Esthers lautstarke Stimme hinter sich vernahm.

»Ich gedenke, einen Spaziergang zu unternehmen«, entgegnete sie mit einem gekünstelten Lächeln auf den Lippen.

»Du hast Mutter aufgesucht, um Gnade für unsere missratenen Geschwister zu erbetteln«, zischte Esther vorwurfsvoll, während sie sich schwungvoll eine lange, gelockte Haarsträhne aus dem Gesicht strich. »Du warst schon immer zu sensibel, um harte Entscheidungen zu treffen. Daher werde auch ich den Thron erben.« Sie lachte vergnügt. Es war ein schallendes Lachen, das Isa in den Ohren schmerzte. »Du schlägst dich doch nicht auf ihre Seite? Oder irre ich mich?« In Esthers Stimme schwang ein drohender Unterton mit, den sie lächelnd ignorierte.

Isa war der Thronerbin stets gefolgt, hatte jede ihrer Meinungen geteilt. Doch in diesem Augenblick wurde der Prinzessin unweigerlich bewusst, dass sich Esther nicht von ihrer gemeinsamen Mutter unterschied. Sie waren beide kaltherzig, voller Missachtung gegenüber dem Volk.

»Ich hatte einen schwachen Moment«, entgegnete Isa abwinkend, während sie sich von ihrer Schwester abwandte, um den bohrenden Fragen zu entgehen. Doch ehe die Prinzessin einen Fuß vor den anderen setzen konnte, hörte sie wieder Esthers Stimme hinter sich.

»Glaubst du unserem Bruder?«, fragte sie herausfordernd. »Glaubst du seine Lügen?«

Isa wandte sich erneut zu ihr um, zuckte hilflos mit den Schultern. »Ich weiß es nicht«, gestand sie. »Doch ich werde weder Mutter noch dir im Wege stehen.«

»Schwester, das hoffe ich für dich.« Esthers Worte hatten einen missachtenden Klang angenommen. »Verrätst du uns, wird dein Leben im Kerker enden. Dafür werde ich sorgen.« Die Thronerbin musterte sie abfällig von Kopf bis Fuß, ein höhnisches Grinsen lag auf ihren Lippen. »Hast du Skadis Kleidung übernommen?« Sie wies auf Isas bäuerliches, braunes Kleid, auf den gleichfarbigen Mantel, der ihre Gestalt fast vollständig verbarg. »Ich könnte dich von den dreckigen Sklaven nicht unterscheiden.«

Die Prinzessin ignorierte Esthers kränkende Worte, hielt in ihrer Bewegung inne, als sie sich abwenden wollte, und sah erneut in das Gesicht der Thronerbin, das vollständig zu Stein erstarrt war. Isa wollte den Mund öffnen, wollte ihr sagen, wie krank und herrschsüchtig sie geworden war. Doch der Prinzessin war bewusst, dass Esther völlig unter dem Bann der Eiskönigin stand, dass sie ihre Schwester mittels bloßer Worte nicht von der grausamen Realität überzeugen konnte.

»Wir sehen uns später«, fuhr die Thronerbin kaltherzig fort, ehe sie ihrer jüngeren Schwester den Rücken zuwandte und sich mit langsamen, knirschenden Schritten entfernte.

Isa schluckte schwer, Tränen sammelten sich in ihren Augen, die wie gebannt auf Esther gerichtet waren. Die Prinzessin spürte den Drang, ihr zu folgen, sie um Hilfe anzuflehen. Doch sie konnte der Thronerbin die Wahrheit nicht anvertrauen, welche Skadi und Raik erneut in Cajas Fokus rücken würde, die ihre Geschwister zu zerstören versuchte.

»Du bist wie sie«, murmelte Isa bekümmert, während sie den Blick von Esthers verschwindender Gestalt löste und ihren Weg fortsetzte, der sie schließlich auf eine breite, gepflasterte Straße führte. Der Prinzessin war bewusst, dass sie vom ärmlichen Volk nicht erkannt werden durfte, dass die Sklaven ihre Familie verachteten. Nur Skadi – die Eisprinzessin – stand in ihrer Gunst, was ihrem lieblichen Charakter und ihrer bemerkenswerten Schönheit geschuldet war.

»Prinzessin?« Isa wandte sich wie elektrisiert um, als sie die dunkle Stimme eines Mannes vernahm. Es war ein Ignem, ein Sklave, der seit der Eroberung des Königreiches in den Ketten seines Herren lag.

»Was kann ich für Euch tun?«, fragte sie mit zitternder Stimme, als er nach ihrem Körper griff und die Prinzessin in eine dunkle Ecke zog. Ihr verängstigter Blick glitt über seine kräftige Gestalt, über schwarzes Haar, das zu einem kurzen Zopf gebunden war.

»Wie geht es Eurer Schwester?« Isa beobachtete mit klopfendem Herzen, wie er seine Hände von ihr löste und zu einer tiefen Verbeugung ausholte.

»Es darf mich keiner erkennen!« Der Sklave hielt in der Bewegung inne, ehe er Isa in die Arme zog und seine Stirn gegen ihre drückte.

Die Prinzessin hielt den Atem an, als sie die kräftigen Hände des Sklaven im Nacken spürte, die ihr spielend leicht das Genick brechen konnten. »Keiner wird Verdacht schöpfen, wenn Ihr so nahe bei einem einfachen Sklaven steht.«

Isa nickte, sah verängstigt in seine dunklen Augen. Die Prinzessin war stets von den unteren Schichten des Volkes ferngeblieben, hatte den Worten ihrer Mutter vertraut, die glaubte, dass die Ärmsten gefährlich seien.

»Wie geht es Eurer Schwester?«, wiederholte der Unbekannte leise flüsternd, während er ihre Hände umfasste und zärtlich über die warme Haut der Prinzessin strich.

Für Außenstehende mussten sie wie eine junge Liebe wirken, die selbst in der Öffentlichkeit nicht die Finger voneinander lassen konnten.

»Die Eisprinzessin hat die wahre Königin befreit«, fuhr der Sklave fort. »Ich erfuhr aus dem Kerker, dass Ihr gewillt seid, uns zu helfen.«

Isa nickte schweigend, während sie einen Schritt zurücktrat, um den Sklaven von Kopf bis Fuß anzusehen. Er war gewöhnlich, glich den Männern seines Volkes wie ein Ei dem anderen. Ihr neugieriger Blick glitt über einfache Stiefel, über schäbige Kleidung, die aus weißem Leinen und braunen Lederresten bestand. In diesem Augenblick schämte sie sich für ihre edlen Kleider, für ihr hochmütiges Verhalten. Die Prinzessin war nie mit dem ärmlichen Volk in Kontakt getreten, war ihnen ferngeblieben, als wären sie eine tödliche Seuche. Während sie ein Leben in

Wohlstand genoss, war die Existenz des Unbekannten von den Launen seines Herren bestimmt.

»Mein … mein Bruder sprach von einer Prophezeiung, die vom Untergang des Reiches erzählt.« Isa brach ab, schaute flehend in seine gutmütigen Augen, in denen sie glaubte, Verständnis wahrnehmen zu können. »Ich … ich brauche die Aufzeichnungen, um meine Geschwister aus dem Kerker zu befreien, die bereit sind, ihr Leben für Eure Königin zu opfern. Bitte, helft mir, die Stadt zu verlassen. Ihr habt mich gleich durchschaut«, fuhr sie niedergeschlagen fort. »Die Wachen an den Toren werden mich ebenfalls erkennen.«

Der Sklave nickte, trat näher an sie heran und wickelte ihre langen, aschgrauen Haarsträhnen um seine Finger. »Euer Haar verrät Euch, Prinzessin«, entgegnete der Unbekannte, während er nach der Kapuze ihres Mantels griff und sie tiefer in Isas schneeweißes Gesicht zog.

»Ich danke euch.« Die Prinzessin lächelte, umfasste seine kräftigen Hände, die von rauen, dicken Brandnarben übersät waren. »Ich habe die Stadt nie verlassen, bin kaum fähig eine Karte zu lesen.« Isa wandte die Augen beschämt dem Boden zu und betrachtete niedergeschlagen seine braunen Stiefel, die nervös auf und ab wippten.

Schließlich hob der Sklave sanft ihren Kopf, was sie zwang, ihn erneut anzusehen. »Ihr steht auf der Seite der Eisprinzessin, die der wahren Königin zur Flucht verhalf«, entgegnete er mit rauer Stimme. »Ich werde Euch unterstützen.«

Kiana schlug die Augen auf, als sie leise Stimmen vernahm, betrachtete vier Gestalten, die abseits des Feuers standen und miteinander diskutierten. Ihr Blick schweifte über Sharik, der wild gestikulierte, über Marisol, die ihr nahegelegt hatte, ihn zu ehelichen.

»Wir können nicht …« Die Königin vernahm nur leise Fetzen, zusammenhanglose Worte, die im lauten Knistern des Feuers untergingen.

»Kiana …« Sie horchte auf, als Sharik ihren Namen erwähnte, versuchte, die Bedeutung seiner Gesten zu identifizieren. Doch die Königin scheiterte, was tiefstes Misstrauen in ihr auslöste, obwohl sie sich verzweifelt dagegen wehrte. Kiana mochte den Leibwächter, die Art, wie er sie ansah, die verständnisvollen Worte, welche er an sie richtete, seit sie sich vor wenigen Tagen erstmals begegnet waren. Doch die Königin kannte diesen anziehenden Mann kaum, der ihre Gefühlswelt völlig auf den Kopf gestellt hatte.

Schließlich stand Kiana müde taumelnd auf, näherte sich lautlos den Sprechenden, die abrupt ihr Gespräch beendeten, als sie die Anwesenheit der Königin spüren konnten.

»Wir haben die nächsten Schritte besprochen«, sagte Sharik, um den Grund der nächtlichen Zusammenkunft zu erklären.

»Ohne mich?«, entgegnete Kiana abfällig, während sie ihn verächtlich von Kopf bis Fuß ansah. Skeptisch lief sie um die Körper ihrer Verbündeten herum, die sie nicht kannte, deren Schweigen den misstrauischen Keim in ihr wachsen ließ. »Ich mag in Gefangenschaft ohne menschlichen Kontakt aufgewachsen sein«, fuhr die Königin missbilligend fort. »Doch ich bin nicht dumm.«

Kiana verschränkte die Arme vor der Brust, hielt inne und betrachtete den langen Haarschopf einer jungen Frau – Ramis

Mutter – deren schmale Gestalt am Boden kniete, seit die Königin das Wort erhoben hatte. Ihr schwarzes Haar fiel wie gesponnene Seide auf den eisigen Erdboden, ihr mädchenhaftes Gesicht war den Ärmeln des blutroten Gewandes zugewandt, das alle Hexen trugen. Die Unbekannte konnte nur wenige Jahre älter als sie selbst sein. Dennoch war sie bereits Mutter eines zauberhaften, aufgeweckten Kindes.

»Sprecht mit mir!«, befahl Kiana mit bebender Stimme. Ihre Hände ballten sich zu Fäusten, ihre Augen funkelten vor Wut und tiefster Enttäuschung.

»Kiana!« In diesem Augenblick begann sie Shariks Lächeln zu verachten, mit dem er versuchte, sie milde zu stimmen. »Wir sind deine Augen und Ohren auf dem Feld. Du musst nicht mehr in Angst leben. Wir sind dein Volk, wir gehören zu dir, wir verehren dich.« Seine Stimme wurde mit jedem Wort eindringlicher, das er zu ihr sprach.

Kiana senkte seufzend den Blick, ihre zu Fäusten verkrampften Finger lockerten sich, als die Anspannung von ihr abfiel. Sie war mit tiefstem Misstrauen aufgewachsen, hatte keiner Menschenseele trauen können. Doch nun war sie in Sicherheit, mit Menschen vereint, die ihr halfen, Glacies zurückzuerobern.

»Vertraue uns, meine Königin«, fuhr Sharik behutsam fort, während er fürsorglich ihren Arm umfasste, um sie zurück zur Schlafstelle zu führen. Kiana widersetzte sich ihm nicht, schwieg, ließ sich am Ufer des Sees auf den feuchten Erdboden sinken und blickte gedankenverloren in das klare Wasser, betrachtete den Mond, den die wellige Oberfläche in regelmäßigen Abständen auseinanderriss und wieder zusammenfügte.

»Schenke uns einen Hauch Vertrauen.« Sharik ließ sich der Königin gegenüber an das Ufer sinken und nahm zärtlich ihr Gesicht in beide Hände. Behutsam beugte er sich über sie, hielt erst inne, als nur noch Zentimeter sie trennten. »Ich werde dich beschützen«, fuhr der Leibwächter flüsternd fort, ehe er sie im Nacken fasste und seine Lippen vorsichtig auf ihre drückte.

Im nächsten Moment riss Kiana die Augen auf, wich zurück, starrte ihn überrascht an. Für sie war es der erste Kuss, die erste zärtliche Berührung, seit sie sich erinnern konnte.

»Ich würde dich niemals hintergehen«, hauchte Sharik, während er ihr eine schwarze Haarsträhne aus dem Gesicht strich.

Kiana hielt den Atem an, das Herz schlug ihr bis zum Hals, als er sich ihrem reglosen Körper näherte, ihre Schultern fasste und sie sanft auf den Erdboden drückte. Die Königin war wie gelähmt, unfähig zu reagieren, zu sprechen, obwohl sie ihm mitteilen wollte, was sie seit ihrer ersten Begegnung empfand.

»Ich verspreche, dass wir dich zukünftig in jedes Vorhaben einbeziehen werden.« Sharik griff nach einer dünnen, braunen Decke, die am Ufer lag, und zog sie bis zu ihren schmalen Schultern.

»Bleibst du bei mir?«, brachte Kiana schließlich krächzend hervor, als sich sein Körper langsam von ihrem entfernte.

Shariks Augen schweiften zu Marisol, die zufrieden lächelte, ehe er die rothaarige Hexe ansah, die seinen Blick mürrisch erwiderte.

»Dein Wunsch ist mir Befehl«, sagte Sharik schmunzelnd, als er sich wieder der Königin zuwandte, deren Augen halb geschlossen waren. Doch sie genoss seine Berührungen, seine muskulösen Arme, die sich im nächsten Moment um ihren Körper schlangen.

»Du hast mich gefragt, ob ich gewillt wäre, dich zu heiraten.«

Kiana drehte sich mit klopfendem Herzen auf den Rücken, ihr Atem wandelte sich in ein aufgeregtes Keuchen. Die Müdigkeit war augenblicklich aus ihrem Körper gewichen, mit aufgerissenen Augen schaute sie zu ihm auf. Sie war völlig verwirrt, wusste nicht, welche Antwort sie hören, auf welche Entscheidung sie hoffen sollte. Doch ehe die Königin ihre Gedanken und Gefühle ordnen konnte, hörte sie erneut Shariks zärtliche Stimme: »Kiana, wir kennen uns kaum. Doch ich empfinde schon jetzt mehr für dich, als ich jemals für eine Frau empfunden habe.« Er strich sanft über ihre vollen Lippen, die bebten. »Es wäre mir eine Ehre, dich zu heiraten.«

Kapitel 11

Isas Körper erzitterte, als sie fremde Hände spürte, die ihre nackte Haut streiften, Stimmen vernahm, die wirr und zusammenhanglos an die Ohren der Prinzessin drangen. Ängstlich hielt sie den Atem an, griff die Kapuze und zog sie tief in ihr schneeweißes Gesicht, das sich deutlich von der Bräune der hart arbeitenden Sklaven unterschied.

»Ihr müsst Euch nicht fürchten«, flüsterte der Unbekannte sanft, dessen Arm Isa fest umklammerte. Er vernahm den hektischen Atem der Prinzessin, welcher im lauten Stimmengewirr fast unterging, ihr gelegentliches Taumeln, wenn sich Fremde dicht an ihnen vorbeischoben.

»Wohin führt Ihr mich?«, fragte Isa angsterfüllt, während sie den Kopf hob. Ihr schüchterner Blick schweifte über unbekannte Gesichter, die sie ignorierten, ehe sie wieder ihre Stiefel anstarrte.

»Ihr könnt die Stadt bei Tageslicht nicht unbemerkt verlassen«, entgegnete der Sklave. Nervosität lag in seinen gedämpften Worten, die er versuchte, zu unterbinden. »Bei mir und meiner Schwester seid Ihr sicher.«

Die Prinzessin erschauderte, das Herz schlug ihr bis zum Hals, während sie ihm durch die schmale, überfüllte Gasse folgte. Sie kannte den ärmlichsten Teil der Stadt nur aus Erzählungen, war den Sklaven stets ferngeblieben, weil sie die Schauergeschichten bei Hof für wahr hielt. In diesem Augenblick wurde ihr unweigerlich bewusst, dass sie dumm und naiv gewesen war, dass sie dem Hilfsangebot des Fremden nicht hätte trauen dürfen.

»Bringt mich zurück, bitte«, stotterte Isa schließlich, als sich die Angst in ihrem Inneren in Panik verwandelte, und versuchte, sich von seinem Körper zu lösen. Doch der Unbekannte ergriff eisern ihre Handgelenke, zog die Prinzessin in eine dunkle Ecke und drückte sie gegen die verfallene Mauer eines eingestürzten Hauses.

»Ohne Hilfe werdet Ihr Glacies nicht unbemerkt verlassen können. Ich bin nicht gewillt Euch etwas anzutun, Prinzessin. Doch wenn Ihr wünscht zurückzukehren, werde ich Euch sicher zum Schloss geleiten.« Er brach abrupt ab, löste sich von ihrer zitternden Gestalt. »Nicht alle Geschichten bei Hof sind wahr«, fügte der Sklave hinzu, als er Tränen in Isas Augen erkannte, die das fahle Sonnenlicht reflektierten.

Isa erwiderte ängstlich seinen Blick, schloss die Augen, als er ihr eine silberne Haarsträhne aus dem Gesicht strich. Der Prinzessin war bewusst, dass er die Wahrheit sprach, dass sie Glacies alleine nicht unerkannt verlassen konnte. Im nächsten Augenblick schweiften ihre Gedanken zu Skadi und Raik, die aufgrund der Rachsucht ihrer Mutter im Kerker verrotteten. »Ich, ich werde mit Euch gehen«, stotterte die Prinzessin schließlich. »Ich kann nicht tatenlos zusehen, wie meine Heimat zerbricht.«

Der Sklave nickte anerkennend, legte einen Arm um ihre Taille und zog die Prinzessin zurück auf die Straße, welche Isa an die rüden Worte ihrer Mutter erinnerte, die das ärmliche Volk verachtete. Sie hatte stets von Gewalt erzählt, von Hungernden, die bereit waren, für ein Stück Brot zu töten. Die Prinzessin wäre eine willkommene Geisel, ein Tauschgut, um die Königin erpressbar zu machen.

»Wohin führt Ihr mich?«, fragte Isa leise flüsternd, während sie vorsichtig den Kopf hob, um ein junges Mädchen anzusehen, das stehen geblieben war und die Prinzessin mit überraschtem Blick beobachtete.

»Was ist passiert?« Isa ließ sich auf die Knie sinken, streckte eine Hand nach dem unbekannten Kind aus, dessen linke Wange ein breiter, blutiger Schnitt entstellte. Die Wunde musste frisch sein, Tränen liefen über ihr gerötetes Gesicht.

»Ihr seid eine Glacien!«, entgegnete das Mädchen zitternd und trat zurück. »Mutter!«, rief sie schallend laut, wandte der Prinzessin den Rücken zu und verschwand im nächsten Augenblick in der tummelnden Menge.

»Steht auf!«, raunte der Sklave und zog Isa grob auf die Beine. »In dieser Welt seid Ihr mein, Prinzessin. Haltet Euer Haupt stets gesenkt, sprecht mit niemandem.«

Isa nickte verschüchtert, obwohl ihr der Gedanke, als Eigentum wahrgenommen zu werden, missfiel. Dennoch wandte sie ihre olivgrünen Augen dem holprigen Steinboden zu, richtete den Blick auf die schäbigen Stiefel eines Fremden, der vor ihr lief.

»Wie lautet Euer Name?«, fragte sie schließlich. »Wer seid Ihr?«

Isa spürte, wie er ihre Taille fester umfasste und die Prinzessin in eine winzige, schäbige Hütte führte. »Mein Name ist Ravi. Ich bin Schmied der königlichen Garde, bin gezwungen Waffen herzustellen, die meinem Volk die Kehlen durchtrennen.«

Ein Schaudern überkam Isa, als der Sklave eine morsche Tür aufschlug. »Das ist grausam«, murmelte die Prinzessin, während sie angespannt in das Innere der Hütte trat. Ihr Blick schweifte über einen winzigen Kamin, einen gusseisernen Topf, der über blutroter Glut baumelte.

»Es ist kein Schloss«, entgegnete Ravi, ohne auf ihre Worte einzugehen, als sie inmitten der kleinen Kammer innehielt, »doch Ihr seid in Sicherheit.«

Isa nickte, sah flüchtig lächelnd in sein grimmiges Gesicht, ehe sie sich auf einen braunen, fransigen Teppich sinken ließ und in den Kamin starrte. Sie vernahm den Geruch von frischer Suppe, das Geräusch kaum sichtbarer Flammen, die sich durch morsches Holz fraßen.

»Warum helft Ihr mir?«, fragte Isa schließlich, während ihr neugieriger Blick über zwei schmale Betten streifte, die links und rechts an den Wänden standen, ehe sie wieder in seine dunklen Augen sah, in sein ernstes Gesicht, das von dünnen Narben übersät war. Sie stammten von winzigen Funken, die beim Schmieden entstanden.

»Ich habe Euch schon oft beobachtet, Prinzessin«, antwortete er. Sein Blick fiel auf ein kleines Mädchen, das im nächsten Augenblick polternd die Hütte betrat. »Ihr seid nicht wie Eure ältere Schwester«, fuhr der Sklave fort, während er liebevoll durch das karamellbraune Haar des Kindes strich, das Isa voller Neugier beäugte.

»Soleil, wir haben Besuch. Ihr Name ist Isa.« Ravis Stimme hatte einen zärtlichen Klang angenommen. »Sie ist eine echte Prinzessin.«

Die Augen des Mädchens weiteten sich, ein strahlendes Lachen umspielte ihre trockenen, rissigen Lippen. Doch sie sagte nichts, klammerte sich schüchtern an Ravi, dessen Hände auf ihren schmalen Schultern lagen. Soleils kleiner, zarter Körper steckte in braunen Fetzen, die bis zu klobigen Bundschuhen reichten. Sie waren zu groß, das Mädchen stolperte nahezu bei jedem Schritt.

»Meine Schwester ist Eigentum der Näherinnen des Hofes. Von ihr stammen auch deine Kleider.« In Ravis Worten schwang ein Hauch Vorwurf mit, den er zu verbergen versuchte. Doch Isa hatte ihn vernommen, wandte ihre Augen beschämt dem gebrochenen Dielenboden zu.

»Mein Leben gehört dem Handwerksmeister, einem scheußlichen Mann, der meine Kameraden und mich achtzehn Stunden täglich schuften lässt. Doch wir haben keine Wahl. Weigern wir uns zu dienen, werden wir wegen Hochverrats verurteilt. Überkommt uns Schwäche oder Krankheit, werden wir aus der Stadt verstoßen.« Er kniete sich seiner Schwester gegenüber auf den Boden und küsste sie auf die Stirn. »Nimm dir etwas zu essen, mein Schatz. Ich habe Eintopf gekocht.«

Soleil nickte, warf Isa einen verstörten Blick zu, ehe sie an ein bescheidenes Regal herantrat und nach einer braunen Schüssel und einem Löffel griff.

»Prinzessin, bist du hungrig?«, fragte das Mädchen mit leiser, piepsiger Stimme.

Isa antwortete zunächst nicht, schüttelte mit angehaltenem Atem den Kopf. Die Sklaven hatten weniger, als sie zum Überleben brauchten. Dennoch war dieses unschuldige Kind bereit zu teilen, während der Hof seine Reichtümer hortete und die Sklaven ihrem grausamen Schicksal überließ.

»Es geht mir gut«, sagte die Prinzessin schließlich mit krächzender Stimme. »Iss, ruh dich aus.« Sie lächelte dünn.

»Erzählst du mir eine Geschichte vom Hof?«, fragte Soleil voller Neugier, während sie eine Kelle Eintopf in die Schale schöpfte und sich ihr gegenüber auf den Teppich sinken ließ. Ihre dunklen Augen schweiften über den braunen Ledermantel der Prinzessin, über das bäuerliche Kleid, welches sie trug, um ihre Identität zu verbergen.

»Du trägst keines von meinen«, stellte das Mädchen traurig fest. »Gefallen sie dir nicht?«

Isa schluckte schwer, Tränen standen in ihren olivgrünen Augen. Sie konnte dieses Kind kaum ansehen, das leiden musste, um ihren Wohlstand zu schaffen, obwohl der Prinzessin stets bewusst gewesen war, dass Glacies auf Blut und Tod erbaut war. Doch nun saß sie diesem kleinen Mädchen gegenüber, das fast weinte, weil sie glaubte, dass die Kleider ihr missfielen.

»Sie sind bezaubernd«, schluchzte Isa, während sie die Kapuze ihres Mantels zurückschlug. »Wie alt bist du? Wie lange arbeitest du bereits bei Hof?«

»Ich bin sieben Jahre alt«, entgegnete die junge Sklavin zwischen zwei Bissen. »Die Frauen am Hof kauften mich als dreijähriges Mädchen und bildeten mich aus.« Soleil streckte der Prinzessin ihre Handflächen entgegen und wies auf winzige Narben, die von Nadeln stammten. »Wenn ich einen Fehler verursache, bestrafen sie mich und kürzen meinen Lohn. Daher lernte ich schnell.« Das Mädchen lächelte verlegen, ehe sie ihre karge Mahlzeit fortsetzte.

»Sie verletzen dich?«, fragte Isa fassungslos.

Soleil nickte. »Ich habe mich daran gewöhnt«, entgegnete das Mädchen kauend, während sie die Prinzessin musterte, die geistesabwesend ihre eigenen makellosen Handflächen anstarrte. Isa war nie zu Arbeit aufgefordert worden, hatte ihr Leben mit Kunst und Streben nach Vollkommenheit verschwendet.

»Du bist schön«, fuhr Soleil fort, als sich die Prinzessin vollständig von ihr abwandte und nachdenklich in die knisternden Flammen starrte.

Isa schüttelte lächelnd den Kopf. »Ich war all die Jahre eine Puppe.« Ihre Worte waren mehr an sich selbst gerichtet als an Soleil, die ihrem Blick in den Kamin folgte. Schließlich wandte sich die Prinzessin wieder der jungen Sklavin zu, als diese erneut das Wort ergriff. »Ich möchte eines Tages auch so schön sein.«

»Du bist wunderschön«, entgegnete Isa, während sie ihr eine dunkle Haarsträhne aus dem Gesicht strich. »Darf ich dir etwas schenken?«

Das Mädchen riss die Augen auf, nickte freudig, ehe sie die Schüssel auf dem fleckigen Teppich abstellte. Mit klopfendem Herzen beobachtete Soleil, wie die Prinzessin in ihre Manteltasche griff und einen kleinen Beutel herauszog. Sie hörte das Klimpern goldener Münzen, die einzeln mehr wert waren, als ein einfacher Sklave zum Leben brauchte.

»Pass auf ihn auf«, fuhr Isa mit sanfter Stimme fort, während sie den Beutel in die Handflächen der jungen Sklavin legte. »Kauft euch Nahrung, Kleidung – was ihr zum Leben braucht.«

Soleil öffnete zitternd den Beutel, starrte hektisch atmend die Münzen an, welche den unmerklichen Schein der Glut reflektierten. Sie waren winzig, kleiner als die gebrochenen Knöpfe ihres verschlissenen, braunen Mantels. Doch ihr war bewusst, dass sie großen Reichtum in den Händen hielt.

»Wir sind keine Bettler!« Die Prinzessin schreckte auf, als Ravi das Wort ergriff, den sie völlig aus ihren Gedanken verbannt hatte. Er lehnte geduldig wartend am Türrahmen, beobachtete die silberhaarige Schönheit mit Argusaugen.

»Wir sind keine Bettler«, wiederholte der Sklave mit erhobener Stimme. »Soleil, gib ihr die Münzen zurück!« Ravi war ein stolzer Mann, der stets den Unterhalt für sich und seine jüngere Schwester selbst bestritt.

»Prinzessin, ich sehe, dass das schlechte Gewissen Euch plagt. Doch Ihr könnt Eure Schuldgefühle nicht durch eine einzige Geste reinwaschen. Dafür ist es zu spät.«

Isa schwieg, erwiderte seinen entschlossenen Blick nur einen kurzen Moment lang, ehe sie in Soleils geknicktes Gesicht sah.

»Warum lässt du es nicht zu?«, fragte das Sklavenmädchen enttäuscht, während sie sich aufrappelte. Ihre Hände ballten sich zu Fäusten, Trotz stand in ihren kindlichen Zügen. Sie konnte und wollte Ravi nicht verstehen, der für seine Prinzipien bereit wäre zu verhungern. »Warum lässt du es nicht zu?« Ihre verzweifelten Worte waren von Tränen getränkt, die sie sich hastig aus dem Gesicht wischte.

»Soleil, gib ihr die Münzen zurück!«, wiederholte Ravi mit strenger Stimme. Sein Blick glitt über die Hände des Mädchens, die im nächsten Moment den Beutel auf den Teppich fallen ließen. »Geh spazieren! Ich möchte mit der Prinzessin alleine sprechen.«

Isa beobachtete betroffen, wie sich Soleil wortlos an ihrem Bruder vorbeischob und die Hütte verließ, um Ravis Befehl nachzukommen.

»Es tut mir leid«, sagte Isa, als das Sklavenmädchen außer Hörweite war. »Es war nie meine Absicht, Euch zu kränken. Ich möchte diesem entzückenden Mädchen einen Wunsch erfüllen. Bitte, lasst es zu.«

»Ihr sagt es«, entgegnete Ravi aufgebracht, ohne auf ihre Bitte einzugehen. »Sie ist ein Kind, das gezwungen ist, ganze Nächte zu arbeiten. Sie näht Eure Kleider, schaut zu den hohen Damen auf, die sie beneidet. Doch Soleil ist eine Ignem. Sie wird immer eine Sklavin sein, wird nie das Leben führen dürfen, das sie begehrt.« Er lief um die Prinzessin herum und beäugte sie abschätzend von Kopf bis Fuß. »Nun platzt Ihr in unser Leben und reicht diesem Mädchen, das voller Träume ist, Gold?!« Er hielt in ihrem Blickfeld inne und funkelte sie hasserfüllt an. »Warum? Als Entschädigung für die Qualen, die sie erdulden muss? Als Bezahlung?«

Isa schüttelte den Kopf, Tränen standen in ihren Augen. Ihr war stets bewusst gewesen, woher ihr Reichtum stammte, hatte das Leid des ärmlichen Volkes ignoriert. Doch in diesem Augenblick wurde sie direkt mit einem Mann ihres Alters konfrontiert, der das Leben seiner jüngeren Schwester wie ein Löwe beschützte.

»Ihr habt nie geplant, mir zu helfen, obwohl meine Absichten ehrlicher Natur sind«, stellte die Prinzessin nüchtern fest. »Ihr wolltet mir nur Eure Schwester zeigen, ein unschuldiges Mädchen, um mich an mein niederträchtiges Wesen zu erinnern.« Sie stand auf, taumelte zurück, als der Sklave ihren aschgrauen, gelockten Haarschopf umfasste.

»Ihr seid arrogant, Prinzessin, giert nach Aufmerksamkeit wie Motten nach Licht«, sagte er abfällig. »Doch im Viertel der Sklaven kommt Euer Haar einer Lichtquelle gleich.«

Isa hielt den Atem an, war in den nächsten Sekunden wie erstarrt. Die Prinzessin vernahm Ravis bebendes Keuchen, seine zitternde Hand, die ihren Haarschopf umklammerte. Schließlich löste sich der Sklave von ihr und trat einen Schritt zurück. »Verzeiht, Prinzessin«, fuhr Ravi besonnen fort, als sein Blick in Isas verängstigtes Gesicht fiel. »Ich sorge mich um meine Schwester seit ihrer Geburt. Jede Hoffnung, die ich ihr nehmen muss, bricht mir das Herz. Dennoch hätte ich mit Euch nicht sprechen dürfen, als wärt ihr eine Sklavin. Ich werde Euch aus der Stadt bringen, Prinzessin, wenn Ihr es noch wünscht.«

Isas Gesichtszüge entspannten sich, als das hasserfüllte Lodern in seinen Augen schwand, und näherte sich ihm mit langsamen Schritten, hielt erst inne, als sie die Hände des Sklaven ergreifen konnte. »Bitte, nennt mich Isa. Ich verabscheue das arrogante Geplänkel bei Hof. Es ist niederträchtig, falsch und giftig wie der Zahn einer Schlange.«

»Nun gut«, entgegnete Ravi schmunzelnd, was ihm ein jungenhaftes Aussehen verlieh. »Ich werde dich bei Nacht gerne aus der Stadt geleiten, wenn du es noch wünschst.«

Isa antwortete zunächst nicht, griff nach dem Münzbeutel, der achtlos auf dem Boden lag, und reichte ihn dem Sklaven, welcher die Börse nach kurzem Zögern ergriff. »Ich möchte dich wegen des Risikos bezahlen«, entgegnete sie angespannt. »Nimm ihn«, fuhr die Prinzessin flehend fort. »Erfülle deiner Schwester ihre Träume, führe sie in eine sorgenfreiere Zukunft.« Isa strich sanft über ein breites, schwarzes Lederband, das sein rechtes Handgelenk umschloss, während sie wie hypnotisiert zu ihm aufsah.

»Du solltest dich ausruhen, Isa«, sagte Ravi schließlich, ohne ihre Frage zu beantworten, was die Prinzessin aus ihrer Trance weckte, in der sie nicht anders konnte, als ihn anzusehen. »Ich werde dich wecken«, fuhr er mit sanfter Stimme fort, »wenn die Zeit gekommen ist.«

»Meine Schöne!« Kiana schlug erschöpft die Augen auf, als sie eine sanfte Berührung spürte, Shariks raue Hände, die durch ihr langes, schwarzes Haar fuhren. Sie fühlte sich wohl in den Armen des Leibwächters, der ihr im Moment ihrer ersten Begegnung das Herz gestohlen hatte.

»Meine Schöne, der Morgen graut. Wenn wir uns sputen, werden wir bis zur Abenddämmerung die Mine erreichen.« Die Königin rührte sich nicht, schaute versonnen, auf dem Rücken liegend, zu ihm auf.

»Wir haben Zeit«, entgegnete Kiana schließlich, während ihre Fingerspitzen über sein Gesicht glitten. »Ich werde am morgigen Tag die Prüfung bestreiten, weiß nicht, was mich dort erwartet. Lass uns die Zeit genießen, die uns bleibt.« Sie lächelte, als der Leibwächter nickte, schloss die Augen, als er sich ihr vorsichtig näherte.

»Hoheit, Ihr seht blass aus.« Shariks Gesicht hielt direkt über ihrem inne, als die rothaarige Hexe ärgerlich zu sprechen begann: »Ihr müsst etwas essen.«

Kiana wandte den Kopf auf die Seite und sah lächelnd zu der Unbekannten auf, deren Namen ihr noch immer nicht geläufig war. Schließlich schaute sie zu Rami, die ihr einen traurigen Blick zuwarf, ehe sie der Königin den Rücken zuwandte. Das Mädchen hatte seit dem Vortag nicht mehr mit ihr gesprochen, war Kiana aus dem Weg gegangen, die dem Leibwächter völlig zugetan war.

»Lasst uns alleine!«, befahl die Königin, während sie erneut zu Sharik aufsah und durch sein schwarzes Haar strich.

»Verschwindet! Ich werde entscheiden, wann wir unsere Reise fortsetzen.« Kiana war es nicht gewohnt, Befehle auszusprechen, ihren Willen einzufordern, der lange Zeit ungehört geblieben war. Doch mit jedem Tag, den sie in Freiheit verbrachte, wurde ihr mehr bewusst, dass sie die Macht in sich trug, dass das ganze Reich geboren war, um ihr zu dienen.

»Sie sorgt sich um dich, meine Schöne. Doch …« Sharik brach abrupt ab, ehe er – die rothaarige Hexe ignorierend – Kiana küsste. Die Königin hielt verdutzt den Atem an, das Herz schlug ihr bis zum Hals, als er die Lippen öffnete und leidenschaftlich seine Zunge in ihren Mund schob. Kiana erwiderte den Kuss, spürte, wie er unter ihren Körper griff und sie aufrichtete, sodass sich ihre Gesichter auf gleicher Höhe befanden.

»… sie hat recht«, fuhr er fort, als sich ihre Lippen voneinander lösten. »Wir müssen aufbrechen.«

Die Königin wich enttäuscht zurück, sah erneut zu der rothaarigen Hexe auf, die sie als Störfaktor empfand. »Ich verlange, dass sie verschwindet«, zischte Kiana aufgebracht. »Ich verlange, dass wir alleine gelassen werden. Die Glacien haben mir meinen freien Willen genommen. Ich befehle, dass er nun, wo ich frei bin, gehört wird.« Sie ballte die Hände zu Fäusten, als Wut in ihr aufstieg, die sich in keuchenden Atemzügen niederschlug.

Sharik erwiderte sanft ihren fordernden Blick, in welchem er Lust gepaart mit Hass und tiefster Enttäuschung erkennen konnte. »Kiana, das Kältevolk hat dich deines Lebens beraubt«, entgegnete der Leibwächter behutsam, während er nach ihren zitternden Händen griff. »Doch wir sind nicht deine Feinde. Lass uns aufbrechen, die Mine aufsuchen, die nur wenige Meilen entfernt liegt. Wenn die Macht wieder dein ist, wirst du den Thron besteigen, deine Rache ausüben, wie auch immer sie aussehen möge.« Er küsste sie, was ihr wutentbranntes Gesicht etwas entspannte. »Wenn Glacies dein ist, wird uns alle Zeit der Welt zur Verfügung stehen. Ich werde bei dir sein, mein Leben, mein Herz gehört dir.«

Die Königin ergriff seine kräftigen Hände, zog den Leibwächter zu sich heran und küsste ihn erneut. »Du bist im Süden zu Hause, während ich die Krone trage.« Ihre forsche Stimme hatte sich deutlich gesenkt, wich stets Sanftheit, wenn sie das Wort an ihn richtete. Kiana liebte diesen Mann, den sie kaum kannte, der ihr zeigte, was Leidenschaft bedeutet. Sie hielt den Atem an, das Herz schlug ihr bis zum Hals.

»Heirate mich«, entgegnete Sharik, als sie den Mund öffnete, um ihn zur Ehe aufzufordern.

Kiana antwortete nicht, ihr Puls raste, ihre Gedanken pulsierten. Schließlich glitten die Augen der Königin zu Marisol, die das Feuer austrat, zu Rami, die am Ufer des Sees stand und in die Ferne starrte.

»Heirate mich«, wiederholte der Leibwächter, als sie nicht reagierte. »Gründe eine Familie mit mir.«

Die Königin wandte ihm erneut den Blick zu, ein dunkler Schatten lag auf ihrem Gesicht. Sie erkannte Anspannung in Shariks braunen Augen, Nervosität lag in seinen sanften Zügen. »Ich liebe dich, kann mir nichts Schöneres vorstellen, als deine Frau zu werden«, entgegnete Kiana schließlich. »Daher verspreche ich dir hier und jetzt, dass du Rache bekommen wirst, dass ich die falsche Königsfamilie zum Tode verurteilen werde.«

Die Königin stand unvermittelt auf, wandte ihrem Verlobten den Rücken zu und lief mit geballten Fäusten in Richtung Süden.

Im Augenblick ihres Eheversprechens hatte Kiana eine Entscheidung gefällt, die Vergangenheit von sich zu streifen, den Ignem ihre Macht zu schenken, die bereits seit viel zu langer Zeit in Ketten lagen.

»Ist sie soweit?«

Die Königin konnte die Stimme der rothaarigen Hexe nicht hören, die leise flüsternd zu Sharik sprach, dessen Blick ihr folgte.

»Sie ist es!«

Kapitel 12

Isa warf einen schüchternen Blick in das lichterreiche Firmament hinauf, ehe sie die Augen schloss, als ein kalter Windhauch ihren Körper ergriff. Hastig strich sich die Prinzessin eine Haarsträhne aus dem Gesicht, die im hellen Mondschein weiß aufleuchtete, was sie im Stadtteil der Sklaven als Feind, als Glacien, identifizierte.

»Ich habe Angst«, murmelte Isa, als erneut die Stimmen der Betrunkenen lauter wurden, die im Schutze der Nacht ihren Kummer in Wein und Bier ertränkten. Zitternd umklammerte die Prinzessin Ravis Arm, ließ sich von dem Sklaven durch die dunklen, engen Gassen führen. Sie waren verschmutzt, verwahrlost, zu dieser späten Stunde fast menschenleer. Dennoch ergriff Isa eine fürchterliche Angst, die sich in hastigen Atemzügen niederschlug, die sie zu unterbinden versuchte.

»Sie werden mich erkennen«, murmelte die Prinzessin leise flüsternd, als ihr schüchterner Blick auf einen betrunkenen Sklaven fiel, der taumelnd vor einer Taverne an der Tür lehnte.

»Wo hast du dieses Schmuckstück aufgerissen?«, fragte der Unbekannte mit verwaschener Stimme und griff nach Isas braunem Ledermantel, um ihr die Kapuze vom Kopf zu reißen. Doch Ravi reagierte sogleich, stieß den Fremden grob zurück, der wankend das Gleichgewicht verlor und unsanft gegen das marode Mauerwerk fiel.

»Sie gehört zu mir«, raunte der Sklave grob, während er Isas Hand umfasste und die verstörte Prinzessin mit sich in die nächste Seitengasse zog.

»Hat er mich erkannt?«, flüsterte diese panisch. Angstvoll löste sie sich von seinem Körper und lugte mit klopfendem Herzen in die verlassene Gasse. Ihr Blick glitt über die schwankende Silhouette des Unbekannten, über eine Lache aus Bier, die der Betrunkene im nächsten Augenblick vergoss.

Ravi folgte Isa lächelnd, schüttelte den Kopf und legte einen Arm um ihre schmale Taille. »Viele Ignem geben sich regelmäßig dem Rausch hin, um die Umstände unseres Lebens, um das Leid zu vergessen. Im Morgengrauen werden seine Erinnerungen vollständig ausgelöscht sein.« Der Sklave unterbrach die schnippische Bemerkung, ehe er nachdenklich fortfuhr: »Ohne Soleil wäre ich vermutlich auch tief gefallen. Doch wir brauchen uns, können ohne einander in dieser Welt nicht überleben.«

Isa erschauderte, als er plötzlich verstummte, sie abrupt gegen die Mauer eines verfallenen Hauses stieß, erst innehielt, als sich ihre Gesichter nahezu berührten. Die Prinzessin spürte Ravis warmen Atem, seine dunklen Augen, die auf ihren hafteten. Doch ehe sie den Mund öffnen konnte, um zu fragen, was er tat, hörte sie Schritte, die sich ihnen rasch näherten.

»Ich erkenne meinesgleichen«, flüsterte der Sklave, während er seinen muskulösen Körper gegen ihre zierliche Gestalt drückte. »Dieser ist keiner von uns.«

Isa schloss die Augen, als seine rauen, warmen Hände ihr Gesicht umfassten. Für Fremde mussten sie wie eine junge Liebe wirken, die ungestört der Lust frönten.

»Sie werden dich nicht finden, Prinzessin. Du stehst unter meinem Schutz.« Ravi entfernte sich lächelnd von ihr, als das Geräusch der Schritte langsam abklang.

Isa rührte sich im ersten Moment nicht von der Stelle, sah mit nachdenklicher Miene in sein Gesicht, das von dünnen Narben gezeichnet war. Sie erschienen im Licht des Mondes heller, lagen wie winzige Nadeln auf Ravis dunkler Haut, was ihre Gedanken erneut auf seinen strengen Herren lenkte, der die Sklaven achtzehn Stunden täglich schuften ließ. »Ist es dir erlaubt, die Stadt zu verlassen?«, fragte die Prinzessin schließlich besorgt.

Ravi nickte, während er erneut ihre Taille umschlang und sie tiefer in die enge Gasse führte. »Dieser Mann ist grausam«, entgegnete der Sklave verabscheuend. »Doch ich bin sein fleißigster und talentiertester Schmied. Er vertraut mir, obwohl ihm bewusst sein muss, dass ich seinen herrschsüchtigen Charakter verabscheue.« Ravi hielt inne, sah abschätzend eine schmalere Gasse entlang, die ihre kreuzte, ehe er seinen Weg fortsetzte. »Als du geschlafen hast, suchte ich ihn auf, bat um einen Tag außerhalb der Schmiede, um die auswärts gelagerten Bestände zu prüfen«, fuhr er mit leiser Stimme fort, während sein Blick über zwei schwankende Gestalten schweifte, die in die entgegengesetzte Richtung taumelten.

»Bitte, riskiere keinen Ärger wegen mir«, erwiderte Isa. Ihre Stimme war leise, Besorgnis lag in schüchternen Worten.

»Ich kenne die Bestände. Er wird nie erfahren, wo ich in Wahrheit war«, entgegnete Ravi schmunzelnd. »Außerdem hast du mich für meine Hilfe bezahlt.«

Die Prinzessin nickte geistesabwesend, während sie sich mit aufgerissenen Augen umsah, als sie eine breite Straße erreichten, in der die Verwahrlosung traurige Gestalt annahm. Isas Blick schweifte über winzige, verfallene Hütten aus Holz und Stein, über Werkzeuge und gebrochenes Glas, die arglos auf dem unebenen Pflasterstein zurückgelassen worden waren. Schließlich trafen ihre Augen eine übelriechende Pfütze, Fäkalien, die durch schmale Abflüsse in der Kanalisation verschwanden.

»Prinzessin, das Leben bei Hof ist eine Illusion, eine Traumwelt, die nur für Auserwählte geschaffen wurde«, sagte Ravi ermahnend, als er in ihr angeekeltes Gesicht blickte. »Diese Seite der Stadt ist die wahre Realität, die das Leben aller Sklaven und aller ärmlichen Glacien prägt.«

Isa rang sich zu einem gezwungenen Lächeln durch, das mehr einer abscheulichen Fratze glich, als sie seinen rüden Blick spürte.

»Doch wir halten zusammen, stehen trotz aller Widrigkeiten füreinander ein. Isa, eine Familie – mag sie noch so arm sein – ist mehr wert als Gold.«

Die Prinzessin nickte bekümmert, während sie den Kopf an seine Schulter lehnte. Ihr Leben bestand aus Reichtum, edler Seide und hochmütigem Gerede von Familie und Zusammenhalt. Doch in Wahrheit lebte sie in einem Wespennest, immer auf der Hut vor Abtrünnigen, die gewillt waren, sie zu zerstören.

»Ich beneide dich«, entgegnete Isa bedrückt, ergriff eine filigrane Goldkette, an der ein winziger Anhänger in Form einer Krone baumelte. Das Schmuckstück war ein Geschenk ihrer

Mutter gewesen, als die Prinzessin geglaubt hatte, dass die Welt in Ordnung sei.

»Du beneidest einen Sklaven?«, fragte Ravi belustigt.

Isa seufzte, ein freudloses Lachen entwich ihren Lippen. »Ich habe gesehen, wie du mit Soleil umgehst. Ihr seid trotz der widrigen Umstände eine wundervolle Familie. Deine Schwester vergöttert dich, während meine stets ihre Überlegenheit demonstriert. Esther ist kaltherzig, hat mir gedroht, weil ich Mutter anflehte, unsere Geschwister zu verschonen, Gnade vor Recht walten zu lassen.« Sie brach abrupt ab, blickte betrübt in seine verständnisvollen Augen. »Doch was rede ich? Während ich in einem goldenen Käfig aufgewachsen bin, leidet ihr Hunger. Kinder arbeiten sich zu Tode, erfrieren, weil die Eiszeit Einzug nimmt. Meine Sorgen müssen in deinen Ohren wie blanker Hohn klingen.« Ihre Worte, die voller Scham waren, mündeten in ein leises Flüstern.

Ravi schüttelte den Kopf, führte die Prinzessin in eine schmale Gasse und beobachtete die Mauer, die zu diesem Zeitpunkt unbewacht war. Die Wächter wechselten stets um Mitternacht ihre Posten, was ihnen wertvolle Minuten schenkte, um die Stadt zu verlassen.

»Lauf!«, entgegnete der Sklave urplötzlich, während er Isas Handgelenk ergriff und die Prinzessin mit sich in tiefste Dunkelheit zog. »Die Soldaten sind in kürzester Zeit zurück. Wir müssen unentdeckt bleiben.«

»Meine Königin!« Kiana sah in die leuchtenden, schwarzen Augen der rothaarigen Hexe, ehe sie Marisol ansah, die ihr eine Hochzeit mit Sharik nahegelegt hatte. Schließlich fiel ihr Blick auf den anziehenden Leibwächter, der sich lautstark mit einem seiner beiden Soldaten unterhielt. Diese Männer hatten bisher kein Wort an die Königin gerichtet, hielten sich vornehm zurück. Doch sie verbeugten sich stets, wenn Kiana in ihr Blickfeld geriet.

»Meine Königin, folgt mir«, fuhr die rothaarige Hexe mit sanfter Stimme fort, während sie behutsam ihre Hand nahm und Kiana den letzten Rest des steilen Hügels hinaufführte. »Ich möchte Euch in Eurer Heimat willkommen heißen.«

Die Königin hielt den Atem an, als ihre Augen über brachliegendes Ackerland schweiften, über vertrocknete Gräser, deren langhalsige Stiele dem Erdboden zugeneigt waren. Über der toten Fläche lagen Frost und eine dünne Schicht Schnee, welche die Glacien in ihr Heimatland gebracht hatten, das einst als blühende Oase bekannt gewesen war. Kiana erinnerte sich an die farbenfrohen Geschichten der Gefangenen, die von malerischen Seen sprachen, welche inmitten grüner Wälder lagen. Doch in diesem herzzerreißenden Moment musste die junge Königin feststellen, dass die Erzählungen nichts mit der Realität gemein hatten, was Kiana Tränen in die Augen trieb.

»Das Kältevolk hat den Tod in Eure Heimat gebracht, Hoheit«, fuhr die rothaarige Hexe bekümmert fort, während sie neben Kiana auf die Knie sank. Ihre schmalen Hände glitten über vertrocknete Gräser, über rot gemusterte Flügel eines Schmetterlings, dessen verwesender Körper auf dem Erdboden verendete. An ihm labten sich winzige Insekten, die ihre kräftigen Kiefer in das schwindende Fleisch schlugen. »Das Eis wird jedes Leben auslöschen. Es ist nur eine Frage der Zeit.« Ihre Worte glichen einem leisen Flüstern, einer unheilvollen Prophezeiung, die sich bereits zu erfüllen begann.

»Ich werde mich rächen«, schluchzte Kiana in Tränen aufgelöst, welche die Wüste vor ihren Augen verschwimmen ließen. In diesem Moment wurde ihr unweigerlich bewusst, dass die bunten Geschichten der Gefangenen aus weit entfernter Vergangenheit gestammt haben mussten, dass die blühenden Ländereien längst dem Tod gewichen waren, dass mit dem Norden auch der Süden gefallen war. Die Glacien hatten ihr Leben geraubt, ihr Volk versklavt, dessen einzige Hoffnung die Rückkehr der ewigen Flamme war.

»Ich werde diese Kreaturen vernichten«, entgegnete die Königin mit hasserfüllter Stimme, während sie die Hände zu Fäusten ballte. »Ich schwöre, dass meine Feinde hängen werden, einer nach dem anderen.« Sie atmete hörbar laut aus, fuhr herum, als leise Schritte an ihr Gehör drangen, die von Sharik stammten, der sich ein trübes Lächeln abrang.

»Du hast die Wahrheit gesagt«, schluchzte Kiana verzweifelt weinend und ließ sich in die Arme des Leibwächters sinken. Ihr zierlicher Körper bebte vor Wut und Trauer, ihre Fäuste verkrampften sich vor Schmerz, obwohl sie seine Nähe etwas beruhigte.

»Sie werden hängen, mein Schatz. Schwöre, dass sie hängen werden.« Sharik nahm behutsam ihr Gesicht in seine Hände und hob sanft Kianas Kopf, dass er ihr direkt in die Augen sehen konnte. Tränen flossen über ihre Wangen, ein tiefes Schluchzen entwich zitternden Lippen, als ihre Illusion von einer heilen Welt in Scherben zersprang.

»Ich schwöre, dass die falsche Königsfamilie hängen wird.« Ihre Stimme bebte, ihr ganzer Körper vibrierte vor Zorn und Angst. »Ich schwöre, dass die Glacien unseren Schmerz spüren werden,

den sie uns jahrelang haben ertragen lassen. Sie werden den Ignem dienen, wie wir ihnen dienen mussten, oder im Kerker verrotten, wenn sie sich unseren Befehlen verweigern.« Kiana schlang die Arme um Shariks muskulösen Körper und lehnte den Kopf an seine breite Schulter. »Ich werde dieses Reich regieren, mit dir an meiner Seite.«

Isa warf einen hektischen Blick zurück, während sie mit schnellen Schritten den Berg erklomm, dessen eisige Oberfläche im nächsten Augenblick unter ihren Füßen wegrutschte. Sie taumelte, stürzte, stöhnte schmerzerfüllt auf, als ihr Körper auf Eis und Schnee zum Erliegen kam.

»Lauf!« Ravi griff nach Isas rechter Hand, zog die Prinzessin auf die Beine und lief mit ihr hektisch atmend den schneebedeckten Pfad entlang.

»Warte!« Der Sklave hielt abrupt inne, zog Isa näher an sich heran, die erschöpft in seine Arme sank. »Sie können uns nicht mehr sehen«, fuhr die Prinzessin keuchend fort, während sie sich von ihm löste und ihren entkräfteten Körper in den Schnee fallen ließ. Isa lächelte, ein schallendes Lachen entwich ihrer Kehle, als sie in Ravis verblüfftes Gesicht sah. In diesem Moment fühlte sich die Prinzessin unendlich frei, von Ketten gelöst, die sie seit ihrer Geburt an das Königreich banden.

»Ich habe nie etwas Verbotenes getan, war stets die gehorsame Tochter.« Isa stellte die Beine auf, verschränkte die Arme hinter ihrem Kopf und sah weiterhin den Sklaven an, der ihren fröhlichen Blick schmunzelnd erwiderte.

»Prinzessin, ich möchte dir nicht den Spaß verderben«, entgegnete er schließlich und reichte ihr eine Hand, die sie nach kurzem Zögern ergriff. »Doch wir haben keine Zeit, müssen die Prophezeiung finden. Erinnerst du dich?«

Traurigkeit überschattete Isas Gesicht, das sich kaum von Eis und Schnee abhob. »Entschuldige«, entgegnete die Prinzessin betrübt und ließ sich von ihm auf die Beine ziehen.

»Weißt du, was mich traurig stimmt?«, fragte der Sklave geknickt, während er ihren zierlichen Körper erneut an sich zog.

Isa schaute auf, schenkte ihm ein warmes Lächeln, das erstarb, als sie Trübsal in seinen dunklen Augen erkennen konnte. »Was ist es?«, fragte sie mit brüchiger Stimme. Das Herz schlug der Prinzessin bis zum Hals, Nervosität entsprang hektischen Atemzügen.

Ravi strich ihr zärtlich eine silberne Haarsträhne aus dem Gesicht. »Ich würde dich gerne näher kennenlernen, Isa. Doch wir werden uns nach diesem Abenteuer wohl nicht erneut begegnen können, weil wir aus verschiedenen Welten stammen«, antwortete er geknickt.

Isa sagte zunächst nichts, starrte ihn überrascht an. Die Männer, die ihr bisher begegnet waren, waren stets an Esther interessiert gewesen, weil sie die Erbin des Reiches war, an Skadi, die als schönste Frau von Glacies galt. Keiner scherte sich um die mittlere Tochter, die in Gegenwart ihrer Schwestern stets von Minderwertigkeitsgefühlen geplagt worden war.

»Glaubst du, ich kehre an den Hof zurück und vergesse?«, fragte die Prinzessin enttäuscht, während sie sich von ihm abwandte und keuchend weiterlief, ohne einen erneuten Blick in seine Richtung zu werfen. Doch sie hörte Ravis Schritte, die ihren folgten, spürte den warmen Atem des Sklaven im Nacken.

»Natürlich nicht«, entgegnete er, versuchte, nach ihrem Körper zu greifen. Doch Isa entzog sich seiner Berührung, während sie verbissen dem schneebedeckten Pfad folgte, der sie stundenlang in Richtung Süden führte.

»Isa!« Die Prinzessin blieb abrupt stehen, als sie wiederholt Ravis dunkle Stimme vernahm, die sie bislang standhaft ignoriert hatte, um sich ihrer Vergangenheit hinzugeben, welche von düsteren Gedanken und Entscheidungen geprägt war.

»Ich bin kein guter Mensch, habe stets das Leid deines Volkes ignoriert«, platzte es schluchzend aus Isa heraus. Sie weinte, Tränen flossen in Strömen über ihr gerötetes Gesicht. »Doch ich, ich …« Sie brach ab, als ihr Weinen die Worte so sehr verzerrte, dass er nichts Menschliches mehr in ihnen erkennen konnte.

»Du bist kein schlechter Mensch«, entgegnete Ravi und legte sanft eine Hand auf ihre Lippen, um sie zum Schweigen zu bewegen. Seine rechte strich zärtlich durch das lange, gelockte Haar der Prinzessin, was sie in den nächsten Minuten gänzlich beruhigte.

Schließlich wischte sich Isa die Tränen von den Wangen und zwang sich zu einem schiefen Lächeln. »Danke«, sagte die Prinzessin mit brüchiger Stimme, während sie nach seiner Hand griff, die auf ihren Lippen ruhte. »Siehst du sie?« Isa wies auf einen dunklen Schatten, der sich aus dichtem Schneegestöber erhob. Sie musste ihn von sich ablenken, um nicht in seinen sanftmütigen Augen zu versinken.

Ravi antwortete nicht, wandte sich schweren Herzens von ihr ab. Sein Blick schweifte über Nadelbäume, die im ewigen Eis nur vereinzelt auftraten, über dürres Gestrüpp, das – Knochen gleichend – aufeinanderschlug.

»Siehst du sie?«, wiederholte Isa hustend.

Der Sklave nickte, vergrub die Hände in den tiefen Taschen seines Mantels. Während Isa nur selten fror, konnte Ravis Körper der eisigen Kälte kaum trotzen, die unerbittlich nach seinen schwindenden Ressourcen griff. Er war ein Ignem, seine Vorfahren hatten sengender Hitze getrotzt, waren in Ländereien aufgewachsen, die Wüsten glichen. Doch seit die Glacien die Macht an sich gerissen hatten, drohte das Königreich vollständig zu gefrieren.

»Lauf!« Isa griff blind nach Ravis Arm und lief weiter, stemmte sich unerbittlich gegen sein Gewicht, das die Prinzessin in seine Richtung zog. Im Geheimen verfluchte sie Raik, der sich an den entlegensten Ort des Reiches zurückgezogen hatte, um ihrer gemeinsamen rachsüchtigen Mutter zu entgehen.

»Warum ist dein Bruder geflüchtet? Er hat der Eiskönigin einen guten Dienst erwiesen, als er die wahre Herrscherin tötete«, fragte Ravi mit angehaltenem Atem, während er seine Schritte beschleunigte, um aufzuschließen.

»Ich kenne die zweifellose Wahrheit nicht.« Isa schrie, um gegen das Pfeifen des Windes ankommen zu können. »Raik und Mutter gerieten in Streit um die Krone, die meine Familie zerstört hat. Sie hat ihn zum Morden getrieben, hat das Reich an sich gerissen.« Die Prinzessin seufzte schwer. »Als er vor über sechzehn Jahren verschwand, war ich ein junges Mädchen. Jahrelang verbanden uns nur die grausamen Geschichten miteinander, die Mutter erzählte. Lange habe ich ihnen geglaubt, hing an ihren Lippen, um jedes Wort aufzusaugen. Ich war ein dummes Mädchen.« Isa lachte verbittert, griff zitternd nach einem morschen Pfosten und zog ihren erschöpften Körper drei brüchige Stufen hinauf, die zu Raiks

Unterschlupf führten. Die Prinzessin umfasste hektisch den eisigen Knauf, drehte ihn und stieß die Tür auf. Ihr erster Blick fiel auf eine Axt, die unweit von ihr entfernt in einem Holzscheit steckte, ehe sie den Kamin ansah, der vor unerträglich langen Wochen erkaltet war. Die hölzerne Decke war gefroren, eiskaltes Wasser tropfte auf ihre schneebedeckten Häupter herab, die sie eilig unter ledernen Kapuzen vergruben.

»Mein Bruder sprach von alten Büchern, die von der Prophezeiung der Hexen erzählen, welche einst Kianas Erzkrone erschufen.« Die Prinzessin schrak zusammen, als er die Tür hinter sich zuschlug, um den Winter auszusperren, der in Form von weißem Nebel durch undichte Fenster kroch. »Wir müssen sie finden.«

Isa schaute sich angespannt um, hielt abrupt inne, als sie ein leises Poltern vernahm. Die Prinzessin trat angsterfüllt zurück, ein Schaudern durchfuhr ihren Körper, als ein hohes, qualvolles Geräusch, das an sterbende Tiere erinnerte, an ihre Ohren drang.

»Was … was war das?«, stotterte Isa, während sie einen kleinen Schatten betrachtete, der im nächsten Augenblick eine am Boden stehende Vase umstieß. Sie zerbrach, weißes Glas sprang über den breiten Flur, verteilte sich auf den Dielen wie winzige, schneidende Schneeflocken.

»Was war das?« Ihr panischer Blick traf Ravi, der schmunzelnd beobachtete, wie die ängstliche Prinzessin einen Schritt zurücktrat.

»Ein gefährliches Raubtier lauert auf uns.« Der Sklave ließ sich auf den Boden sinken, griff in seine Manteltasche und zog ein Stück Trockenfleisch heraus. »Ich werde die Bestie füttern, um dich zu beschützen.«

Sogleich vernahm Ravi fast lautlose Schritte, beobachtete eine kleine, schwarze Katze, die in Windeseile in seine Richtung sprang. Schließlich hielt das Tier unvermittelt inne, setzte sich auf den Dielenboden und blickte laut miauend zu ihm auf.

»Gefährlich«, wiederholte Isa lachend, während sie ihn sanft in die Rippen stieß. Die Prinzessin fühlte eine wohlige Wärme in sich aufsteigen, betrachtete gedankenverloren die Katze, die schnurrend das Trockenfleisch aus seiner Hand nahm.

»Wir werden das Tier mitnehmen. Hier wird es verhungern«, entgegnete Ravi, während er nach der dürren Katze griff und sie in seine Brusttasche schob. »Du wirst uns helfen«, fügte der Sklave liebevoll hinzu und tätschelte den Kopf des Tieres, ehe er aufstand und mit langsamen Schritten tiefer in den Raum eindrang. Sein Blick schweifte über den Kamin, über einen gläsernen Tisch, an dessen Fuß ein aufgeschlagenes Buch lag, das seine volle Aufmerksamkeit auf sich zog.

»Isa, komm zu mir«, fuhr er mit angespannter Stimme fort, als seine Augen eine alte Zeichnung fixierten, die ihm das Blut in den Adern gefrieren ließ. »Sieh es dir an.«

Die Prinzessin näherte sich dem Sklaven mit klopfendem Herzen, nahm das aufgeschlagene Buch in die Hände und betrachtete die Zeichnung, welche Skadi ähnelte, als hätte der Künstler sie zum Vorbild gehabt. Doch das Buch war alt, musste über Generationen hinweg in den Besitz ihres Bruders gelangt sein. Zitternd überflog Isa die Zeilen, ehe sie erneut das Bild ansah, welches die schönste Frau abbildete, die je im Süden geherrscht hatte.

»Wird ein Mädchen geboren, dessen Schönheit ihrer gleichkommt, werden beide Reiche fallen und gemeinsam wiederauferstehen.« Isa las die Zeilen erneut, wiederholte entsetzt die Worte, welche von ihrer Schwester, der Eisprinzessin, berichteten, die als begehrenswerteste Frau des Nordens galt.

»Als Sklave ist man gezwungen zuzuhören«, entgegnete Ravi nachdenklich, während er Isa beobachtete, deren starrer Blick auf die Zeichnung gerichtet war. »Männer erzählten mir von der grausamen Eiskönigin, welche gewillt ist, die Ignem zu zerstören. Doch aus Geschichten erfuhr ich ebenfalls, dass sie ihre Töchter, dass sie dich und deine Schwestern liebt. Erzähl ihr von der Prophezeiung, berichte ihr von Skadis Schicksal. Vielleicht wird es die Eiskönigin versöhnlich stimmen.«

Isa schaute erschüttert zu ihm auf, schüttelte aufgewühlt den Kopf. »Wenn Mutter von diesen Zeilen erfährt, wird sie Skadi töten lassen. Sie fürchtet die Hexen aus dem Süden seit ihrer Eroberung. Sie würde kein Risiko eingehen, niemals.« Die Prinzessin betonte jedes einzelne Wort, während sie die Seiten aus dem Buch löste, die vom Schicksal ihrer Schwester erzählten. Zitternd zerriss Isa das dünne Pergament zu winzigen Fetzen und warf sie in den Kamin, in dem nur Asche und verbranntes Holz zurückgeblieben waren.

»Hilf mir!«, fuhr die Prinzessin fordernd fort, ehe sie eilig an das spärliche Bücherregal herantrat, welches neben dem Tisch an der Wand stand, und die Schriften herauszog. Hastig las sie einige Zeilen, bevor sie die Bücher wieder zurück in das Regal schob.

»Ich kann nicht«, entgegnete Ravi schulterzuckend, während er über das schwarze Fell der Katze strich, die zufrieden schnurrte. »Glaubst du, dass Sklaven das Lesen gelehrt wird?«

Isa wandte sich zu ihm um, sah überrascht in sein ernstes Gesicht.

»Ich wurde zum Schmied ausgebildet, als ich sieben Jahre alt war. Vor dieser Zeit musste ich als Knecht für einen reichen Bauern schuften. Du lebst in einer Traumwelt, Isa.« Seine Worte waren kein Vorwurf, mehr eine Feststellung.

»Ich weiß vieles nicht«, entgegnete die Prinzessin trocken, während sie sich erneut den Schriften zuwandte, die von den Hexen aus dem Süden berichteten, von der Mine, in der Kianas Erzkrone einst entstanden war.

»Dieses werden wir brauchen«, fuhr Isa fort, ehe sie ihm ein Buch reichte und nach dem nächsten griff.

»Glaubst du wirklich, dass du deine Mutter von Kianas Recht auf den Thron überzeugen kannst?«, fragte Ravi skeptisch, während er fortwährend über das weiche Fell der Katze strich, deren grüne Augen halb geschlossen waren. »Sie ist eine herrschsüchtige Frau, die blind das Leben Tausender zerstörte.« Er wählte die Worte mit Bedacht, sprach leise, beobachtete Isa, die seinen Vorwurf ignorierend mit den Schultern zuckte.

Doch die Prinzessin antwortete nicht, blätterte hektisch durch ein dickes Buch, ehe sie abrupt auf einer vergilbten Seite innehielt. Ihr Blick fiel auf eine Krone, auf Flammen, die das schwarze Erz umrahmten.

»Stirbt die letzte lebende Erbin der Erzkrone, bricht eine Eiszeit an, die jedes Leben auslöschen wird«, las Isa fieberhaft und überflog hektisch die nächsten Zeilen. »Das ist es«, murmelte sie aufgeregt. »Wir haben es gefunden.« Die Prinzessin trat näher an Ravi heran, hielt ihm die Zeichnung unter die Nase und wies auf die Krone. »Raik hat die Wahrheit gesagt. Mutter kann diese Zeilen nicht ignorieren.«

Der Sklave nahm Isa das Buch aus den Händen und verstaute es schweigend in der Innentasche seines Mantels. »Prinzessin, beruhige dich«, sagte er schließlich. »Sie wird die Schriften als Fälschungen betiteln. Wenn du behauptest, dass dein Bruder dich an diesen Ort geschickt hat, wird sie einen weiteren Grund haben, ihn gleich zu töten.«

Isa beobachtete unruhig, wie er ihre Hände umfasste und sie auf einen blassroten Teppich zog, der vor dem Kamin auf den Dielen ausgebreitet war.

»Die Eiskönigin wird fragen, wo du dich in der letzten Nacht aufgehalten hast. Du brauchst eine Geschichte, die deine Geschwister nicht unnötig belastet.«

Isa nickte betrübt, während ihre Gedanken Caja, die gnadenlose Herrscherin des Reiches, streiften. Der Prinzessin war bewusst, dass ihre engsten Verbündeten im Kerker saßen, dass sie nur einmalig versuchen konnte, ihre Mutter von der Wahrhaftigkeit der Prophezeiung zu überzeugen. Doch als Isa an die bevorstehende Begegnung dachte, spürte sie einen eisigen Schauer, der sie erstarren ließ.

»Ich würde dich gerne unterstützen.« Die Prinzessin schrak aus den trüben Gedanken auf, als sie erneut Ravis besorgte Stimme vernahm, seine rauen Hände spürte, die über ihre Wangen strichen.

Isa schüttelte den Kopf, Angst lag in ihren olivgrünen Augen. »Wenn wir zurück sind, werden sich unsere Wege vorerst trennen.« Sie seufzte schwer, wandte den Blick von ihm ab und starrte betrübt in den erloschenen Kamin. Die Prinzessin hatte nie die Aufmerksamkeit eines Mannes genossen, der gewillt war, sie, die Frau hinter dem Adelstitel, kennenzulernen. Der Gedanke an ihre bevorstehende Trennung, an die Rückkehr in ihr altes Leben am

Hof schnürte Isa die Kehle zu, ihr Atem stockte, ein lautes Husten entwich ihren trockenen Lippen. »Ich werde Mutter erzählen, dass ich mich im geheimen Teil der Bibliothek vergraben habe, um die Behauptungen meines Bruders zu überprüfen, die er vor seiner Gefangennahme ausgesprochen hat.« Die Prinzessin atmete hektisch ein, versuchte Tränen zu verdrängen, die sich unaufhaltsam einen Weg durch ihre dichten Wimpern bahnten. »Sie interessiert sich nicht für all das Wissen, das in Büchern steckt, glaubt nur, was sie sieht.« Isa schüttelte verächtlich den Kopf. »Ich war wie sie. Eine gefühlskalte Puppe, die nur nach Schönheit und Macht strebte.«

Ravi griff wortlos nach ihrem bebenden Körper und zog die Prinzessin zu sich heran, die sich nach Nähe sehnend in seine Arme sinken ließ. Isa hatte stets geglaubt, dass sie einst einen wohlhabenden Edelmann heiraten würde, der ihr die Welt zu Füßen legen konnte. Doch nun fühlte sie sich zu dem ärmlichen Sklaven hingezogen, der seine kräftigen Arme um ihren Körper schlang.

»Deine Mutter hat diese gefühlskalte Puppe aus dir gemacht, die nur nach Schönheit und Macht strebte. Doch du hast dich von ihr befreit, hast dich auf die richtige Seite geschlagen. Sie ist blind, während du sehen kannst, wie es um das Reich wahrlich steht.«

Isa löste sich aus seiner Umarmung. »Sobald Kiana den Thron besteigt, bin ich nicht mehr gezwungen, in Glacies zu verharren. Nimm Soleil und verlasst mit mir die Stadt. Wir könnten das Königreich verlassen, wir könnten …« Isa brach abrupt ab, als er sie noch näher zu sich zog. Die Prinzessin schloss die Augen, erwartete, dass er den nächsten Schritt tat. Doch Ravis Gesicht verharrte an ihrem, während seine Hände durch ihr gelocktes Haar fuhren.

»Wünschst du es auch?«, fragte Isa verunsichert, ehe sie die Arme um den Nacken des Sklaven schlang. »Ein Leben in Freiheit, frei von Zwang und Ketten? Ein Leben, das uns erlaubt, zusammen zu sein?« Sie spürte glühende Hitze in sich aufsteigen, ihr Herz, das in Windeseile schlug, als würde es im nächsten Moment zerspringen. Die Prinzessin konnte seine Antwort kaum erwarten, die neben Nervosität auch Angst in ihr aufsteigen ließ.

»Du bist eine bezaubernde Frau«, entgegnete Ravi schließlich schwermütig, während er Isa sanft von sich schob. »Doch du genießt ein Leben ohne Armut, ohne Gewalt, ohne andauernde Sklaverei. Ich werde dich nicht mit mir in den Abgrund ziehen, Isa. Obwohl ich für dich schon jetzt, wo wir uns kaum kennen, mehr Gefühle hege, als ich jemals geglaubt habe, für eine Frau empfinden zu können.«

Kapitel 13

»Ich sah Männer und Frauen an tödlichen Wunden sterben, Kinder verhungern.« Marisol ließ sich auf den Boden sinken, fuhr mit ihren knochigen Händen durch lockeren Sand. »Einst war der Süden ein blühendes Land. Unser Volk kannte keine Armut, keinen Hunger.« Sie seufzte schwer, schaute bekümmert zu Kiana auf, die neben ihrer knienden Gestalt stehengeblieben war. »Doch als deine Mutter fiel, kehrte der ewige Winter zurück. Zunächst versank der Norden in Eis und Schnee. Die Sklaven der Glacien – dein Volk – verhungert seit über sechzehn Jahren.« Die Hexe riss einen vertrockneten Grashalm aus der Erde und überreichte ihn Kiana, die zitternd über die raue, tote Pflanze strich. »Doch mit Voranschreiten der Zeit kehrte die Dürre in den Süden zurück. Nur Hexen und deren Nachfahren sind fähig, in dieser Wüste zu überleben, die einst ein prächtiges Stück Land war.« Marisol rappelte sich auf, sah betrübt in Kianas angespanntes Gesicht. »Ziehen noch weitere Jahre ins Land, werden Schnee und Eis auch uns regieren, Hoheit. Besteht Ihr die Prüfung nicht, werden Schnee und Eis auch uns regieren. Ihr seid unsere letzte Hoffnung.«

Die Königin ließ den Grashalm schweigend auf den Boden fallen, entfernte sich mit schnellen Schritten von Marisol, um alleine zu sein, ihre Gedanken und Gefühle zu ordnen, die sie stets nach Glacies führten, zu Skadi und Raik, deren Tode sie Sharik geschworen hatte. Kianas nachdenklicher Blick fiel auf die rothaarige Hexe, die ihr den Rücken zuwandte, auf Rami, die schweigend eine Hand ihrer jungen Mutter umklammerte. Selbst das aufgeweckte Mädchen hielt sich seit Tagen von der Königin fern, sprach nur, wenn Siria es erlaubte.

»Bist du aufgeregt?« Sie lächelte, als Sharik ihr gegenübertrat und zärtlich ihre Hände umfasste.

Kiana schüttelte den Kopf. »Ich bin wütend«, entgegnete sie, was ihre Gesichtszüge merkwürdig verzerrte. »Doch ich frage mich, wie ich Glacies erobern soll. Die Heere des Kältevolks sind klein. Dennoch ist jeder einzelne Mann bereit, für die Eiskönigin zu töten. Ein Pfeil würde genügen, um mich auszulöschen.«

»Die ewige Flamme ist stärker als Tausend Schwerter. Doch du wirst diesen Krieg nicht alleine überstehen müssen. Im Süden erwarten uns zweihundert treue Soldaten.« Sharik lachte, als er tiefste Skepsis in den Augen seiner Verlobten wahrnahm. »Die wahren Krieger befinden sich schon jetzt in Glacies. Die Sklaven werden sich erheben, wenn du vor den Toren stehst. Darauf gebe ich dir mein Wort.«

Kiana erinnerte sich an die Worte eines Gefangenen, der von zweitausend Sklaven innerhalb der Mauern gesprochen hatte. Die Glacien verdammten Männer zu harter Arbeit, während Frauen gezwungen waren, Kinder zu gebären, die wiederum als Sklaven erzogen wurden. Es war ein Teufelskreis, der seit mehr als sechzehn Jahren ununterbrochen Bestand hatte.

»Ich vertraue deiner Einschätzung«, entgegnete die Königin schließlich, während sie den Blick auf die knorrigen Überreste eines Waldes richtete. Sie konnte die einstige Pracht der grünen Blätterdächer nur erahnen, die der Dürre vor vielen Jahren zum Opfer gefallen waren. Doch seit ihr Volk und die ewige Flamme schwächer wurden, begann das Eis die Wüste gleichermaßen zu erobern, was die nördlichen und südlichen Ländereien mehr und mehr miteinander verschmolz.

»Schon bald werden die Glacien in Ketten liegen, während den Ignem Freiheit gewiss ist. Kiana, ich warte auf diese Genugtuung bereits seit Jahren!« Die Königin ignorierte seine hasserfüllten Worte, trat näher an einen dreckigen Tümpel heran, der kaum an den wasserreichen See erinnerte, der er einst gewesen sein musste. Ihr Blick fiel auf winzige Skelette von Fischen, auf schimmernde Schuppen, die schon fast zu Staub zerfallen waren. Ihr Leben war den Glacien zum Opfer gefallen, die nach Macht gierend das ganze Königreich zerstörten.

»Der Süden war nie eine Oase des Glücks.« Kiana horchte auf, als sie Marisols mütterliche Stimme erneut vernahm. »Als unsere Vorfahren mit deiner Urgroßmutter flohen, erschufen die Glacien an diesem Ort ein neues Reich. Dennoch herrschte Frieden, das Volk akzeptierte die Hexe als Königin, die einst mit dem Vater deiner Urgroßmutter ein Kind zeugte.«

Kiana hob den Kopf, schaute zu ihr auf. »Ich kenne die Geschichte«, sagte sie nachdenklich. »Die Hexe gebar ihm ein Mädchen, worüber er so sehr erbost war, dass er ihren winzigen Körper gnadenlos zertrümmerte. Sie rächte sich, nahm ihm und der Hälfte aller Männer das Leben, um ihre Macht zu demonstrieren.« Die Königin holte tief Luft, ehe sie hastig weitersprach. »Die abtrünnige Hexe, die als schönste Frau des Reiches galt, ließ ihre Körper auf dem Scheiterhaufen brennen.«

Marisol nickte, zog eine Kette aus ihrer Manteltasche und reichte sie Kiana, die zögernd nach dem filigranen Gold in Form einer Flamme griff. »Eure Freundin – die Eisprinzessin – ist Teil ihrer Prophezeiung, die sie dem Volk offenbarte, bevor sie starb.« Sie unterbrach, als die Königin den Mund öffnete, um ihr zu erläutern, was sie bereits wusste:

»Wird ein Mädchen geboren, dessen Schönheit ihrer gleichkommt, werden beide Reiche fallen und gemeinsam wiederauferstehen.«

Marisol, deren Alter das der meisten Menschen übersteigen musste, lächelte dünn. »Dieser Zeitpunkt ist mit Euch gekommen.« Die Hexe wies auf die Kette, die Kiana fest umklammerte. »Sie gehörte einst Eurer Mutter. Ein Bote überbrachte sie uns als Zeichen ihres Todes.«

Kiana schluckte schwer, während sie die Kette um den Hals legte und den Anhänger an ihre Brust drückte. »Ich werde ihren Tod rächen«, krächzte sie mit belegter Stimme, als ein leises Schluchzen ihren Lippen entwich. »Ich habe Sharik geschworen, dass die falsche Königsfamilie hängen wird. Doch ich kann Skadi nicht verurteilen, ich werde Skadi nicht verurteilen. Die Eisprinzessin wird leben.« Ihre traurigen Augen verengten sich zu schmalen Schlitzen, als sie Marisol ansah, die ihr einen wohlgefälligen Blick zuwarf. »Ohne sie wäre ich nicht an diesem Ort.«

Die Hexe nickte anerkennend, während sie Kiana langsam den Rücken zukehrte, um sie mit ihren brodelnden Gedanken der Einsamkeit zu überlassen. »Ihr seid weise, Hoheit. Die

Begnadigung des unschuldigen Mädchens wird Euch nicht nur den Ignem, sondern auch den Glacien näherbringen.«

Die Königin nickte, atmete geräuschvoll aus, ehe sie ihre rüden Worte vollendete: »Die übrige Familie wird hängen!«

Isa wünschte sich nichts sehnlicher, als Ravi zu folgen, der ihr am Fuße des Schlosses den Rücken zugekehrt hatte, um den täglichen Verpflichtungen nachzukommen, die ihn zurück in die Schmiede seines Herren führten. Es war ihm, einem einfachen Sklaven verboten, sich dem Schloss zu nähern, das den Bediensteten und hochrangigen Glacien vorbehalten war.

»Schwester!« Isas erster Blick fiel auf einen königlichen Leibwächter, ehe sie Esther ansah, die sich ihr süffisant lächelnd näherte. Sie war stilvoll gekleidet, rote Seide umspielte ihren geschwungenen Körper wie eine zweite Haut.

»Du warst lange fort«, fuhr die Thronerbin mit strenger Stimme fort, während sie die Arme vor der Brust verschränkte und ihr einen wütenden Blick zuwarf. »Treibst du dich mit nutzlosen Sklaven in der Stadt herum?«

Isa schüttelte den Kopf, ließ eine schwere Ledertasche auf den Boden sinken, die sie von Ravi erhalten hatte, um die Bücher zu transportieren. »Unser Bruder hat nicht gelogen«, entgegnete sie niedergeschlagen. »Ich habe die Prophezeiung der Hexen gefunden. Wenn Kiana stirbt, wird Glacies untergehen.« Ihre Stimme zitterte, das Herz schlug der Prinzessin bis zum Hals.

Doch obwohl Esther tiefste Angst in Isas Augen wahrnahm, lachte sie schallend laut auf.

»Du glaubst alten Schriften, den Worten südlicher Hexen«, stellte sie abfällig fest. »Schwester, du begehst Hochverrat, wenn du dich gegen die Krone wendest.«

Isa seufzte schwer. »Ich wende mich nicht gegen euch, Esther. Doch bitte, höre mich an. Gib mir die Chance zu beweisen, dass die Eiszeit abgewendet werden kann, die unsere Ernten zerstört.«

Die Thronerbin nahm ihr die Ledertasche aus den Händen und zog ein dünnes Buch heraus. »Mutter wird dich nicht anhören. Sie hat keine Zeit für dein verrücktes Geschwätz«, zischte Esther erbost, während sie die ersten Seiten des Buches herausriss und in winzige Fetzen zerkleinerte.

»Hör auf!«, brüllte Isa aufgebracht, griff nach der Tasche und nahm ihr das Buch aus den Händen. »Ich werde mit Mutter sprechen.«

Die Prinzessin war enttäuscht, von Esthers Arroganz erschüttert, die sie bereit war, gegen ihre eigene Schwester einzusetzen, obwohl sie einst ein Herz und eine Seele gewesen waren. In diesem Moment wurde ihr jäh bewusst, unter welchen Schikanen Skadi seit ihrer Geburt hatte leiden müssen, dass auch sie für die tiefe Trauer der Eisprinzessin verantwortlich war.

»Schwester, tu es nicht.« Isa hielt inne, wandte sich mit klopfendem Herzen um, als sie erneut Esthers eiskalte Stimme vernahm. »Sie wird dich in den Kerker werfen lassen, wenn du um das Leben dieser Göre aus dem Süden bettelst.«

Die Prinzessin zuckte mit den Schultern, ein tiefer Seufzer entwich ihren Lippen. »Dann soll es so sein«, entgegnete Isa lächelnd, ehe sie der Thronerbin erneut den Rücken zukehrte und mit aller Kraft das Tor aufstieß, dessen lautstarkes Quietschen ihr das Blut in den Adern gefrieren ließ. Zunächst fiel Isas Blick auf zwei Soldaten, die rechts und links auf der anderen Seite des Tores standen. Sie schauten starr in den Saal hinein, ignorierten die nervös zitternde Prinzessin.

»Die Königin erwartet Euch bereits«, sagte der Linke schließlich, als ihr skeptischer Blick schweigend auf ihm haftete. »Nun geht.«

Isa wandte die Augen den großen, grauen Bodenplatten zu, den Säulen, die sich bis unter die hohen Decken erhoben, ehe ihr Blick auf bunte Bleiglasfenster fiel, in welchen sich Muster von Kronen und Königinnen miteinander vereinten. Jedes erzählte eine Geschichte der glorreichen Zeiten, die seit Eroberung des Reiches durch die Glacien der Vergangenheit angehörten.

»Du bist zurück.« Isas Blick ruhte auf steinernen Stufen, die zum Thron führten, auf dem Caja saß und geduldig ihre heranschreitende Tochter beobachtete. In ihren Augen lagen Argwohn, Missachtung und Wut, was sich in harten Gesichtszügen und zitternden Händen äußerte, die im Schoß der Eiskönigin lagen.

»Mutter, bitte verzeih …« Isa brach abrupt ab, als Caja ihre Entschuldigung harsch unterbrach:

»Wo warst du?« Ihre Stimme klang bedrohlich, knurrend wie die eines Raubtieres, das zum tödlichen Sprung ansetzte.

»Ich habe Raiks Warnungen überprüft«, antwortete die Prinzessin mit angehaltenem Atem. Sie schrak zurück, als der Kehle ihrer Mutter ein ohrenbetäubend lauter Schrei entfuhr:

»Du hast was?«

Isa zitterte, wandte die Augen dem Boden zu, wagte es nicht, der Eiskönigin ins Gesicht zu sehen, die sich geräuschvoll erhob und die Treppen hinabstieg.

»Als deine Schergen Raik in den Kerker geworfen haben, hat er versucht, dich zu warnen. Doch du wolltest ihn nicht anhören, hast seine Worte als Lügen abgetan. Deshalb habe ich in der Bibliothek recherchiert.« Die Prinzessin griff zitternd nach der Ledertasche und zog die Bücher heraus. »Die Hexen prophezeiten, dass eine Eiszeit anbrechen wird, die niemals endet, sollte Kianas Blutlinie aussterben.«

Am ganzen Körper schlotternd setzte Isa einen Fuß vor den anderen, bis sie der Eiskönigin direkt gegenüberstand. Angsterfüllt hob sie die Hände, wollte ihrer Mutter die Bücher reichen, die der Prinzessin am vorigen Tag die Augen vollständig geöffnet hatten. Doch Caja schlug ihr die Schriften aus den Händen, die im nächsten Augenblick auf den steinernen Platten aufschlugen, und stieß sie zurück.

»Du glaubst den Schwachsinn? Dem Gerede wahnhafter Hexen?« Die Eiskönigin schüttelte enttäuscht den Kopf. »Du verrätst mich?«

Isa schluckte schwer, spürte einen dicken Kloß im Hals, der sie kaum atmen ließ. »Mutter, ich würde dir niemals in den Rücken fallen. Ich, ich wollte dir nur mitteilen, was ich herausgefunden habe.« Ihre angstverzerrten Worte wandelten sich in ein unverständliches Stottern.

Cajas Gesichtszüge entspannten sich, ein sanftes Lächeln umspielte ihre vollen Lippen, als sie Furcht in den Augen ihrer Tochter aufleuchten sah. »Verzeih, mein Schatz«, entgegnete die Eiskönigin, während sie ihr liebevoll über eine Wange strich.

Isa hielt den Atem an, schloss die Augen, erwartete einen Schlag, irgendetwas. Doch Caja zog die Hand zurück, hob die

Bücher vom Boden auf und reichte sie der Prinzessin, die zitternd nach dem rauen Leder griff.

»Es sind Lügen«, fuhr die Eiskönigin leise, nahezu zärtlich fort. »Wir werden einen Weg finden, das Eis zu brechen. Gräme dich nicht. Auch auf unserer Seite stehen treue Hexen, die aus dem Süden stammen. Sie werden dem ewigen Winter ein jähes Ende bereiten. Ich verspreche es dir.«

Kiana erschauderte, als sie in den schwarzen Schlund einer Höhle sah, die sich wie das Maul eines Ungeheuers vor ihr offenbarte. Die Königin erkannte in der Ferne das fahle Leuchten von Fackeln, die sich entzündet hatten, als sie der Höhle nähergekommen war.

»Die ewige Flamme spürt Eure Anwesenheit, Hoheit«, sagte Marisol, während sie ihr ein Stück geröstetes Brot reichte. »Ihr braucht Euch nicht fürchten«, fuhr die Hexe mütterlich fort, als sie glaubte, Angst in Kianas angespanntem Gesicht erkennen zu können.

Die Königin warf Marisol einen mürrischen Blick zu, schlug ihre Zähne in die knackige Kruste. »Ich habe keine Angst«, sagte Kiana zwischen zwei Bissen, ehe sie aufstand und sich einige Schritte von ihnen entfernte. »Etwas Schlaf wird mir guttun«, fügte die Königin gekränkt hinzu, um die Furcht zu verbergen, die sich mehr und mehr brodelnd an die Oberfläche schlich.

»Was wird mich erwarten?«, fragte Kiana mit angespannter Stimme, als sie Shariks leise Schritte vernahm, die sie erkannte, ohne ihm einen Blick zuwerfen zu müssen. Im nächsten Moment spürte die Königin seine Arme, die sich um ihre Taille schlangen, die Lippen des Leibwächters auf der rechten Wange.

»Die ewige Flamme wird dich vor Entscheidungen stellen«, entgegnete Sharik. »Sie wird prüfen, ob du würdig bist, das Feuer zu tragen, das die Eiszeit abwenden wird.«

Kiana nickte, während sie gedankenverloren in das weit entfernte fahle Licht der Fackeln starrte. Sie spürte eine seltsame Anziehungskraft, die von den Flammen ausging, wollte sich ihnen nähern, endlich erfahren, was sich hinter der Fassade aus Stein verbarg.

»Du brauchst Schlaf, meine Schöne«, sagte Sharik, als könnte er die rasenden Gedanken der Königin lesen. Der Leibwächter wandte ihre zierliche Gestalt zu sich um, wies auf Decken und Kissen, die unweit des Feuers zu einem Lager aufgeschlagen waren. »Ich werde bei dir bleiben, wenn du meine Nähe wünschst.«

Kiana lächelte unbeschwert, als er sie innig küsste, was ihre Angst völlig in den Hintergrund geraten ließ. Schließlich löste sich Sharik von ihr und führte die junge Königin zu den dunklen Decken.

»Ich werde auf dich achten, wenn du schläfst«, fuhr der Leibwächter mit besorgter Stimme fort, während er sich setzte und die Königin in seine Arme zog.

Kiana schloss die Augen, als er ihren Kopf auf zwei Kissen bettete und eine wärmende Decke über sie ausbreitete, was sie sogleich in einen schlafähnlichen Zustand versetzte. Dennoch spürte sie Shariks Hände, die durch ihr langes Haar strichen, seinen muskulösen Körper, der sich an ihren schmiegte. »Ruh dich aus. Du wirst deine Kräfte in der Mine brauchen.«

Kiana lächelte, obwohl sie die Worte des Leibwächters kaum noch verstand, ehe sie in einen oberflächlichen Schlaf fiel, in dem sie Shariks Berührungen nicht spüren, seine Stimme nicht hören konnte.

»Wach auf!« Die Königin, drehte sich auf die Seite, tastete nach Sharik. Doch der Leibwächter war verschwunden, was sie schlagartig aus dem Schlaf riss. Zunächst sah Kiana verwirrt in Ramis dunkle Augen, spürte ihre Hände, die das Mädchen auf die Lippen der Königin drückte. »Sag nichts!«

Kiana nickte, Fassungslosigkeit lag auf ihrem Gesicht.

»Die Hexen können unsere Bewegungen in unmittelbarer Nähe der Mine nicht spüren. Kein Zauber hat an diesem Ort Bestand«, fuhr Rami leise flüsternd fort, während sie sich aufrappelte und die erschöpfte Königin grob auf die Beine zog. »Ich möchte dir etwas zeigen.«

Kiana antwortete nicht, brachte kein Wort heraus, ließ sich von dem Mädchen in Richtung Höhle führen. Die Königin war nervös, schaute sich angespannt um, setzte fröstelnd einen Fuß vor den anderen. Doch ehe sie ungeduldig nach dem Grund ihres nächtlichen Besuches fragen konnte, vernahm sie Shariks leise Stimme, seinen Schatten, der sich an eine Gestalt schmiegte, welche die Königin nicht fähig war zu identifizieren.

»Ich möchte das nicht.« Kiana ließ sich vor der Höhle auf den Boden sinken, lugte hinter einem Felsen hervor und starrte ihren Verlobten an, der durch das rote Haar der jungen Hexe strich, deren Namen ihr bis zum heutigen Tag nicht geläufig war.

»Thea, unser Plan ist perfekt. Diese Göre frisst mir aus der Hand.« Die Königin beobachtete nach Fassung ringend, wie er sie küsste, was Thea leidenschaftslos erwiderte.

»Was soll ich unserem Kind sagen?«, fragte sie aufgebracht, während sie kummervoll über ihren Bauch strich, der unter dem roten Gewand kaum zu erkennen war. »In wenigen Wochen ist es soweit.«

Sharik fuhr sanft über die schwangeren Rundungen der rothaarigen Hexe, die ihn bekümmert ansah. »Ich muss diese Göre heiraten, um meine Rache zu vollenden, Thea. Wenn sie eine Tochter gebärt, werde ich Kiana zwingen, die Krone an sie zu übergeben.« Er küsste die Hexe erneut, die zärtlich ihre Arme um seinen Körper schlang. »Ist das Gör unnütz für meine Zwecke, ist ihr Leben dem Tode geweiht.«

Die Königin hielt den Atem an, warf Rami einen bestürzten Blick zu, die mit zusammengekniffenen Augen das Paar beobachtete, ehe sie wieder den Leibwächter ansah, der erneut das Wort ergriff, als Thea nicht antwortete:

»Wenn Kiana unter der Erde liegt, werden wir die Herrschaft übernehmen, bis meine Tochter erwachsen ist. Dann wird sie unseren Sohn heiraten.«

In den Königreichen war es nicht ungewöhnlich, dass Geschwister verheiratet wurden, um die Blutlinie rein zu halten.

Thea seufzte. »Sharik, warum können wir nicht verschwinden, ihr Glacies überlassen? Du riskierst unsere Liebe, unseren Sohn.« Sie strich erneut sorgenvoll über ihren Bauch. »Was, wenn Kiana deinen Plan aufdeckt.«

Der Leibwächter lachte schallend laut auf, schüttelte den Kopf. »Dieses Mäuschen ist dumm und naiv. Sie ist lediglich eine Königin, weil sie die Krone trägt. Kiana ist der Herrschaft des Reiches nicht würdig.«

Thea fuhr nervös durch ihr rotes Haar, während sie gedankenverloren in die Höhle starrte. »Das schlechte Gewissen plagt mich«, entgegnete die Hexe schließlich, als ihr Blick erneut in seine dunklen Augen fiel. »Kiana war eine Gefangene der Glacien, seit sie ein kleines Mädchen war. Sie vertraut uns, ihrem Volk, hat sich unsterblich in dich verliebt. Sharik, noch ist es nicht zu spät, zu gehen.«

Der Leibwächter umfasste sanft das Gesicht seiner Geliebten und hob bedacht ihren Kopf. »Thea, du bist die einzige Frau für mich. Doch wir sind unserem Ziel so nahe, haben es fast erreicht. Bitte, lass mich nicht im Stich.«

Die Hexe lächelte vertrauensselig, was Kiana erkennen ließ, dass Thea ihm genauso verfallen war wie sie. Doch Rami hatte ihr die Wahrheit seines dunklen Charakters offenbart, die ihre Liebe schlagartig tötete wie Gift.

»Nein!« Rami fasste die Königin am Arm, als ihr Körper erbebte und schüttelte mahnend den Kopf. »Bleib, du musst es hören.«

Kiana schloss die Augen, atmete tief ein, um die lodernde Wut zu verdrängen, ehe sie wieder zu Thea sah.

»Wenn die Göre tot ist, wirst du Königin sein«, fuhr Sharik eindringlich fort. »Bitte, lass mich meine Rache vollenden. Du weißt, dass ich sie brauche.«

Thea nickte schweigend, während sie die Augen dem Erdboden zuwandte.

»Kianas Familie zerstört meine seit vielen Generationen. Mein Vater ist ein Gefangener der Glacien, mein Großvater und mein Urgroßvater starben für diese verdammten Königinnen. Jetzt bin auch ich gezwungen, mein Leben für eine Fremde zu riskieren, weil meine Vorfahren einst einen Schwur leisteten, um dem Tode zu entgehen.«

Er fasste erneut das Gesicht seiner Geliebten, als diese nicht antwortete, und küsste sie, was Kiana völlig fassungslos zurückließ.

Doch ehe sie ihre Deckung aufgeben und ihre Anwesenheit verraten konnte, spürte sie erneut Ramis warme Hand, die ihre umfasste.

»Die Hexen wussten es«, stellte die Königin bebend fest. »Sie haben dir verboten, mit mir zu sprechen. Deshalb hast du mich tagelang ignoriert.«

Das Mädchen nickte, während sie beschämt ihre braunen, abgenutzten Stiefel anstarrte. »Doch du bist meine Königin, ich verehre dich. Daher gebot mir mein Gewissen, dir die Wahrheit zu offenbaren.« Sie wies auf Sharik und Thea, die sich innig in den Armen lagen. »Doch du darfst nichts sagen, nicht jetzt. Stärke die ewige Flamme, dann wirst du mächtig genug sein, um über deine abtrünnigen Untertanen zu richten.«

Kapitel 14

»Sie glaubt mir nicht.« Skadi schreckte schwer atmend aus dem Schlaf auf, warf Isa einen verwirrten Blick zu, deren besorgte Augen auf ihr hafteten. »Sie glaubt mir nicht«, wiederholte die Prinzessin verzweifelt. »Ich werde euch befreien. Flieht aus der Stadt.«

Raik, der bereits aus dem Schlaf erwacht war, als er das erste Wort seiner hoffnungslosen Schwester vernommen hatte, schüttelte den Kopf. »Isa, Mutter wird dich verdächtigen, wenn wir urplötzlich verschwinden, wird ihre grausame Herrschaft fortsetzen, die das Reich in die Knie zwingt. Diese Zeit muss ein Ende finden.« Raik betonte seine letzten Worte, während er sich schwerfällig aufrappelte und an das Gitter trat. »Mir ist bewusst, dass du dich in höchste Gefahr begibst. Doch alleine werden wir nicht fähig sein, Mutters Macht zu brechen. Wir brauchen dich, um sie zu stürzen, um Kiana zu unterstützen.«

Isas verzweifelte Augen schweiften zu Skadi, ehe sie wieder ihren Bruder ansah, dessen Stimme einen ungewohnt flehenden Klang angenommen hatte. Die Prinzessin spürte eine nagende

Angst, tiefste Furcht, als sie an Cajas Reaktion dachte, sollte sie von ihrer Untreue erfahren.

»Mutters Eiskrone, die sie tagtäglich trägt, ist eine Fälschung, eine Imitation. Die echte Krone befindet sich im geheimen Teil der Bibliothek. Ihr muss der Erzsplitter entnommen werden«, fuhr Raik unbeirrt fort, ohne die Antwort seiner Schwester abzuwarten. Der Prinz konnte keine Ablehnung akzeptieren, dessen war sich Isa bewusst. »Doch bitte sei vorsichtig, suche Schriften, die von der Entnahme oder dem Einsatz des Splitters berichten. Lass mich dafür sorgen, dass er in die richtigen Hände gerät.«

Raik umklammerte zitternd die eisernen Stäbe, um nicht zu stürzen, während er schwer keuchend fortfuhr: »Ich würde es nicht ertragen, wenn auch du als Verräterin im Kerker endest, sollte man den Splitter bei dir finden. Isa, meine Lügen, meine Manipulationen waren schäbig. Doch ich sah keinen anderen Weg, hielt dich für niederträchtig und falsch.« Er brach ab, atmete unter Schmerzen tief ein. »Ich habe mich in dir geirrt. Bitte, vergib mir.«

Isa sah besorgt in sein Gesicht, betrachtete tiefe, blutige Wunden, die noch immer nicht verblasst waren. Sie schimmerten dunkel im fahlen Licht der Fackeln, welche die Finsternis jäh durchbrachen.

»Wirst du ihn Kiana überbringen, wenn du die Chance erhältst?«, flüsterte die Prinzessin atemlos, seine Entschuldigung ignorierend, während sie bangend in den schmalen, dunklen Gang starrte, als die Stimmen der Gefangenen lauter wurden, die ausschließlich aus Sklaven bestanden, welche ihren Herren den Dienst verweigerten.

Raik nickte, warf Skadi einen flüchtigen Blick zu, die erschöpft an der Mauer lehnte. Der Nahrungsentzug nagte an der

Eisprinzessin, ließ sie ständig zwischen Traum und Realität schwanken. »Wenn die Stadt zusammenbricht, verlange ich, dass ihr euch in Sicherheit bringt.«

Die Prinzessin antwortete nicht, wandte ihrem Bruder schweigend den Rücken zu und entfernte sich einige Schritte von ihm. Dennoch war Raik bewusst, dass sie zurückkehren würde, dass die Eiskönigin ihre zweite Tochter an den Feind verloren hatte.

»Meine Schöne, es ist Zeit!« Kianas Gesicht verfinsterte sich, als sie Shariks Stimme vernahm, seine Hände spürte, die zärtlich durch ihr langes Haar strichen. Ihr erster Gedanke galt Thea, der rothaarigen Hexe, welche die geheime Geliebte ihres Verlobten war, und Rami, die ihr zur Vorsicht geraten hatte. Doch die Königin brodelte vor Wut und Enttäuschung, in ihr lauerte eine unbändige Kraft, die sich in seinem Beisein zu entladen drohte.

»Die Hexen sind bereit.« Kiana schloss die Augen, als sie erneut Shariks Stimme vernahm, atmete tief ein, ehe sie sich ihm mit einem zärtlichen Lächeln auf den Lippen zuwandte. Sie hatte kaum geschlafen, war in ihren Träumen stets mit den eng verschlungenen Gestalten der Verliebten konfrontiert worden.

»An deiner Seite fühle ich mich stark.« Die Lügen kamen der Königin ungewohnt leicht über die Lippen, obwohl sie nur an Theas Schwangerschaft denken konnte, an die Tatsache, dass ihr Tod von langer Hand geplant war. »Unsere gemeinsame Zukunft wird mir Kraft schenken.« Sie lächelte scheinbar verliebt, fuhr mit zitternden Händen durch sein dunkles Haar, das ihrem glich. Doch als Sharik ihr näherkam, um sie zu küssen, wich Kiana zurück, stand auf und entfernte sich einige Schritte von ihm. »Wenn wir uns wiedersehen, werden wir heiraten. Doch zunächst muss ich mich der ewigen Flamme als würdig erweisen.«

Kianas trüber Blick traf Rami, die ihr einen Tag zuvor offenbart hatte, dass die Magie der Hexen an diesem Ort nutzlos war, Marisol, die vor dem Eingang der Höhle auf sie wartete.

»Wir werden dich im Namen der ewigen Flamme prüfen.« Die Königin hörte die Stimme der alten Hexe wie ein weit entferntes Echo, während sie erneut Sharik ansah, der ihr das Herz gebrochen hatte. Schließlich fiel ihr Blick auf Thea, deren Gesicht dem Boden zugewandt war. Sie strich gedankenverloren über ihren schwangeren Bauch, haderte sichtlich mit ihrer Entscheidung, Sharik zu unterstützen, der aufgrund der Tode seiner Vorfahren zum Morden bereit war. Dennoch würde Kiana der rothaarigen Hexe niemals verzeihen. Sie musste bestraft werden, beide mussten ihre Rache zu spüren bekommen, welche die Königin seit der gestrigen Nacht auf wackeligen Beinen hielt.

»Wir werden prüfen, ob du der ewigen Flamme würdig bist.« Kiana nickte schweigend, während sie Marisol einen verachtenden Blick zuwarf. Noch einen Tag zuvor hatte sie der alten Hexe vertraut. Doch seit ihrer bitteren Erkenntnis, dass sie eine Verräterin war, war die Königin voller Misstrauen und Hass, was sie an der Loyalität jeder Seele zweifeln ließ.

»Du musst dich nicht fürchten.« Marisols mütterliche Stimme versetzte ihr einen schmerzhaften Stoß. Kiana hatte stets geglaubt, dass die Hexe auf ihrer Seite stand. Doch in Wahrheit versuchte sie, die junge Königin zu manipulieren, um die Verbrechen der Glacien mit gleicher Münze erbarmungslos heimzuzahlen.

»Ich fürchte mich nicht«, entgegnete Kiana selbstbewusst, ehe sie Marisol den Rücken zukehrte und mit langsamen Schritten tiefer in den Schlund der Höhle eindrang. Es lag ihr fern, sich zu verabschieden, den Heuchlern erneut ins Gesicht zu blicken, die sie einst voller Stolz ihre Verbündeten genannt hatte.

Schließlich hielt die Königin inne, als der Schatten der alten Hexe kleiner wurde und lehnte ihren erschöpften Körper taumelnd gegen einen herausragenden Felsen. Kiana schluchzte verzweifelt, Tränen standen in ihren Augen. Die Königin spürte einen anhaltenden inneren Schmerz, als hätte Sharik ihr das Herz aus der Brust gerissen.

»Ich hasse dich«, murmelte Kiana, während sie die Hände zu Fäusten ballte. Hitze stieg ihr ins Gesicht, Wut spiegelte ihre versteinerten Gesichtszüge. Sie wollte diesen Mann töten, der sie vor den Augen ihrer Untertanen zum Narren gehalten hatte. Nur Rami, das Hexenmädchen, stand der Königin wahrlich zur Seite, hatte geschworen, sie zu unterstützen, ihr junges Leben in den Dienst der rechtmäßigen Herrscherin zu stellen. Doch zunächst musste sie eine Prüfung bestehen, deren ungewisser Ausgang ihr das Blut in den Adern gefrieren ließ.

Kiana lief weiter, hielt den Atem an, als ihr eine bedrückende Wärme ins Gesicht schlug, die sie an den engen Fluchttunnel erinnerte, durch den sie stundenlang in völliger Finsternis gekrochen war. Er hatte der Königin das Gefühl gegeben, lebendig begraben zu sein, kaum atmen zu können, ohne Erde und Tod einzuhauchen.

»Die Zeit …« Kiana schrak aus den trüben Erinnerungen auf, als erneut Marisols helle Stimme erklang, die an diesem Ort seltsam verzerrt wirkte. »Die Zeit verrinnt.«

Sie schaute sich angsterfüllt um, setzte zitternd einen Fuß vor den anderen und drang tiefer in die Dunkelheit ein, die sich wie das lüsterne Maul eines Ungeheuers auftat. Die Königin kniff die Augen zusammen, versuchte zu erkennen, was unmittelbar vor ihr lag. Doch sie sah nur tiefste Finsternis, schemenhafte Umrisse von Felsen.

»Sie werden dich führen.« Kiana riss abrupt die Augen auf, als Fackeln hoch aufloderten, die ihr den Weg tiefer in die Mine wiesen. Sie spürte einen feurigen Windhauch, der nach ihr griff, ihren ganzen Körper umschlang, als wäre er ein Teil von ihm.

»Sie erkennt dich.« Geistesabwesend strich die Königin über das kalte Erz der Krone, das einst an diesem Ort abgebaut worden war. Sie spürte, wie der letzte Rest Wärme aus ihr entwich, wie die Flamme völlig erlosch, die sie über all die Jahre im Kerker am Leben erhalten hatte.

»Bestehst du die Prüfung nicht …« Die Stimme hatte einen dunklen, bedrohlichen Klang angenommen, den Kiana durch stoßende Atemzüge unterbrach. »Besteht du die Prüfung nicht, wird das Feuer nicht wieder in deine Obhut zurückkehren. Es wird eine Eiszeit anbrechen, die unser aller Leben auslöschen wird.«

Die Königin nickte, das Herz schlug ihr bis zum Hals, während sie sich mit aufgerissenen Augen umsah, um den Standort von Marisol zu lokalisieren. Doch Kiana erkannte nur nackten Stein, schwarze Erzklumpen, die aus steinigen Wänden ragten. Schließlich hielt sie inne, als sich der Tunnel in drei Gänge teilte, die in eine nicht enden wollende Dunkelheit übergingen.

»Handle besonnen und weise.«

Kianas Augen glitten hilflos über die steinerne Höhlendecke, suchten die vertraute Stimme, die aus allen Richtungen zu ertönen schien.

»Behalte stets dein Ziel vor Augen.« Die Königin erschauderte, als sie die letzten Worte der Hexe vernahm, die sie kannte, die ihr bereits vor vielen Wochen begegnet waren. Damals hatte Kiana an ein absurdes Rätsel geglaubt. Doch nun wurde ihr bewusst, dass der schwarze, kreisrunde Gegenstand, der keinen Nutzen zu haben schien, an diesen Ort gehörte. Er war ein Geschenk von Raik gewesen, den sie Sharik zuliebe beschlossen hatte zu töten.

»Behalte stets dein Ziel vor Augen«, wiederholte Kiana seine Worte, die fortwährend in ihr nachhallten, als wären sie eine Art Prophezeiung, die sie zu erfüllen gezwungen war.

Aufgeregt griff Kiana in die tiefe Tasche des Mantels, zog den Kompass heraus und fuhr über das kalte Metall, bis sie ein geheimnisvolles Klicken vernahm. Im nächsten Augenblick sprang der Gegenstand auf, was den ersten Blick der Königin auf ein Stück Pergament lenkte.

»Hör auf dein Herz«, las Kiana, wohlwissend, dass Raik ihr diese Botschaft hinterlassen hatte, die kryptischer kaum sein konnte.

Ihr Blick glitt über Norden, Süden, Westen und Osten, über eine goldene Nadel, die sich in Windeseile drehte. In diesem Moment wurde der Königin bewusst, dass Raik mehr wusste, als er erzählte, dass sie den Schlüssel, um die Prüfung zu bestehen, in den Händen hielt, der ihr ausgerechnet vom Sohn der Feindin überreicht worden war.

»Hör auf dein Herz«, wiederholte Kiana nachdenklich. »Behalte stets dein Ziel vor Augen.«

Ihr Blick fixierte die zarte Nadel, während sie sich langsam im Kreis drehte, was das dünne Metall zwang, ihrem Willen zu folgen. Schließlich schaute die Königin auf, als sie in Richtung Süden zeigte und sah sich einer steinernen Wand gegenüber, die den Weg versperrte, der sie an diesen Ort geführt hatte.

»Er liegt falsch!« Verwunderung lag in Kianas Worten, die ausschließlich ihr selbst galten. Sie kannte die Himmelsrichtungen, welche ihr von Rami gelehrt worden waren, wusste, dass sie sich derzeit dem Norden zuwandte. Doch die Nadel rührte sich nicht, war weiterhin auf Süden gerichtet, als wollte sie der Königin einen Streich spielen. Schließlich wandte sich Kiana erneut den Gängen zu, die seit ihrer kurzen Abwesenheit keiner Veränderung unterlegen waren.

»Behalte stets dein Ziel vor Augen«, wiederholte die Königin erneut, während ihre Gedanken die Stadt streiften, die sie gewillt war zurückzuerobern. »Glacies …«, murmelte sie nachdenklich, »… liegt im Norden.«

Kiana hielt den Atem an, als sie sich dem Tunnel zuwandte, in dessen Richtung die Nadel nach Norden schlug. »Glacies liegt im Norden«, bestätigte sie sich selbst, ehe sie den ersten Schritt tat und tiefer in die schmale Abzweigung eindrang, die ihr nichts als Ablehnung entgegenschrie.

»Dein Ziel liegt im Norden?«

Kiana nickte, als Marisols Stimme erneut erklang, während sie sich an der steinernen Wand entlangtastete, die ihr in völliger Finsternis als Auge diente. Die Königin ignorierte das ungute Gefühl, das sie beschlich, als die Stimme nicht weitersprach, sie in absoluter Einsamkeit zurückließ. Schließlich hielt Kiana nervös inne, warf erneut einen Blick auf den Kompass, dessen Nadel konstant in Richtung Norden wies.

»Das tut es!«, entgegnete sie mit entschlossener Stimme. »Ich werde Glacies zurückerobern, das Eis brechen und mein Volk befreien.«

Im nächsten Augenblick blieb alles still, als hätte die Hexe selbst die Fackeln zu völliger Ruhe angewiesen, die in weiter Ferne ihr fahles Leuchten verströmten.

»So sei es.«

Kiana kniff die Augen zusammen, als sie plötzlich eine glühende Hitze spürte, die ihr entgegenschlug, züngelnde Schlangen – entstanden aus Flammen – sah, die über den trockenen Erdboden in ihre Richtung krochen. Doch die Königin hielt nicht inne, sah nicht zurück, ließ nicht von ihrem Ziel ab, das sie beschlossen hatte zurückzuerobern. Wohlwissend, dem flammenden Tod gegenüberzustehen, lief sie weiter, setzte ihren Weg durch Feuer und Rauch fort.

»Geschaffen, um die Eiszeit und die Dürre zu brechen.«

Kiana betrachtete mit aufgerissenen Augen die Flammen, die vor ihr zurückwichen, ehe sie ihren Körper berühren konnten. Das Feuer beugte sich vor der Königin nieder, als wäre es ihr Untertan.

»Geboren, um Leben zu beschützen.«

Kiana kniff die Augen zusammen, ein schmerzhaftes Kratzen erfüllte ihre trockene Kehle. Doch ehe der Atem der Königin aufgrund des aufkommenden Rauches völlig versagte, wandelte sich das Feuer in eine flammende Gasse, die sie in ihre Mitte nahm und tiefer in die Mine führte, bis sie die Orientierung völlig verloren hatte. Wiederholt fiel Kianas Blick auf den Kompass, der auf Norden fixiert war, als würde sie ausschließlich geradeaus laufen. Doch sie wechselte häufig die Tunnel, folgte dem Pfad aus Licht, der seiner Königin die Richtung wies.

»Dein Ziel …«, fuhr Marisol mit geheimnisvoller Stimme fort, »… ist ihr Ziel.«

Kianas Blick fiel auf eine schwarze Schale, geschaffen aus Erz, die inmitten des schmalen Tunnels auf einer steinernen Säule thronte, der sich die Königin zitternd näherte, bis sie zarte, geheimnisvolle Ornamente in Form einer Krone und Flammen erkannte.

»Doch eine Königin benötigt mehr als ein Ziel.«

Ihre Augen fixierten das Feuer, das hoch aufloderte, als die Hexe ihre Worte vollendet hatte, und formte sich zu einem Bild, das Kiana erschaudern ließ. Sie betrachtete Caja, die Königin mit eiskaltem Herzen, Regentin eines Reiches versunken in Schnee.

»Feind«, murmelte Kiana bedrohlich, was die erste Bezeichnung war, die ihr durch den Kopf schoss.

»Eine Königin benötigt mehr als ein Ziel.« Sie fuhr herum, als sich die Stimme veränderte und sah in bernsteinfarbene Augen einer jungen Frau, die ihren ähnelten. Schwarzes, seidiges Haar fiel ihr bis zu den Schultern, die Erzkrone zierte das Haupt der Unbekannten. Es war eine Frau aus dem Süden, eine Königin, die einst über Glacies geherrscht haben musste. Doch es war nicht ihre Mutter, deren Verbindung sie glaubte, spüren zu müssen.

»Ich war einst die erste Königin, die die Krone trug«, fuhr die Unbekannte mit sanfter Stimme fort.

Kiana taumelte einen Schritt zurück, starrte die Fremde mit aufgerissenen Augen an, deren Ähnlichkeit mit ihr verblüffend war. Doch während Kianas Haut an Schnee erinnerte, schimmerte die der Fremden in einem makellosen sanften Braun.

»Wie ist Euer Name? Warum seid Ihr hier?«, fragte die junge Königin mit zitternder Stimme.

Die Fremde lächelte schweigend, ehe sie sich von Kiana abwandte und näher an die Feuerschale herantrat. Ihr samtrotes Kleid streifte am Boden, goldene Stickereien in Form von Flammen zierten den breiten Saum.

»Mein Name ist Elaine. Ich bin deine Urgroßmutter«, entgegnete die Unbekannte, während sie auf der anderen Seite der Schale innehielt und in ihr Inneres starrte. »Komm zu mir! Ich bin hier, um dich zu prüfen.«

Kiana hielt den Atem an, als sie der Bitte ihrer Urgroßmutter nachkam und an das Feuer trat.

»Der Krieg begann mit der Eiskönigin.« Elaine fasste in die züngelnden Flammen und formte sie zu einem Bild, welches Kiana das Blut in den Adern gefrieren ließ. Sie sah halb verhungerte Kinder, die in Ketten lagen, junge Frauen, die sorgenvoll über ihre schwangeren Bäuche strichen. Sie würden die nächste Generation Sklaven gebären, die regelmäßig als Verkaufsgut auf den Märkten angeboten wurden.

»Ich werde sie befreien!« Kiana ballte die Hände zu Fäusten, während sie ihr Gesicht von dem Elend abwandte, das ihr Blut, Gewalt und Tod offenbarte. »Ich schwöre, dass ich sie befreien werde.«

Elaine lächelte zaghaft. »Es ist nun an der Zeit, deinen Weg zu wählen. Ich muss wissen, welche Königin du bist.« Sie sah ihr Gegenüber von Kopf bis Fuß an. »Entscheidest du dich für Güte und Gnade?« Sie wies auf den Tunnel, der seine Bahn rechts von ihr durch den Stein schlug. »Oder wählst du Herrschaft und Rache?« Sie wies auf den unterirdischen Gang links von sich.

Kianas Blick folgte Elaines Gesten, ehe sie wieder die Feuerschale fixierte. Sie sah Glut, die rötlich schimmerte, Cajas Gesicht, das der Königin regelmäßig in Albträumen erschien.

»Ich wähle keinen dieser Wege«, entgegnete Kiana schließlich mit erhobener Stimme, wohlwissend, dass dies das Ende der Prüfung bedeuten konnte. Doch ihr war bewusst, dass sie die ewige Flamme nicht täuschen durfte.

»Ich wähle Güte für mein Volk und die Glacien, die hinter meiner Herrschaft stehen. Doch meine Feinde werden hängen.«

Elaine beobachtete ihre junge Nachfahrin durch das Feuer hindurch. Ihr Gesicht hatte sich in Versteinerung gewandelt, ihr Blick war eisig, den Kiana energisch erwiderte.

»So sei es.« Elaine wandte ihr den Rücken zu und trat an die steinerne Wand heran. »Du bist ein wahrhaft wunderbares Mädchen, Kiana. Du wurdest geprügelt, eingesperrt, hast über Jahre nicht die Sonne gesehen. Doch du bist stark, entschlossen, eine würdige Nachfahrin.« Sie warf ein herzliches Lächeln zurück, ehe sie einen schwarzen Klumpen Erz berührte, der sogleich nachgab. Kiana beobachtete mit aufgerissenen Augen, wie sich ein Tunnel auftat, Geröll, das ihr in Form einer Lawine entgegenschlug. Die Königin trat stolpernd zurück, hustete, rieb sich den Staub aus den tränenden Augen.

»Elaine?« Kianas Stimme war leise, glich einem Krächzen, das im Geräusch der fallenden Steine unterging. Doch ihre Urgroßmutter antwortete nicht, schien unter dem Geröll der Lawine verschüttet worden zu sein.

Die Königin wandte das Gesicht dem Boden zu, kniff die Augen zusammen, näherte sich dem Tunnel, der in Staub und

Geröll versank. Sie erkannte schwache Konturen von Fackeln, folgte dem fahlen Licht, das ihr den Weg durch die Höhle wies.

»Elaine?«, wiederholte Kiana und drang mit langsamen Schritten tiefer in den Tunnel ein.

»Du hast deinen Weg gewählt.« Es war Marisols Stimme, die im nächsten Augenblick die Stille durchbrach.

Kiana nickte, Selbstbewusstsein lag in beschleunigten Schritten, als der Nebel völlig zum Erliegen kam. Die Königin hatte jedes Zeitgefühl verloren, während sie mit klopfendem Herzen durch den Tunnel rannte, ohne den Kompass aus den Augen zu verlieren, der fest in ihren Händen lag. Wiederholt warf sie einen kurzen Blick auf Raiks Nachricht, die sie stets an die Tatsache erinnerte, dass sie ihrer Überzeugung folgen musste.

»Setze deinen Weg fort.«

Kiana keuchte, ihr Atem vibrierte, während sie blind den Fackeln folgte, die erloschen, als die bedrückende Hitze plötzlich in unerträgliche Kälte umschlug. Die Königin vernahm ein bebendes Grollen, als sich die Mine erneut veränderte, Schnee und Eis die Macht übergab. Im nächsten Augenblick stand Kiana abrupt still, betrachtete stählerne Gitterstäbe und Ketten, die im Stein der Höhlenwände verankert waren.

»Mein Kind!« Die Königin hielt aufgeregt den Atem an, als sie erneut eine helle Stimme vernahm, die sich deutlich von der Marisols unterschied. Kiana wandte sich wie elektrisiert um, sah in das freundliche Gesicht einer Frau, die sie glaubte zu kennen. »Elaine?«

Die Fremde schüttelte den Kopf, schenkte ihr ein warmes Lächeln und lief näher auf Kianas fröstelnde Gestalt zu. »Mein Name ist Aine«, entgegnete sie. »Die Hexen haben mich beschworen, um dich, meine Enkelin, durch die Prüfung zu begleiten.«

Sie antwortete nicht, hielt zitternd inmitten der kleinen Höhle inne. Tränen liefen über die geröteten Wangen der Königin, als ihr Blick über abgelegte Kleidung, Decken und gebrochene Schüsseln schweifte, die sie ihr Leben lang begleitet hatten.

»Du hast gelitten.« Kiana nickte, während ihre Augen die Ketten fixierten, die sie jahrelang gefesselt hatten, als wäre sie ein wildes Tier, das gebändigt werden musste. »Doch du hast dein Volk nie aufgegeben, hast dich stets geweigert, dein Geburtsrecht für Freiheit zu opfern.«

Die Königin erschauderte, als ihre Gedanken Leif streiften, der sie gequält hatte, seit der alte Kerkermeister von einem Sklaven erdolcht worden war. Er hatte Kianas Körper nie angerührt, war ausnahmslos auf Distanz geblieben. Doch Leif hatte die ungehorsame Gefangene stets mit Schlafentzug bestraft, hatte ihr Nahrung und Wasser verweigert, um ihren Willen zu brechen.

»Eine wahre Königin schließt Frieden mit der Vergangenheit.« Aine begann ihr gegenüber auf und ab zu laufen, ihre schlanken Finger glitten über die eisernen Ketten. »Du hast nie die Ländereien verlassen, konntest das Leid nicht sehen, das blinde Könige und Königinnen in ihren Reichen verursachten, weil vergangene Konflikte die Gegenwart und die Zukunft beherrschten.« Aine hielt inne, sah Kiana sanft an, als sie den Mund öffnete, um sie zu unterbrechen:

»Während ich im Kerker verrottete, las ich von einem goldenen Königreich, dessen Ländereien sich an meine anschließen. Doch die Hauptstadt wurde zerstört, weil sich die herrschende Familie bis zum Tode bekämpft hat«, entgegnete die Königin mit nachdenklicher Stimme.

Aine nickte. »Du sprichst vom Königreich Aurum. Vergangener Zwist hat das Volk gespalten und die Hauptstadt in den Ruin gestürzt. Heute gilt das Reich als ausgestorben. Nur vereinzelte Heimatlose versuchen in den Ruinen zu überleben, Nachfahren der Königsfamilie hausen als Bettler auf den Straßen.« Ein tiefer Seufzer entwich Aines Lippen. »Auch uns stand vor langer Zeit der Untergang bevor. Daher schlossen die Glacien und die Ignem einen Pakt, um das Königreich zu retten. Du kennst die Geschichte?«

Kiana, die ihrer Vorfahrin gebannt an den Lippen hing, nickte. »Der Sohn der Eiskönigin erzählte mir von der Erzkrone, einem Pakt, einer abtrünnigen Hexe und einer Prophezeiung, die seine Schwester, die Eisprinzessin, betrifft.« Die Königin umklammerte den Kompass fester, als sie erneut auf Raik zu sprechen kam, der sich seit Eintritt in die Mine vermehrt in ihre Gedanken schlich.

»Die Hexen erschufen die Erzkrone, um Frieden zwischen den Völkern zu schaffen. Doch du siehst, wo wir heute stehen. Glacies steht eine Eiszeit bevor, die jedes Leben auslöschen wird. Die Eiskönigin weigert sich, den Tatsachen ins Auge zu sehen. Sie wird schon bald über den Tod regieren.«

Ein kalter Schauer beschlich Kiana, als sie in das steinerne Gesicht ihrer Vorfahrin sah. »Was muss ich tun?«, fragte die Königin angespannt. »Wie kann ich mich als würdig erweisen?«

Aine wandte sich lächelnd von ihrer Enkelin ab und nahm eine kleine Schale in die Hände. »Du musst es sehen.« Ihre Stimme hatte einen eisernen Klang angenommen, der Kianas Nackenhaare zu Berge stehen ließ. »Trink!«

Die Königin sah skeptisch in die Schale, betrachtete ein dickflüssiges Gebräu, das ein flaues Gefühl in ihrer Magengrube aufkommen ließ. Es roch vermodert, nach undefinierbaren Resten, die nicht zum Verzehr geeignet waren.

»Die Zeit verrinnt«, fuhr Aine besorgt fort. »Trink es! Dann wirst du verstehen.«

Kiana schloss die Augen, setzte sich die Schale an die Lippen und nahm einen tiefen Schluck, den ihr Magen drohte, gleich wieder zu erbrechen. Doch sie trank tapfer den Rest des Gebräus, setzte die Schale erst ab, als der letzte Tropfen in ihr war.

»Sieh es dir an! Sieh dir an, was geschieht, wenn du der ewigen Flamme nicht würdig bist.«

Kapitel 15

Isa horchte mit klopfendem Herzen in die Dunkelheit, beobachtete die schemenhafte Gestalt eines Dieners, der im nächsten Augenblick eine weit entfernte Tür hinter sich zuzog. Über dem Schloss hatte sich Stille ausgebreitet, der Hof lag bereits seit vielen Stunden im Schlaf.

Die Prinzessin hielt den Atem an, griff nach einer metallenen Öllampe und schlich mit langsamen Schritten den breiten Gang entlang. Ihr nervöser Blick fiel auf gemusterte, goldene Rahmen, auf Gemälde, die das glorreiche, höfische Leben verewigten, dem sie noch vor wenigen Tagen völlig zugeneigt gewesen war.

»Eine Lüge«, murmelte Isa betrübt, strich zitternd über ihr eigenes Gesicht aus Ölfarben, das ihr lächelnd in die Augen zu sehen schien. Doch die Prinzessin, welche mit der strahlenden Sonne im Hintergrund konkurrierte, war unwissend, naiv und blind.

»Eine Lüge«, wiederholte Isa seufzend, während sie sich schweren Herzens von der Vergangenheit abwandte und weiterlief, ohne den Kostbarkeiten einen erneuten Blick zuzuwerfen. Doch ehe die Prinzessin ein Gefühl von Sicherheit überkam, hörte sie ein

Geräusch, Schritte, die sich ihr rasch näherten. Isa stand abrupt still, schaute sich mit klopfendem Herzen um, ehe sie lautlos hinter eine breite, steinerne Säule huschte.

»Ich habe ein Licht gesehen.« Augenblicklich ließ sie die Öllampe auf den Steinboden sinken, auf dem die Schritte des Mannes laut widerhallten, und warf ihren Mantel über das kalte Metall, welcher sogleich das strahlende Licht dämmte, das ihr Versteck verriet.

»Du siehst Geister«, sagte eine zweite Stimme, was Isa zwang, den Atem anzuhalten.

Die unbekannten Schritte hielten abrupt inne, ehe sie sich in die entgegengesetzte Richtung wieder in Bewegung setzten. »Unsere Arbeit ist getan. Bis zum Morgengrauen wird nichts geschehen.«

Zitternd griff die Prinzessin nach der Öllampe, als die Geräusche gänzlich verstummten, und setzte ihren Weg fort, der sie durch lange breite Gänge führte, die sich für Fremde gleichen mussten wie ein Ei dem anderen. Schließlich atmete Isa erleichtert auf, als sie zitternd die Klinke der Tür hinunterdrückte, die das gesamte Wissen des Königreiches hinter sich verbarg, und in die hell erleuchtete Bibliothek huschte, in der die Tage niemals gingen. Ihr nachdenklicher Blick schweifte über die breite Tafel, an der sie mit Raik Wochen zuvor gearbeitet hatte, über Bücher, die seit ihrer Zusammenkunft unangetastet waren. Nur die Ältesten betraten regelmäßig die Bibliothek, um der Eiskönigin mit Wissen zu dienen, das sie aus längst vergessenen Schriften bezogen.

Isa schüttelte den Kopf, was die Prinzessin aus ihren Erinnerungen riss, ehe sie hektisch atmend einem schmalen Gang folgte, erst innehielt, als sie sich dem eisernen Tor gegenübersah, das Außenstehende von den Geheimnissen des Königreiches fernhielt.

»Ich muss es tun«, murmelte Isa voller Angst, während sie zitternd in die tiefe Tasche ihres weißen, bodenlangen Nachthemds griff, das ihr im fahlen Licht der brennenden Kerzen ein geisterhaftes Aussehen verlieh, und einen Schlüssel herauszog, die nur den Vertrauten der Eiskönigin vorbehalten waren. Die Prinzessin stutzte einen Moment lang, als sie das schlechte Gewissen überkam, ehe ihre Gedanken erneut Skadi und Raik streiften, deren Schicksale sie zu verhindern versuchte.

»Mutter, verzeih mir. Doch ich tue das Richtige«, fuhr Isa leise flüsternd fort, während sie den Schlüssel in das alte Schloss steckte, das ohrenbetäubend laut quietschte, als sie ihn drehte. Die Prinzessin hielt den Atem an, horchte in tiefste Nacht, welche durch das Licht der Kerzen und der Öllampe durchbrochen wurde, die sie mit ihrer rechten Hand krampfhaft umklammerte. Doch es blieb alles still. Isa vernahm nur das laute Schlagen ihres Herzens, das leise Knarzen des Tores, als es langsam aufschwang. Ihr erster Blick fiel auf alte Bücher und Schriftrollen, die hinter verglasten Schränken aufbewahrt wurden, um das alte Pergament zu schützen, das die wertvollsten Geheimnisse des Reiches verbarg.

»Wo, wo …?« Isa drehte sich verzweifelt im Kreis, während sie blind die Schränke öffnete und unkontrolliert nach den Büchern griff. Ihre dunklen Augen huschten über verblasste Zeilen, die von der Eiskrone berichteten, welche aus wahrhaftigem Eis und Gold bestand, ehe sie das Buch zurück in den Schrank schob und nach dem nächsten griff. Es vergingen Stunden, eine viel zu lange Zeit, bis die Prinzessin plötzlich auf einer Seite innehielt, die von einem abtrünnigen Schmied erzählte, der einst die Eiskrone erschaffen und das Erzfragment eingesetzt hatte. Doch die Zeilen gaben keinen Aufschluss über die Entnahme des Splitters, über mögliche Flüche und Gefahren, die damit einhergehen konnten.

»Ich kann nichts finden«, seufzte die Prinzessin frustriert, ehe sie das Buch zuschlug und es zurück in den Schrank schob. Ihre nervösen Augen schweiften über zahlreiche Titel, Grimoires, die einst im Besitz der mächtigsten Hexen des Königreichs gewesen waren. Schließlich fiel ihr Blick aus einem kreisrunden Bleiglasfenster, als ein schwacher, goldener Schein in Isas gehetztes Gesicht fiel, was ihr bewusst werden ließ, dass der Morgen graute, welcher Glacies erneut zum Leben erwecken würde.

Im nächsten Augenblick schloss Isa lautlos die Schranktür und schlich tiefer in die Bibliothek hinein. Die Prinzessin, die bis zum vorigen Tag nicht gewusst hatte, dass Caja eine Imitation trug, schaute sich mit klopfendem Herzen um, hielt erst abrupt inne, als ihr Blick auf einen steinernen, breiten Sockel fiel. Ihre Augen schweiften über ein saphirblaues Kissen, über die Eiskrone, die darauf gebettet war. Isa hatte Sicherheitsmaßnahmen erwartet, Wachen, die zum Schutze der Krone abgestellt worden waren. Doch im nächsten Moment wurde ihr bewusst, dass ein Objekt, dessen Existenz niemandem bekannt war, nicht versteckt oder bewacht werden musste.

Die Prinzessin hielt den Atem an, näherte sich mit langsamen Schritten der Krone, die im fahlen Licht der aufgehenden Sonne golden glänzte. Doch obwohl Geschichten besagten, dass die Eiskrone ohne Macht war, schlug ihr das Herz bis zum Hals, als sich erneut Raiks mahnende Worte in ihre Gedanken schlichen, die sie eindringlich vor einer kopflosen Handlung gewarnt hatten.

»Ich kann nicht mehr abwarten«, murmelte Isa voller Angst, während sie zitternd eine Hand nach dem Erzfragment ausstreckte. Sie kniff die Augen zusammen, als ihre Haut das kalte Eis streifte, das Gold berührte, ehe sie den Splitter zu fassen bekam und ihn der Krone entnahm.

Doch ehe sich die Prinzessin über die Einfachheit ihres Unterfangens wundern konnte, brach das Eis knisternd auseinander, das Gold schmolz zu einem winzigen Klumpen.

»Sie ist zerstört«, murmelte Isa hektisch atmend, taumelte zurück, als Schritte ertönten, Rufe, die augenblicklich ohrenbetäubend laut wurden. Im nächsten Moment wandte sich die Prinzessin von dem Sockel ab und huschte tiefer in die Bibliothek hinein, in deren Schatten sie sich sicher fühlte.

»Die Königin!« Isa hielt den Atem an, als ein kräftiger Mann in ihr Blickfeld geriet. »Sie muss es erfahren.«

»Sieh es dir an!«

Kiana verspürte tiefste Kälte, als sie zu Bewusstsein kam, feuchten Schnee, der unter ihrer zierlichen Gestalt zu schmelzen begann. Zitternd schlug sie die Augen auf, blickte in den Himmel und betrachtete schläfrig geballte Wolkentürme, die sich zur selben Zeit über ihrem Kopf entluden. Dicke Schneeflocken rieselten auf die Königin hinab, bedeckten den weißen Mantel, der einst ein Geschenk von Skadi, der Eisprinzessin, gewesen war.

»Sieh es dir an!«

Kiana setzte sich auf, als sie erneut Aines helle Stimme vernahm. »Meine Macht währt nicht ewig.«

Ihr erster Blick fiel auf einen Galgen, an dem eine männliche Gestalt baumelte, die ihr das Herz bis zum Hals schlagen ließ. Der Leichnam war aufgrund der Kälte zu Eis gefroren, eine dicke Schicht Schnee bedeckte goldenes Haar.

»Raik?«, murmelte Kiana angsterfüllt, während sie hektisch atmend aufsprang und näher an den Galgen herantrat, obwohl tiefste Furcht ihr befahl, sich rasch zu entfernen. »Raik?«, wiederholte die Königin verzweifelt, streckte vorsichtig eine Hand nach dem Toten aus und drehte den seelenlosen Körper. Kiana schrie laut auf, als sie in schneeweiße Augen blickte, taumelte zurück und stürzte eine kurze, hölzerne Treppe hinab.

»Wende dich ab! Du musst weitergehen!«

Die Königin rappelte sich schluchzend auf, Tränen liefen über ihre geröteten Wangen. »Was, was ist mit ihm passiert?«, fragte sie zitternd. »Wo ist Skadi?« Die Fragen waren mehr an sich selbst gerichtet, als an Aine, die ihre verzweifelten Worte ignorierte.

Dennoch entfernte sich Kiana langsam von dem Toten, der sie erzittern ließ, stieg keuchend den steilen Pfad Richtung Schloss hinauf und sah über eine niedrige Mauer hinweg. Ihr Blick schweifte über verfallene Häuser, schmale verdreckte Gassen, die menschenleer waren.

»Sie sind fort«, hauchte die Königin und näherte sich mit langsamen Schritten einem halb geöffneten Tor, das die Außenwelt mit dem Thronsaal verband, in welchem seit Jahren Eis und Kälte regierten. »Ist hier jemand?«, brüllte sie verzweifelt.

»Keiner kann dich hören«, mahnte Aine mit strenger Stimme. »Du bist nicht wahrhaft an diesem Ort.«

Kiana ignorierte die Worte ihrer Vorfahrin, schlüpfte durch das halbgeöffnete Tor hindurch und betrat mit langsamen Schritten den Thronsaal. Ihre Augen glitten über vereiste Mauern und steinerne Säulen, über Gemälde und Statuen, welche die Wände säumten.

»Mutter, sie ist tot.« Die Königin horchte auf, als sie Esthers traurige Stimme vernahm. »Isa ist tot.«

Caja, die neben ihrer Tochter auf der untersten Stufe der Treppe saß, schloss die weinende Prinzessin in die Arme und küsste sie auf die Stirn. »Mutter, sie alle sind tot. Wir leben in einer Geisterstadt.«

Die Eiskönigin erhob sich von der Stufe, trat näher an den Thron heran und griff nach einem silbernen Kelch, der darauf stand. »Unsere Vorräte sind aufgebraucht, mein Schatz.«

Kiana hielt den Atem an, während sie näher an die Sprechenden herantrat. Schließlich ließ sie sich lautlos auf die unterste Stufe sinken und lauschte angespannt den verzweifelten Worten ihrer Widersacherin.

»Glacies ist gefallen. Seit Kiana starb, erstarren wir zu Eis.« Caja schüttelte den Kopf. »Raik hat die Wahrheit gesprochen.«

Esther senkte den Kopf, blickte starr in die Augen ihrer stillen Beobachterin, ohne sie zu sehen. Kiana hatte die prachtvoll gekleidete Prinzessin nur selten zu Gesicht bekommen, die das niedere Volk mied, als wäre es eine gefährliche Seuche. Doch jetzt trug sie das ärmliche Gewand einer Bäuerin, ihr einst aufwendig gestecktes Haar fiel in langen, gelockten Strähnen bis zu ihrer Taille. Sie war eine schöne Frau, welche die Maskerade nicht nötig hatte, hinter der sie ihr wahres Gesicht verbarg.

»Wir werden sterben«, entgegnete Esther schluchzend, während sie Caja ansah, die sich ihr gegenüber auf die eiskalten Steinplatten kniete.

»Trink es!« Die Eiskönigin reichte ihrer Tochter den Kelch, beobachtete zitternd, wie die Prinzessin einen tiefen Schluck nahm, obwohl ihr bewusst sein musste, dass es ein tödliches Gift war, das sie trank.

Kiana beobachtete mit aufgerissenen Augen, wie sich Esther in Cajas Arme sinken ließ. Ihre Augenlider flackerten, hektisch atmend rang die Prinzessin nach Luft.

»Schlaf gut, mein Kind.« Die Stimme der Eiskönigin bebte, war gefüllt von Tränen und tiefster Angst. Schließlich nahm sie den Kelch in die Hände und

betrachtete das giftige Gebräu, während sie zitternd durch das aschgraue Haar ihrer ältesten Tochter strich.

»Nein!« Kiana sprang auf, trat näher an die Eiskönigin heran. Ihr Blick fiel auf Esther, deren Kehle ein leises Röcheln entwich, ehe die Atmung der Prinzessin vollständig aussetzte.

»Schlaf gut, mein Kind«, wiederholte Caja schluchzend, ehe sie die Krone abnahm und das Zeichen ihrer Herrschaft auf den Thron sinken ließ. »Meine Zeit ist vorüber«, murmelte die Eiskönigin mit leiser Stimme, setzte sich den giftigen Kelch an die Lippen und trank. »Glacies ist gefallen.«

Kiana riss die Augen auf, als sich plötzlich tiefste Dunkelheit über sie legte, ein lauter Schrei entwich ihrer schmerzenden Kehle.

»Du hast es gesehen.« Keuchend starrte die Königin Aine an, deren sanfte Gesichtszüge erneut Versteinerung gewichen waren. »Wenn Glacies fällt, liegt die Hälfte der Königreiche in Schutt und Asche. Aurum sollte uns eine Warnung sein. Siehst du, was auf dem Spiel steht?«

Kiana nickte, während ihre Gedanken erneut zu der Geisterstadt glitten, zu Raik, der am Galgen gestorben war, zu Esther und Caja, die Gift getrunken hatten, um dem Hungertod zu entgehen.

»Setze mit diesem Wissen deinen Weg fort.« Aine nahm sich ein dünnes Lederband vom Hals, an dem eine winzige Schneeflocke baumelte, und übergab es Kiana, die zitternd nach ihm griff. »Wenn du in Richtung Glacies ziehst, denke stets an die Konsequenzen deines Scheiterns. Dann wirst du stärker sein.«

Die Königin nickte, ihr ganzer Körper bebte vor Angst und Aufregung. Sie war zu jung, zu schwach, zu unerfahren für einen Krieg. Glacies hatte keine große Armee, bestand aus wenigen

Heeren, die ausschließlich der Verteidigung dienten. Doch Kiana besaß lediglich ein paar Verbündete, die an ihrer Seite standen, und Sklaven, deren Loyalität sie sich nicht sicher sein konnte.

»Ich sehe Enttäuschung und tiefste Wut in deinem Blick, weiß, dass du ohne die südliche Armee in Richtung Glacies reisen wirst.« Die Königin hielt den Atem an, erwartete Rügen, Unverständnis für ihren Entschluss. »Doch ich erkenne auch Gnade und Mitgefühl für die junge Hexe, die ein Kind von dem Mann erwartet, der dir das Herz gebrochen hat. Nicht alle Ignem haben deine Treue verdient.« Aine näherte sich Kiana mit langsamen Schritten und strich ihr mütterlich eine Haarsträhne aus dem Gesicht. »Du bist stärker als Stahl, mächtiger als die Männer des Nordens. Lass die Verräter zurück und befreie die Sklaven, die wahrlich an deiner Seite stehen, die bereit sind, für dich zu fallen.«

Kiana nickte, ihre Hände zitterten, als sie die drohende Zukunft in Form einer Schneeflocke um ihr rechtes Handgelenk schlang.

»Einst ist die Prophezeiung gescheitert, die uns Frieden versprach, was die abtrünnige Hexe dazu verleitete, eine neue zu schaffen. Sie war eine mächtige Frau, fähig, in die Zukunft zu blicken. Seit der Geburt der Eisprinzessin läuft unsere Zeit. Die Königreiche müssen fallen, um gemeinsam wiederauferstehen zu können.« Aine hob die Arme, was eine Erschütterung der Mine verursachte. Starr vor Schreck beobachtete Kiana, wie Staub von rissigen Decken herabrieselte, faustgroße Steine, die links und rechts neben ihr auf dem Erdboden aufschlugen. »Die Quelle der Macht des Südens wird fallen, mein Kind. Geh!« Sie wies auf einen Tunnel, der tiefer in die Mine führte. »Geh und bringe das Feuer nach Glacies zurück.« Die einstige Königin wandte sich der

Dunkelheit zu, weit entfernten Fackeln, die im nächsten Augenblick hoch aufloderten.

Kiana nickte, rannte, hielt erst inne, als sie den ersten Schritt in die Höhle setzte, sah zurück und betrachtete das Abbild der Zelle, in der sie jahrelang gefangen gewesen war. Doch ehe die Königin in ihren Gedanken versinken konnte, vernahm sie ein lautes Poltern, das sie weiterlaufen ließ, beobachtete Geröll, das von den Wänden rutschte. Keuchend drückte sie die Hände auf ihre Lippen, wandte das Gesicht dem Boden zu, um den dichten Staub nicht einzuatmen, der ihrer Kehle ein lautes Husten entlockte.

»Mein Kind!« Kiana hielt unvermittelt inne, starrte einer Frau in die Augen, die sich kaum von ihren Vorgängerinnen unterschied. »Ich weiß nicht, ob du dich an mich erinnerst. Mein Name ist Helen.« Ihre bittere Stimme brach.

»Mutter?«, fragte die Königin aufgeregt, während sie sich den Staub von den Lippen wischte. Kiana kannte die Frau, die nickend vor ihr stand, nur aus Geschichten, die von Schönheit und Gutmütigkeit, von Frieden und Wohlstand erzählten. Sie hatte das Königreich zum Ruhm geführt, was die abtrünnigen Glacien so sehr mit Neid erfüllt hatte, dass sie gegen die Stadt gelaufen waren, um ihr die Krone zu entreißen.

»Du bist ein wunderschönes Mädchen«, entgegnete Helen voller Stolz. »Doch wir haben nur wenig Zeit.«

Augenblicklich drang ein betäubend lautes Grollen an ihre Ohren, als der Tunnel, den sie eben erst verlassen hatte, vollständig zusammenbrach.

»Einer Königin …« Helen wischte sich eine Träne aus dem Gesicht, ehe sie weitersprach: »Einer Königin muss bewusst sein, wem sie trauen kann. Sie muss auf ihr eigenes Herz, auf ihr

Empfinden für Wahrheit und Lüge vertrauen können. Denn wir sind ständig von Scharlatanen umgeben.«

Kianas Blick fiel auf den Kompass, den sie noch immer fest umklammerte, und überflog die Nachricht, die Raik der Königin hinterlassen hatte. Sie schluchzte, Tränen standen in ihren bernsteinfarbenen Augen. In diesem Moment kam erneut unfassbare Wut in ihr auf, die sich gegen den Mann richtete, welcher ihr in jüngsten Jahren die Mutter genommen hatte.

»Eine Königin ...« Helen lächelte zerknirscht, während sie Kiana näher an zwei Flammen heranführte. »Eine Königin darf sich nicht von Hass und Wut lenken lassen. Doch diese Gefühle sind menschlich. Du musst sie akzeptieren und dennoch einen klaren Blick behalten. Dies fällt den Machthabern meist schwer.«

Erneut dachte Kiana an Aurum, das goldene Königreich, das aufgrund unüberwindbarer Mauern des Hasses gefallen war. Glacies durfte nicht so grausam untergehen, nicht durch ihre Hand.

»Hör auf dein Herz!« Kianas Augen schweiften abwechselnd über die Flammen, die in je einer Schale brannten. Sie standen auf steinernen Säulen, geschmückt von Schnitzereien in Form von Feuer und Eis.

»Wählst du Vertrauen oder Misstrauen, mein Kind?« Kiana erschauderte, als sie in die linke Flamme sah, die sich laut knisternd veränderte. Ihr Blick fiel auf einen Jungen, dessen Haupt von goldenem Haar gekrönt war, ein Kurzschwert, das er in den Händen hielt. Der Königin war bewusst, dass es Raik sein musste, der sich einer Frau näherte, die aufgrund hereinstürmender Soldaten vollständig abgelenkt war. Kiana hielt den Atem an, als er

– ohne über seine Tat nachzudenken – das Schwert in Helens Hals bohrte.

»Misstrauen …« Die Königin wandte sich mit aufgerissenen Augen ihrer Mutter zu, die erneut zu sprechen begann, als das Bild mit ihrem Tod erlosch. »… oder Vertrauen. Weißt du, wer deine wahren Feinde sind?«

Die Königin vernahm ein lautes Knistern, wandte sich der rechten Flamme zu, die ihr erneut eine Vergangenheit von Raik offenbarte, dem sie stets misstrauisch gegenübergestanden hatte. Er hatte Kianas Mutter getötet, hatte ihrer einstigen Heimatstadt Ignit den Todesstoß versetzt. Doch als sie in das Feuer blickte, konnte sie sehen, wie er ihr den Kompass überreichte, welcher der Königin ermöglichte, die Prüfung zu bestehen, die ihre einzige Chance auf Herrschaft war. Sie beobachtete mit angehaltenem Atem, wie er von den Schergen der Eiskönigin wegen Hochverrats abgeführt wurde, ehe auch die rechte Flamme erlosch.

Kiana taumelte zurück, der Kompass glitt aus ihren Händen. Zitternd ließ sie sich auf den steinigen Untergrund sinken und griff nach dem schwarzen Gegenstand, der sie stets an Raik erinnerte, wenn sie ihn ansah.

»Verbündeter oder Feind? Kannst du ihn einschätzen, wirst du alle einschätzen können.«

Die Königin vernahm das Grollen der Mine, die begann, in großen Teilen einzustürzen, was ihr bewusst werden ließ, dass die Zeit drohte, das Schicksal des Reiches zu besiegeln. Doch Kiana konnte in diesem Augenblick keinen klaren Gedanken fassen, war zu sehr in Angst und Zweifel vertieft. Schließlich glitt ihr Blick erneut auf Raiks Nachricht, auf die Worte, die sie aufforderten, ihrem Herzen zu folgen. Doch sie war nicht fähig, sich im Beisein ihrer toten Mutter zu entscheiden, die durch seine Hand gestorben war.

»Ich weiß es nicht«, hauchte Kiana verzweifelt. Tränen standen in ihren Augen, ließen die dünne Staubschicht zu Dreck werden, als sie über die Wangen der Königin flossen. »Ich weiß es nicht«, wiederholte sie weinend.

Helen näherte sich ihr mit bedächtigen Schritten, schloss Kiana in die Arme, die das Gesicht schluchzend gegen die Schulter der einstigen Königin drückte.

»Du weißt es!«, murmelte Helen mit mütterlicher Stimme. »Doch mein Tod steht deiner Entscheidung im Weg, weil du nicht fähig bist, zu verzeihen.«

Kiana taumelte zurück, löste sich aus ihrer Umarmung. »Könntest du es?«, fragte sie aufgebracht. »Könntest du einem Mann vertrauen, der mir die Kehle aufgeschlitzt hat?«

Helen schüttelte den Kopf. »Ich bin gefallen, mein Schatz, weil ich den falschen Menschen geglaubt habe. Als die Mauern einstürzten, war mein Tod schon endgültig. Doch dich konnte ich retten.« Ihr trauriges Gesicht verzog sich zu einem sanften Lächeln. »Ich darf dir nicht sagen, was richtig und was falsch ist. Vertraue auf das, was du überwiegend fühlst.« Helen trat näher an sie heran, strich sanft über ihre Wangen. »Hör auf dein Herz!«

Kiana nickte, während sie erneut in die Flammen sah, die ihr wiederholt dieselben Bilder offenbarten. Doch sie zeigten ihr nur einen Teil der Wahrheiten, einen Teil seiner Vergangenheit, die bis heute in Scherben lag.

»Mutter, es tut mir leid.« Die Königin hielt den Atem an, schloss für einen Moment die Augen, in dem sie jedes Detail durchging, das sie über Raik zu wissen glaubte.

Schließlich wandte sie sich erneut Helen zu, um Lebewohl zu sagen. Doch ihre Mutter war verschwunden, als sie eine Entscheidung getroffen hatte, die sie bereit war, zu gehen.

»Ich kann dir nicht sagen, warum ich es tue«, fuhr Kiana in dem Glauben fort, dass Helen sie noch immer hören konnte. »Doch ich vertraue ihm.«

»Sag es mir!« Raik fuhr aus einem unruhigen Schlaf, in den er eben erst gefallen war, sah seiner Mutter in die Augen, die vor Hass zitternd die eisernen Stäbe des Gitters umfasste. »Sag es mir!«, wiederholte die Eiskönigin wutentbrannt.

Der Prinz wandte sich Skadi zu, die schwieg, während ihre aufgerissenen Augen zwischen ihm und Caja rotierten.

»Ich verstehe nicht«, entgegnete Raik verwirrt, als er eine alte Frau ansah, die seinen Blick eisig erwiderte.

»Du weißt es!«, brüllte die Eiskönigin unbeherrscht. Ihre frostigen Augen waren unermüdlich auf den Gefangenen gerichtet. »Der Splitter der Erzkrone wurde gestohlen. Du weißt, wo er sich befindet.«

Raik schüttelte langsam, aber beharrlich den Kopf. »Mutter, ich sitze seit Wochen in dieser Zelle. Ich …« Er brach abrupt ab, als die alte Frau seine Unschuldsbekundungen unterbrach:

»Der Prinz ist nicht im Besitz des Splitters.« Die Fremde wandte sich Skadi zu, die mit angehaltenem Atem ihr faltiges Gesicht fixierte. »Die Eisprinzessin ist nicht im Besitz des Splitters«, fuhr sie fort.

Caja trat zurück, ballte die Hände zu Fäusten. »Isa …«, murmelte sie mit leiser Stimme und schüttelte gleichzeitig den Kopf. Die Eiskönigin hatte ihren älteren Töchtern stets vertraut.

Doch in diesem Augenblick wurde ihr schlagartig bewusst, dass Isa ebenfalls Hochverrat begangen haben musste, um sie zu stürzen.

»Du hast sie mir genommen!« Ihre Stimme bebte vor Hass und tiefster Enttäuschung. »Raik, ich gebe dir drei Tage Zeit. Befindet sich der Splitter binnen dieser Zeit nicht wieder in meinen Händen, wirst du hängen!« Caja wandte sich Skadi zu, die den Blick unterwürfig dem Boden zuwandte. »Befindet sich der Splitter binnen dieser Zeit nicht wieder in meinen Händen, wirst du heiraten!«

Keuchend rannte Kiana tiefer in den Tunnel hinein, während sie stets zurücksah, wenn das Grollen der Mine lauter wurde.

»Du hast deinen Weg gewählt.« Die Königin stolperte über einen Felsen, der aus dem Boden ragte, und stürzte auf die Knie. »Durchschreite das Feuer und erhalte wahre Macht. Oder durchschreite das Feuer und stirb, weil du nicht würdig bist.«

Kiana rappelte sich mühselig auf, schrak zurück, als sich augenblicklich breite Risse in den Boden schlugen. Zitternd drückte die Königin ihren Körper gegen die Wand und starrte dünne Flammen an, die züngelnd aus dem Erdboden krochen, ehe sie sich aufrichteten, bis sie ihre Gestalt weit überragten. Kiana spürte sengende Hitze, die das Feuer absonderte, sah angsterfüllt zurück. Doch der Tunnel war versperrt, in Schutt und Staub gelegt. Sie musste das Feuer passieren, wenn sie jemals wieder das Tageslicht erblicken wollte.

»Bist du ihrer würdig, wird dich die ewige Flamme nicht verletzen. Sie wird dich stärken, wird dir Macht schenken, um das Eis zu brechen. Doch hast du falsch gewählt, wird dein Körper zu Asche zerfallen und die ewige Eiszeit einleiten.«

Kiana löste sich von der Wand, atmete tief ein, während sie angsterfüllt die Flammen fixierte, die den Tunnel vollständig ausfüllten. Es gab keinen Ausweg, keine Fluchtmöglichkeit, nur den Weg in den vermeintlichen Feuertod.

»Geh!« Die Königin setzte langsam einen Schritt vor den anderen, als Marisols Stimme erneut erklang, schloss die Augen, als die erste Flamme ihre Haut berührte. Sie spürte die geschmeidigen Bewegungen des Feuers, das ihre Gestalt abtastete, ihre Kleidung verbrannte, die sogleich zu Asche zerfiel. Im nächsten Augenblick verließ ihr nackter Körper die erste Flamme und betrat die zweite, die nach ihr griff, als wäre sie eine wehrlose Beute. Doch auch sie ließ die unbekleidete Königin passieren, welche die Augen aufschlug und mit klopfendem Herzen eine blaue Flamme betrachtete, die Geschichten zufolge ewig brannte. Sie hatte der Erzkrone wahre Macht geschenkt, die seit frühester Kindheit ihr Haupt krönte.

»Ich bin dir würdig«, murmelte Kiana, während sie offenen Auges in die niedrige Flamme trat, die ihren Körper umschlang, an ihm hinaufkroch und schließlich zischend im Inneren der Krone verschwand.

Zitternd strich die Königin über das warme Erz, warf einen misstrauischen Blick zurück. Das Feuer war verschwunden, was blieb, waren nur Asche und Staub. Schließlich wandte sich Kiana erneut dem steinigen Weg zu, der vor ihr lag, als sie Schritte vernahm, beobachtete Rami, die sich ihr hastig näherte. Kleidung lag in den Armen des Mädchens, welche der glich, die in den Flammen zu Asche zerfallen war.

»Du wirst eine wunderbare Königin sein«, sagte Rami und reichte ihr ein braunes Kleid, das sich Kiana rasch über den nackten Körper zog. Hastig schlüpfte sie in braune Stiefel und nahm dem Mädchen den Mantel aus den Händen, den sie einst von Skadi erhalten hatte, um nicht zu erfrieren. Nervös fuhr sie über die tiefen Taschen, spürte einen harten Gegenstand und zog ihn heraus.

»Die Flammen zerstören nur, was nicht würdig ist«, fuhr Rami lächelnd fort, während sie beobachtete, wie die Königin über den Kompass strich, ehe sie ihn schloss und zurück in die Manteltasche schob. »Es ist Zeit«, fügte das Mädchen mit aufgeregter Stimme hinzu. »Es ist Zeit, Glacies zurückzuerobern. Lass den Süden, lass die Verräter hinter dir und kehre in den Norden zurück. Ich werde dich begleiten, werde an deiner Seite sterben, wenn es nötig ist.«

Kiana strich über die Erzkrone, schüttelte niedergeschlagen den Kopf. »Solange ein Teil fehlt, kann ich ihre Macht nicht vollständig nutzen«, entgegnete sie verwundert, weil Rami dies nicht zu wissen schien.

»Das ist wahr«, sagte die junge Hexe lächelnd und wandte ihr den Rücken zu. »Doch deine Kraft wird dennoch ausreichen, um das Königreich der Kälte zurückzuerobern.«

Kapitel 16

»Hilf mir!« Isa riss die Tür auf, stürmte in die Hütte, stolperte über den fransigen, braunen Teppich und fiel schmerzvoll stöhnend auf die Knie. Sie keuchte schwer, stützte die Hände auf dem vermoderten Dielenboden auf und rang hastig nach Luft. Ihr ganzer Körper zitterte, frisches Blut klebte am weißen Stoff des seidenen Nachthemdes, das von oberflächlichen Wunden stammte, die sich die Prinzessin während ihrer Flucht zugezogen hatte.

»Mutter …« Sie hustete verzweifelt. »Mutter jagt mich.«

Isa öffnete ihre linke Faust, ließ den Erzsplitter in Größe eines Daumennagels auf den Boden fallen. »Ich, ich habe ihn gestohlen, um deine Königin zu unterstützen«, fuhr sie atemlos fort, während sie verzweifelt in Ravis überraschtes Gesicht sah, der vor dem Kamin in seiner Position verharrte. »Doch Hexen müssen die Eiskrone mit einem Zauber belegt haben. Als ich ihn entnahm, zerfiel sie in ihre Einzelteile und Soldaten stürmten die Bibliothek.« Die Prinzessin warf Soleil einen flüchtigen Blick zu, die sich müde aus dem quietschenden Bett erhob. Ihre geröteten Augen waren neugierig auf Isa gerichtet, die sich im nächsten Augenblick aufsetzte und erneut Ravi ansah, der fortwährend in seiner Bewegung innehielt und ihren Worten lauschte.

»Du bist in Sicherheit«, sagte er schließlich, als sich Schweigen über den bebenden Körper der Prinzessin legte. »Hier werden dich die Lakaien der Eiskönigin nicht vermuten.« Der Sklave ließ sich ihr gegenüber auf den Boden sinken, griff nach Isas zitterndem Körper und zog sie in seine Arme. Augenblicklich beruhigte sich ihr bebender Atem, die Angst schwand, welche sie voller Verzweiflung durch die entlegensten Gassen der Stadt getrieben hatte.

»Sie wird mich töten!« Isa nahm erneut den Splitter in die Hände. Er war unscheinbar, strahlte eine Kälte aus, die sie erschaudern ließ. Doch dieses Fragment – mochte es noch so wertlos erscheinen – war das Kostbarste, das im Königreich existierte.

»Prinzessin, du bist stets willkommen«, entgegnete Ravi, strich sanft durch ihr zerzaustes Haar. Sein besorgter Blick glitt über die dünne, weiße Seide des Nachthemdes, das sich um ihre weiblichen Rundungen schmiegte. Sie war kopflos geflohen, trug keinen Mantel, keine Schuhe, Blut klebte an ihren zerschnittenen Fußsohlen.

»Ich werde dir Kleidung besorgen«, sagte Soleil verschlafen, während sie sich einen bodenlangen, braunen Mantel über die Schultern warf und in kniehohe Winterstiefel schlüpfte.

»Ich danke dir«, entgegnete Isa erschöpft. Ihre Stimme war zittrig, ein schwaches Krächzen lag in keuchenden Worten. »Ich, ich habe Mutter beobachtet«, fuhr die Prinzessin atemlos fort, als das Mädchen die Hütte im nächsten Moment verließ. »Mein Bruder wird in drei Tagen hängen, wenn sie den Splitter nicht zurückerhält. Ich weiß nicht, was ich tun soll.« Sie lehnte den Kopf an die breite Schulter des Sklaven, sah hilfesuchend zu ihm auf.

Ravi antwortete nicht, fasste die Prinzessin im Nacken und führte ihr Gesicht näher zu seinem, was Isas Herz bis zum Hals schlagen ließ. Ihr war bewusst, dass Verbindungen zwischen den Glacien und den Ignem in den Schichten des Adels verboten waren, um die Reinheit der königlichen Blutlinie zu wahren, dass ihre Liebe streng bestraft werden würde. Doch seit sie sich vor Tagen voneinander getrennt hatten, war ihre Sehnsucht nach Nähe, nach den starken Armen des Mannes, den sie begehrte, schier unerträglich groß.

»Ich, ich …« Die Prinzessin brach abrupt ab, schloss die Augen, als sie seine warmen Lippen auf ihren spürte, was ein Feuer in ihr entfachte, das er leidenschaftlich erwiderte. Sie wollte sich Ravi hingeben, der Gefühle in ihr auslöste, die sie nie zu träumen gewagt hatte.

»Ich muss dich alleine lassen«, hauchte der Sklave, als Isa seinen Körper auf den Dielenboden stieß und sich über ihn beugte. »Wir können nicht riskieren, dass dein Versteck auffliegt. Außerdem habe ich mit meinem Volk eine Flucht zu planen.«

Die Prinzessin fuhr zärtlich durch sein dunkles Haar, sah verträumt lächelnd in sein sanftmütiges Gesicht. »Ich werde deinem Herren befehlen, dich aus dem Dienst zu entlassen.« Hass blitzte in ihren olivgrünen Augen auf.

Doch Ravi schüttelte den Kopf. »Bis Kiana zurückkehrt, werde ich die Arbeit überstehen.« Isa genoss die rauen, narbigen Hände des Sklaven, die über ihren Rücken strichen, seine dunklen Augen, die ihr mädchenhaftes Gesicht fixierten.

»Kiana ist deine Königin. Ist es nicht unhöflich, sie beim Namen zu nennen?«, entgegnete die Prinzessin schmunzelnd.

Isa lachte, als der Sklave ihren zierlichen Körper von sich stieß und sich seinerseits über sie beugte. »Du bist meine Königin.«

Kiana kniff die Augen zusammen, als sie hoch erhobenen Hauptes in das gleißende Licht der abendlichen Sonne trat. Sie spürte Ramis Hand, welche ihre umfasste, die Blicke der Soldaten und Hexen, die ihre selbstbewusste Gestalt fixierten. Schließlich betrachtete sie Thea, die auf den Boden starrte, Sharik, welcher sich – seine Geliebte ignorierend – mit federnden Schritten der Königin näherte. Kiana lächelte gezwungen, umklammerte Ramis Hand fester, die sich im nächsten Augenblick versuchte, ihrer Nähe zu entziehen.

»Meine Schöne, ich wusste, dass jede Sorge um dein Leben unbegründet ist.« Der Leibwächter streckte eine Hand nach der Königin aus, strich über ihre geröteten Wangen, was Kiana tapfer erduldete, ohne ihm eine Reaktion zukommen zu lassen. »In wenigen Tagen wird der Thron deiner sein.«

Die Königin schwieg, presste die Lippen aufeinander und starrte Sharik gefühllos an, der ihre Liebe missbraucht und ihr das Herz aus der Brust gerissen hatte.

»Sie braucht Ruhe.« Kiana schüttelte abweisend den Kopf, als sie Marisols mütterliche Stimme vernahm, die sie in den letzten Stunden gelernt hatte, zu verachten. »Hoheit, wir werden uns um Eure Hochzeit bemühen.«

Die Königin wandte sich gemächlich zu der alten Frau um, schaute lächelnd zu ihr auf. »Das werdet Ihr nicht.« Sie warf Sharik einen verachtenden Blick zu. »Es wird keine Hochzeit stattfinden.«

Kiana erkannte Skepsis im Gesicht der Hexe, Verwunderung in ihren dunklen, weisen Augen.

»Hoheit, Euch gebührt alle Zeit dieser Welt. Ihr müsst Euch nicht jetzt entscheiden.«

Das braune Kleid der Königin streifte am Boden, als sie sich einige Schritte entfernte, der weiße Mantel hob sie deutlich von den Gestalten ab, die behaupteten, ihre Verbündeten zu sein. »Ihr missversteht, Hexe«, entgegnete Kiana ärgerlich. »Es wird keine Hochzeit stattfinden. Nicht heute, nicht morgen, niemals!«

»Ich verstehe nicht«, warf Sharik verwundert ein, während er sich Kiana einen Schritt näherte. Der Leibwächter fasste sanft ihre schmalen Schultern, versuchte, seine Verlobte zu küssen, die ihn grob von sich stieß.

»Thea, komm zu mir!« Die Stimme der Königin hatte sich deutlich verschärft.

Sie beobachtete geduldig, wie die rothaarige Hexe in ihre Richtung lief. Nervosität und Angst lagen in Theas dunklen Augen, zitternd fuhr sie über ihren schwangeren Bauch.

»Wer ist der Vater?«, fragte Kiana eiskalt.

Ein Schaudern überkam die Hexe, als sie Marisol ansah, die kaum merklich den Kopf schüttelte, Sharik, der ihren angespannten Blick gefühllos erwiderte.

»Wer ist der Vater?« Die Königin betonte jedes einzelne Wort.

Thea taumelte zurück, ein Schluchzen entwich ihren blassen Lippen. Sie hatte in den letzten Wochen viele Tränen vergossen, hatte um Sharik gebangt, der bereit war, eine Fremde zu heiraten, um Rache zu begehen.

»Ich weiß es!« Kiana spürte aufsteigende Hitze, wie die ewige Flamme hell auflodertе, um die Feinde der Krone zu richten.

Wütend fasste die Königin nach den Schultern der Hexe, die weinend in ihr grimmiges Gesicht starrte. Sie war wie gelähmt, unfähig, sich Kianas grobem Griff zu entziehen. »Ich weiß, dass du …« Die Königin wandte sich hasserfüllt Sharik zu. »… dass ihr plant, meinen Thron zu rauben.«

Thea taumelte zurück, als Kianas Hände glühend heiß wurden und ihre Schultern verbrannten, was ihrer Kehle einen hellen Schrei entlockte. Geschockt riss sich die Hexe den angesengten Stoff von den Schultern und betrachtete blutrote Abdrücke, die schmerzten, wenn Thea sie vorsichtig berührte.

»Sie erwartet ein Kind.« Kiana fuhr herum, als sie Marisols Stimme hinter sich vernahm, die von Vorwurf und tiefster Sorge überschattet wurde.

»Die ewige Flamme, die mir dient, ist mächtiger als Eure erbärmliche Schar von Hexen!«, zischte Kiana aufgebracht, während sie Sharik feindselig anstarrte, der sich nicht rührte, angespannt einen Dolch umklammerte, den er – wohlwissend, die Eiszeit einzuleiten – bereit war zu nutzen.

»Setzt du die Waffe gegen mich ein, werde ich deine Hure und deinen Bastard töten.« Sie beobachtete zufrieden, wie er augenblicklich den Dolch auf den Boden fallen ließ. Ihm musste die Macht der Krone bewusst sein, die durch die Adern der jungen Königin floss.

»Bitte, ich erwarte ein Kind.« Kiana wich zurück, als sie erneut in Theas tränenüberströmtes Gesicht sah, betrachtete mit aufgerissenen Augen die Brandwunden, welche sie der jungen Hexe zugefügt hatte. Die Königin musste rasch lernen, die zerstörerische Macht der ewigen Flamme zu kontrollieren. Doch sie war von Enttäuschung und Hass zerfressen, was jede Vernunft im Keim zu ersticken drohte.

»Sharik, du hast mich betrogen, du hast mein Herz gebrochen!« Ihre rüden Worte wurden durch Ramis vorsichtige Berührung unterbrochen, die beruhigend Kianas Hand umfasste und flehend zu ihr aufsah. Die Königin konnte Angst in den Augen des Mädchens erkennen, das geschworen hatte, bis zum Tod an ihrer Seite zu stehen.

Kiana atmete tief ein, ihre Gesichtszüge wurden sanfter, als sie erneut Thea ansah, die am ganzen Körper zitternd ihren Bauch umklammerte. Furcht lag in den verquollenen Augen der Hexe, in vereinzelten Tränen, die über ihre geröteten Wangen flossen.

Schließlich wandte sich die Königin erneut Sharik zu. »Ich trage nicht die Schuld am Schicksal deiner Vorfahren, musste selbst die letzten sechzehn Jahre im Kerker verrotten. Dennoch planst du meinen Mord.« Sie schüttelte fassungslos den Kopf, wandte das Gesicht Marisol zu, die schweigend in ihre Richtung sah. »Ihr habt mich zum Narren gehalten, habt seinen Plan unterstützt. Das ist schäbig.« Kiana brach ab, wandte ihnen den Rücken zu und entfernte sich einige Schritte.

»Hoheit, wir befürchteten, dass Ihr einem Glacien verfallt«, setzte Marisol an, was die Königin innehalten ließ. »Wenn Ihr als unvermählte Frau zurückkehrt, kriechen die Betrüger wie Ratten aus den Löchern. Die Ignem müssen geschützt werden. Wir sind ein reines Volk.«

Kiana trat näher an die alte Hexe heran, Hass leuchtete in ihren Augen auf. »Ein reines Volk?!«, wiederholte sie mit erhobener Stimme, ehe sie schallend laut auflachte. »Ein reines Volk plant nicht den Tod der rechtmäßigen Königin, die Zwangsehe zwischen

Halbgeschwistern, um den Thron zu rauben. Für Euch bin ich keine wahrhaftige Ignem, obwohl ich mein Leben in Ketten verbracht habe, weil ich den Glacien meine Treue verweigerte. Ich bin für Eure Sippe nur ein Mittel zum Zweck.« Ihre Stimme füllte eine bittere Enttäuschung. »Ihr seid nicht ehrenhafter als das Kältevolk, plant, den Fehler der Glacien zu wiederholen. Meine Mutter wurde vor die Wahl gestellt, ich soll vor die Wahl gestellt werden.« Tränen der Fassungslosigkeit brannten in Kianas Augen, schluchzend wandte sie sich Thea zu, deren Blick ausdauernd dem Erdboden zugewandt war. »Hexe, was würdest du wählen?«, fragte sie eiskalt. »Dein Leben oder das deines Kindes?« Sie beobachtete angespannt, wie Thea erneut über ihren Bauch strich, als sie die harschen Worte der Königin vernahm.

»Das Leben meines Kindes bedeutet mir mehr als mein eigenes«, antwortete sie leise flüsternd. »Daher schwieg ich.« Die Hexe schaute flüchtig auf, sah Verständnis für ihre Zwickmühle in Kianas Augen, unter der sie seit vielen Wochen litt, obwohl sie sich einzig eine glückliche Familie wünschte.

Die Königin wandte sich Sharik zu, dessen besorgter Blick auf Thea gerichtet war. »Heirate die Frau, die du liebst, nicht die, an der du gewillt bist, dich zu rächen.« In ihren seufzenden Worten lag tiefste Traurigkeit. »Wenn Thea nicht dein Kind unter ihrem Herzen tragen würde, wärst du wegen Hochverrats dem Tode geweiht. Doch ich kann einem ungeborenen Kind nicht den Vater nehmen. Versteht dies nicht als Zeichen von Schwäche.« Die Königin sah die Ignem abwechselnd von Kopf bis Fuß an.

»Versteht dies als Zeichen der Gnade, weil ich im Gegensatz zu euch nicht herzlos bin.«

Isa lächelte, als sie eine sanfte Berührung spürte, Ravis Hände, die über ihre rechte Wange strichen. Sie lag auf der Seite, hatte die Augen geschlossen und zog sich verschlafen die dünne Decke über den Kopf.

»Ich habe für euch gekocht«, murmelte die Prinzessin müde, während sie sich auf den Rücken drehte und die Augen zu schmalen Schlitzen öffnete. »Ich habe es versucht«, fuhr sie lachend fort.

Ravi setzte sich an die Bettkante und strich sanft durch das gelockte Haar seiner Angebeteten. Er vergötterte diese Frau, die in einem goldenen Käfig aufgewachsen war. Doch gekleidet in braunem Leinen unterschied sie sich kaum von den gewöhnlichen Sklavinnen, welche am Tag die Straßen füllten.

Schließlich setzte sich Isa schlaftrunken auf, wandte ihre geröteten Augen dem kleinen Wohnraum zu. »Wo ist Soleil?«, fragte sie besorgt.

Ravi zog die Prinzessin näher an sich heran, küsste sie zärtlich auf eine Wange. Sie lachte gelöst, die kurzen Stoppeln seines Barts kitzelten auf ihrer weichen, schneeweißen Haut. »Während meine Schönheit geschlafen hat, haben wir einen Plan geschmiedet.« Er wies auf den Erzsplitter, der neben dem schmalen Bett auf einem hölzernen Nachtschrank lag. »Die Sklaven wissen, dass du bei mir Unterschlupf gefunden hast.«

Isa löste sich von ihm, starrte Ravi mit aufgerissenen Augen an. »Sie stehen hinter dir, hinter euch. Wir werden nicht zulassen, dass deine Geschwister zu Schaden kommen.« Er strich ihr eine silberne Haarsträhne aus dem Gesicht. »Ich verspreche es dir.«

»Hexen, versklavte Hexen …« Rami keuchte, rannte, um den schnellen Schritten der Königin folgen zu können. »… sie haben mir eine Nachricht geschickt.«

Kiana hielt abrupt inne, zog sie zu sich heran und sah angespannt in das erschöpfte Gesicht der jungen Hexe. »Was haben sie gesagt?«

Rami stützte die Hände auf ihre Knie auf und atmete tief ein. »Sie müssen wissen, dass du auf dem Weg nach Glacies bist«, keuchte sie angestrengt, wich taumelnd zurück, als sich die Königin ihr bedrohlich näherte. »Sie stehen auf unserer Seite«, fuhr das Mädchen atemlos fort und richtete sich röchelnd auf. »Die Ignem bereiten sich vor, um dich zu unterstützen. Doch die Zeit verrinnt unaufhaltsam. Der Prinz wird in zwei Tagen am Galgen hängen, wenn wir uns nicht sputen. Isa, die zweite Tochter der Eiskönigin, ist im Besitz des Splitters und wird im ganzen Reich wegen Hochverrats gesucht.«

Kiana sah sie mit aufgerissenen Augen verwundert an. »Wie?«, brachte sie aufgeregt hervor.

Rami lächelte verschmitzt. »Die Prinzessin hat bei einem treuen Sklaven Unterschlupf und die Liebe gefunden. Du warst lange fort, meine Königin. Die Allianzen haben sich deutlich verschoben.«

Kiana antwortete nicht, fuhr herum, als sie Schritte vernahm, eine Gestalt spürte, die sich ihnen rasch näherte. Die auflodernde ewige Flamme hatte die Sinne der Königin geschärft, schenkte ihr Kräfte, die Hexenmagie ähnelten, was sie vor unerwarteten Angriffen von Feinden schützte. Schließlich erblickte sie den dunklen Schatten einer Gestalt, schwarzes Haar, das im eisigen Wind peitschte.

»Rami!«, brüllte die helle Stimme verzweifelt. »Rami, bitte warte!«

Das Mädchen warf Kiana einen schüchternen Blick zu, ehe sie sich von der Königin löste und Siria entgegenlief, die im nächsten Augenblick vor ihr innehielt und sie zärtlich in die Arme schloss.

»Mein Schatz, ich hätte dich niemals alleine ziehen lassen dürfen«, schluchzte die junge Mutter verzweifelt. »Bitte, vergib mir, lass mich an deiner Seite stehen, lass mich dich beschützen. Du bist meine Tochter, ich liebe dich.«

Rami nickte, weinte voller Erleichterung, drückte sich an Sirias bebenden Körper. Es hatte dem Mädchen das Herz gebrochen, sie zu verlassen, weil sie die südlichen Hexen ihrer Tochter vorgezogen hatte. Doch mit Ramis Weggang war die Sehnsucht gekommen, die sie jede Treue brechen ließ.

Schließlich löste sich Siria schweren Herzens aus der Umarmung, küsste das Mädchen zärtlich auf eine Wange und sank unterwürfig vor Kianas Füßen auf die Knie. »Hoheit, ich war blind, voller nagender Ängste. Marisol hat mich vor vielen Jahren wie eine Tochter aufgenommen, als ich Rami unter meinem Herzen trug. Ich war so jung, verzweifelt, ohne Mann, ohne Zukunft, ohne Heimat.« Siria wischte sich aufkommende Tränen aus dem Gesicht, sprach unbeirrt weiter, ohne zu der Königin aufzusehen, die sie streng beäugte. »Doch die Liebe zu meiner Tochter wiegt mehr als die Schuld, die ich für meine Ziehmutter je empfinden könnte. Diese Erkenntnis kam spät, vielleicht zu spät. Rami ist ein solch selbstbewusstes, wunderbares Mädchen, während ich stets von Furcht geplagt werde.« Ein zögerliches Lachen entwich ihren

Lippen. »Ihr seid ihre Königin, Ihr seid meine Königin. Bitte akzeptiert mich an Eurer Seite.«

Siria küsste Rami sanft auf eine Wange, als sich das Mädchen erneut an ihren Körper schmiegte. Die junge Hexe war glücklich, unendlich erleichtert, dass ihre Mutter den falschen Verbündeten den Rücken gekehrt hatte, um sie zu unterstützen.

»Rami ist mein größtes Glück. Ohne sie bedeutet mir das Leben nichts. Ich sterbe für sie, für Euch. Bitte verstoßt mich nicht!«, fuhr Siria verzweifelt fort, als Kiana nicht antwortete.

Die Königin hatte die Arme vor der Brust verschränkt und beobachtete skeptisch jede Bewegung der Hexe, die einen Tag zuvor Verbündete des Feindes gewesen war. Doch Kiana hatte in der Mine verstanden, dass sie auf ihr Herz hören musste, dass Vergebung Teil ihrer Verpflichtung als rechtmäßige Herrscherin des Reiches war. Schließlich traf ihr Blick Rami, die in den Armen ihrer Mutter lag. Sie hatte vertrauensvoll die Augen geschlossen, fühlte sich bei Siria wohl und geborgen, die das Mädchen viel zu jung geboren hatte.

»Hoheit, verzeiht mein Schweigen. Ich liebe meine …«

»Wir haben keine Zeit.« Kiana wandte Siria abweisend den Rücken zu und entfernte sich einige Schritte von der kleinen Familie. »Rami liebt Euch. Seid eine würdige Mutter und handelt für Eure Tochter. Ich werde Euch nicht hindern.«

Kapitel 17

»Kannst du sie sehen?« Kiana hielt wie gebannt inne, als sie in weiter Ferne die Türme von Glacies erkannte, die bis in den wolkenverhangenen Himmel zu ragen schienen. Vor vielen Wochen hatte die Königin ihrer Geburtsstadt den Rücken gekehrt, hatte geglaubt, dass sie nie wieder zurückkehren konnte, ohne den Tod durch die Hand der Eiskönigin zu riskieren. Doch die Zeiten, in denen Kiana zur Flucht gezwungen gewesen war, waren mit Stärkung der ewigen Flamme vorübergegangen, was ihr stets bewusst wurde, wenn sie die Erzkrone berührte, die ihr Haupt zierte, seit sie sich erinnern konnte.

»Ich kann sie sehen.« Die Königin ballte die Hände zu Fäusten, spürte, wie die ewige Flamme sie erneut überfiel, deren Macht bis zum heutigen Tag ungebändigt war. Ihr entschlossener Blick schweifte über bekannte, vereiste Mauern, Türme und winzige Wachen, die Insekten gleichend auf grauem Gestein patrouillierten. »Ich kann meine Stadt sehen«, fuhr sie begierig fort, was ihre fordernden Worte seltsam verzerrte.

»Heute wird die Eiszeit enden.« Kiana strich über tiefgrüne Tannennadeln eines Baumes, dessen starke Äste unter der Last des Schnees dem Boden zugeneigt waren, beobachtete winzige Eiszapfen, die vor ihren Augen zu Wasser zerfielen. Noch war sie nicht fähig, die ewige Flamme vollständig zu kontrollieren, die stets an ihre brodelnde Oberfläche gelangte, wenn Wut und Hass sie überfielen.

»Warte!« Die Königin zog die Hand unversehens zurück, als Ramis leise Stimme erneut erklang, betrachtete die zerfallenen Eiszapfen, die sich aufgrund der sinkenden Temperaturen sogleich zurückgebildet hatten. »Die Glacien dürfen nicht ahnen, dass wir bereits auf dem Weg zu ihnen sind.«

»Es ist Zeit!« Raik presste die Zähne aufeinander, als Leif dünne, schmerzende Stricke um seine Handgelenke schlang. Er spürte die kalte Klinge des Dolches, die er von Arun, dem Leibwächter der gefallenen Königin, erhalten hatte, in seiner rechten Armbeuge, welche ständig drohte zu fallen, wenn Raik sich bewegte.

»Ich habe mich wahnsinnig auf diesen Tag gefreut!« Der Prinz setzte seinen erschöpften Körper langsam in Bewegung, während er konzentriert nach der Klinge des Dolches griff, die seine Finger zerschnitt, als er das scharfe Metall berührte. Blut rann aus dünnen Schnittwunden, lief über narbige Fingerkuppen und tropfte letztlich auf den unebenen Steinboden, der von tiefen Pfützen übersät war. Raik warf den Lachen nur einen flüchtigen Blick zu, die sein angespanntes Gesicht reflektierten, ehe Leifs Lederstiefel das ausgezehrte Spiegelbild in Stücke rissen.

Schließlich hob der Prinz den Kopf, als er leises Tuscheln vernahm, sah in dunkle Augen von Gefangenen, die seine fixierten. Diese Männer fristeten viele Jahre ihres Lebens in den unterirdischen Gewölben, warteten auf den unvermeidlichen Tod.

»Ich werde mich um deine Schwester kümmern«, fuhr der Kerkermeister provozierend fort, während er seinen Schritt beschleunigte und den Prinzen gewaltvoll mit sich zog. »Wir müssen uns sputen. Es wäre unhöflich, meine eigene Hochzeit mit dieser bezaubernden Frau zu verpassen.«

Ein Schaudern überkam Raik, als Leif auf Skadi zu sprechen kam, die am Morgen gewaltsam abgeführt worden war. Esther hatte sie mithilfe zweier Soldaten aus dem Kerker gezogen, um sie für eine Hochzeit vorzubereiten, welche die Eisprinzessin mehr fürchtete als den Tod.

»Du wirst der süßen Prinzessin nicht mehr helfen können. Ich hoffe, dass dies dein letzter Gedanke sein wird, wenn du am Galgen baumelst!«

Raik ballte die Hände hasserfüllt zu Fäusten, drückte erregt die scharfe Klinge tief in seine ledrige Haut, welche in der Zelle aus Eis und Schnee völlig ausgetrocknet war. Doch er spürte den stechenden Schmerz nicht, der im nächsten Augenblick wie ein Blitz durch seinen Körper schoss, war völlig auf Skadi konzentriert, auf die Sorge, die ihm das Schicksal der Eisprinzessin bereitete. Dennoch ignorierte er Leifs Provokation, versuchte, seine Hände zu entspannen und rieb mit der Klinge die dünnen Stricke auf, bis sie nahezu zerbarsten.

»Du wirst sterben«, entgegnete der Prinz schließlich monoton, während er die Waffe unauffällig tiefer in den rechten Ärmel seines Mantels schob. Raik hatte seine Schwester angefleht, für Caja zu sprechen, ihn als Verräter zu bezichtigen, um sich einem Leben als Ehefrau des Kerkermeisters zu entziehen. Doch Skadi hatte ihm – ihrem Bruder – Treue geschworen, Lügen verweigert, obwohl dieser Tag der letzte des Prinzen sein würde. Beinahe waren die Geschwister darüber in Streit geraten, was Raik zutiefst bedauerte.

»Ich werde als sehr alter Mann sterben«, entgegnete Leif überheblich, den feindlichen Unterton seiner Stimme ignorierend, und riss eine verwitterte Tür am Ende des Ganges auf, was ein gleißendes Licht in das Gewölbe entließ.

Raiks erster Blick fiel auf ein junges Sklavenmädchen, das seinen Weg kreuzte, unsanft den Körper des Prinzen streifte, der abrupt innehielt, als sie ihn berührte. Die Unbekannte versuchte, nach ihm zu greifen, stolperte, stürzte und schlug ächzend auf dem rutschigen Steinboden auf.

»Verschwinde, du verdammte Göre!« Leif löste sich von Raik, zog die junge Sklavin auf die Beine und schlug ihr mit der flachen Hand ins Gesicht. »Verschwinde!«

Das unbekannte Mädchen taumelte zurück, drückte ihren zierlichen Körper gegen die Mauer und schaute angsterfüllt zu dem Kerkermeister auf, der unter den Sklaven gleichermaßen gehasst wie gefürchtet war.

»Sie ist ein Kind!«, raunte Raik ärgerlich, während sein Blick von der Unbekannten zu Leif streifte. »Fass sie nicht an!«

Das Sklavenmädchen wandte sich zum Gehen, ohne dem Gefangenen den Rücken zuzukehren, drückte eine Hand auf ihre gerötete Wange und starrte den Prinzen an, der den neugierigen Blick der Unbekannten fest erwiderte, als er ihre Augen auf sich spürte.

»Diese verdammten Gören müssen lernen zu gehorchen«, entgegnete Leif wütend und führte Raik ins Freie, der jäh die Augen zusammenkniff, als silbriges Licht sein Gesicht streifte. Der Prinz hatte seit Wochen die Sonne nicht gesehen, den frostigen Wind nicht gespürt, den der Winter gnadenlos durch die engen Gassen der Stadt trieb. Schließlich fiel sein Blick auf den Galgen, dessen hohe Stufen er im nächsten Moment hinaufstieg, auf Skadi, die neben der Eiskönigin und Esther ihm gegenüber in der Menge aus höfischen Glacien stand. Vier Soldaten bewachten die königliche Familie, trugen Rüstungen und Speere zur Verteidigung, die auf den Verurteilten gerichtet waren.

»Ich begleite dich gerne auf deinem letzten Weg!« Der Kerkermeister lachte schallend laut auf, während er den Prinzen auf eine Falltür führte und eine Schlinge um seinen Hals legte, die ihm das Herz bis zum Hals schlagen ließ. Er spürte das raue Seil an der Kehle, das ihm – wenn das Glück auf seiner Seite stand – das Genick brechen würde.

»Letzte Worte?« Raiks Blick fiel auf einen hochgewachsenen, maskierten Mann, dessen narbige Hände auf einem Hebel lagen. Ihm oblag die Aufgabe, die Hinrichtungen durchzuführen, die unter Cajas Herrschaft zahlreich ausgesprochen wurden. Doch Raik war der erste Glacien, der dem Tode vor den gierigen Augen des Volkes zugeführt wurde.

»Siehst du deine Schwester?« Raiks sanfter Blick fiel auf Skadi, die verzweifelt weinte. Zitternd fuhr die Eisprinzessin durch ihr weißes Haar, das aufwendig gesteckt war, wie sie es seit ihrer Kindheit tat, wenn Angst und Trauer sie überfielen. Spangen und Perlen zierten geflochtene Strähnen, die bis zu ihrer schmalen Taille reichten. Skadis zierlicher Körper steckte in einem schneeweißen, hochgeschlossenen Kleid, wie es für Jungfrauen am Tag der Eheschließung üblich war.

»Sag es!«, forderte Raik seine Schwester lautlos auf, als er ihren verquollenen Blick auffing.

Die Gesichtszüge der Eisprinzessin verhärteten sich augenblicklich, entschlossen schüttelte sie den Kopf. »Das werde ich nicht«, gab sie stumm zurück. »Eher werde ich ihn heiraten.« Skadi wies auf Leif, der ihr den Rücken zuwandte, gierig den Hebel in den Händen des Henkers anstarrte, den er selbst gewillt war, zu betätigen.

»Leif!« Der Kerkermeister wandte sich blitzartig dem Verurteilten zu, näherte sich dem Prinzen einen Schritt, um ihn ein letztes Mal zu demütigen. »Du wirst meine Schwester nicht quälen.«

Raik sah angewidert in das Gesicht des Mannes, den er zutiefst verachtete, seit sie sich als Kinder erstmals begegnet waren. Leif war stets eifersüchtig auf die Adligen bei Hof gewesen, hatte mittels Gewalt und Zerstörung jede Aufmerksamkeit an sich gerissen.

»Das werde ich!«, entgegnete der Kerkermeister verachtend, ehe ein schallendes Lachen seiner Kehle entsprang, das schlagartig verstarb, als er in das steinerne Gesicht des Prinzen blickte.

»Erinnerst du dich an mein Versprechen?« Raik grinste höhnisch, während er die Fesseln vollständig löste und den Dolch fester umklammerte, der Skadis einzige Chance auf ein gewaltfreies Leben war. »Erinnerst du dich an mein Versprechen, dass du sterben wirst?« Seine Stimme war leise, von Hass und Verachtung erfüllt. Doch ehe Leif auf die Drohung reagieren konnte, zog der Prinz die Waffe und rammte sie mit aller Kraft in den Hals des

Kerkermeisters, der sogleich vor Raiks Füßen zusammenbrach. Augenblicklich vernahm er laute Schreie der Bevölkerung, Leifs Röcheln, das in der nächsten Sekunde vollständig erstarb. Blut spritzte aus der tiefen Stichwunde, bedeckte den ganzen Körper des Verurteilten, dessen Augen zu Caja glitten, die seinen eisigen Blick gefühllos erwiderte.

»Hast du – verdammte Hexe – wirklich geglaubt, dass ich meine Schwester im Stich lasse?!«, brüllte der Prinz bebend, als ihre identischen Augen ineinander sahen.

»Tötet ihn!«, befahl die Eiskönigin, seine Provokation ignorierend, während ihre zusammengekniffenen Augen in Richtung des Henkers schweiften.

Raik folgte dem Blick seiner Mutter, konnte sich im ersten Moment nicht rühren, beobachtete die narbigen Hände des Mannes, die den Hebel fester umklammerten, erwartete in jeder Sekunde die Öffnung der Falltür unter seinen Füßen, die ihm das Genick brechen würde. Doch der Henker rührte sich nicht, sah den Prinzen nicht an. Seine Augen waren auf Caja gerichtet, die den Mund öffnete, um ihren Befehl zu wiederholen. Doch ehe sie ein Wort herausbrachte, fiel ihr Blick auf Kerzen, die lichterloh brannten, auf Hunderte Sklaven, die den Platz durch drei Tore betraten.

»Bleibt zurück!« Raik vernahm das Läuten von Glocken, beobachtete Dutzende bewaffnete Männer, die sich der friedlichen Meute bedrohlich näherten. Doch die Sklaven hielten nicht inne, füllten den Platz, bis er lichterloh brannte, als würde die Sonne direkt auf Glacies herabscheinen, wo zu dieser Zeit eine komplikationslose Hinrichtung stattfinden sollte.

»Sie beschützen dich!« Raiks Augen glitten erneut zu dem Henker, als jener zu sprechen begann, ehe er wieder die Sklaven ansah, welche die Glacien in ihrer Mitte einzukesseln versuchten. Dem Prinzen war aus Büchern bekannt, dass die Entfachung Hunderter roter Kerzen eine Geste der Ignem war, ein Zeichen von Respekt und friedlichem Widerstand, der den verteidigenden Männern das Blut in den Adern gefrieren lassen musste, obwohl die Sklaven unbewaffnet waren. Mehr als die Hälfte bestand aus Alten, Frauen und Kindern.

»Dein bekannter Freund …« Raik sah mit angehaltenem Atem zu dem maskierten Mann auf, dessen dunkle Augen unter der schwarzen Maske hervorschimmerten.

»Ihr seid nicht der Henker«, unterbrach der Prinz ihn verwundert. Sein Blick folgte der Geste des Unbekannten, der auf Arun, den Leibwächter der gefallenen Königin, wies. »Das Mädchen …« Raik dachte an die junge Sklavin, die ihn angerempelt hatte, und schob die Hände in die tiefen Taschen seines Mantels, sah verwundert auf, als er das kalte Erz des Splitters zwischen den Fingern spürte.

»Arun wird Euch zu Kiana bringen«, fuhr der maskierte Fremde fort und nahm dem Prinzen die Schlinge ab, die fortwährend drohte, sein Genick zu brechen.

»Wer seid Ihr?«, fragte Raik, während er sich von der Falltür entfernte und dem Maskierten folgte, der ihn grob die Treppen hinabstieß.

»Mein Name ist Ravi«, entgegnete der Unbekannte. »Ich bin nur ein einfacher Sklave, ohne Besitz. Doch ich liebe Isa, Eure Schwester, werde alles riskieren, um sie zu beschützen.«

Raik hielt abrupt auf der untersten Stufe inne, schaute erneut zu ihm auf. »Ist sie in Sicherheit?«

Der Unbekannte nickte. »Ihr müsst gehen.« Er sah zu den Glacien, die in der Menschentraube, bestehend aus friedlichen Sklaven, fast untergingen.

Raik kniff die Augen zusammen, versuchte einen Blick auf Skadi zu erhaschen, deren weißer Haarschopf deutlich aus der Menge hervorragte. Doch ehe er sich der Eisprinzessin einen Schritt nähern konnte, spürte Raik die Hand des Leibwächters, die ihn am Kragen fasste.

»Die Ignem werden deine Familie nicht anrühren. Unsere wahre Herrscherin wird über ihr Schicksal richten«, raunte Arun in sein Ohr und zog die Kapuze über das goldene Haar des Prinzen. »Die Stadt wird fallen, Junge. Die Königin ist auf dem Weg, hat Glacies fast erreicht. Mit ihr wird das Eis schmelzen.«

Der Leibwächter zog Raik in eine schmale Gasse, steuerte auf drei alte Frauen zu, die ungeduldig auf ihren Besuch zu warten schienen.

»Die Ignem stehen dir nicht länger feindlich gegenüber. Doch wenn ein Soldat der Glacien die Möglichkeit erhält, dich zu töten, wird er nicht zögern.«

Arun wandte sich den Frauen zu, ehe er Raik die Kapuze vom Kopf riss, die sein auffälliges Haar verbarg. »Macht ihn unkenntlich.«

Skadi überquerte panisch den Platz, zwängte sich zwischen den friedlich protestierenden Sklaven hindurch, floh vor ihrer Mutter und Esther, die der Eisprinzessin mit schnellen Schritten folgten. Skadi erkannte Eifersucht und Hass in den grünen Augen ihrer ältesten Schwester, Sorge in Cajas Gesicht, als sie einen flüchtigen Blick zurückwarf.

»Skadi, komm mit uns!«, befahl die Eiskönigin streng, als sich ihre jüngste Tochter fluchtartig von ihr entfernte.

»Warum?«, fragte Skadi mit verzweifelter Stimme. »Dass du mich mit einem grausameren Mann verheiraten kannst?« Sie schüttelte den Kopf, fasste den Rock ihres Hochzeitskleides und verschwand mit klopfendem Herzen in der lärmenden Menge, die sie augenblicklich verschluckte.

»Prinzessin, warte!«

Skadi fuhr herum, als sie eine junge, helle Stimme vernahm, sah einem Mädchen in die Augen, das sich ihr hastig näherte. »Mein Name ist Soleil«, fuhr die Unbekannte aufgewühlt fort. »Bitte, hilf mir, die Gefangenen zu befreien, bevor die Soldaten den Kerker stürmen. Danach werde ich dich zu Isa bringen. Sie hat bei meinem Bruder und mir Unterschlupf gefunden.«

Die Eisprinzessin wusste, dass sie der Unbekannten trauen durfte, dass ihr die ärmliche Bevölkerung nicht feindlich gegenüberstand. Schon als Kind war Skadi häufig durch die entlegensten Teile der Stadt geirrt, hatte mit Sklavenkindern gespielt, was ihre Mutter stets misstrauisch beobachtet hatte.

»Ist meine Schwester wohlauf?« Soleil nickte, grinste frech, während sie ihre Hand umfasste und mit der Eisprinzessin den überfüllten Platz überquerte. Skadis furchtvoller Blick fiel zurück, streifte Caja, die im selben Moment von ihren Leibwächtern in Richtung Schloss geführt wurde. Doch Esther war in der Menge untergegangen, obwohl sich ihr purpurrotes Kleid deutlich von der tristen Garderobe der Sklaven abhob. Bislang war nur Leifs Blut geflossen. Doch der Eisprinzessin war bewusst, dass all die unschuldigen Menschen sterben müssten, wenn sie den ersten Schritt taten.

»Prinzessin, deine Schwester ist in Sicherheit«, sagte Soleil, was Skadis Augen auf den Galgen lenkte, wo Raik am heutigen Tag hätte sterben müssen, ehe sie den blutüberströmten Leichnam des Kerkermeisters betrachtete. Sie konnte Leif kaum ansehen, dessen Gesicht der Menge zugewandt war. Seine toten, blauen Augen blickten direkt in ihre.

»Dieser Mann hat uns gequält!« Skadi erwachte aus ihrer Trance, als sie erneut die Stimme des Sklavenmädchens vernahm, das ihre Hand fest umklammerte. »Er genoss es, Frauen und Kinder zu quälen, Männer zu verstümmeln.« Sie wies auf ein bläuliches Veilchen, das unter ihrem rechten Auge schimmerte. »Er hat mich geschlagen, als ich deinen Bruder anrempelte, um ihm den Splitter der Erzkrone zu übergeben.«

Skadi antwortete nicht, starrte mit aufgerissenen Augen in ihr kindliches Gesicht, das sich zu einem breiten Grinsen verzog. »Auch du stehst unter unserem Schutz, Prinzessin.«

Im nächsten Augenblick vernahm Skadi das lautstarke Quietschen der verwitterten Tür, als Soleil sie öffnete, und folgte der jungen Sklavin tief in den Kerker hinein. Schließlich löste sich das Mädchen von ihr und zog einen Schlüsselbund aus der Tasche eines unförmigen Ledermantels heraus. Doch ehe sie die erste Zelle öffnen konnte, vernahm Skadi eine laute, helle Stimme, welche die Sklavin abrupt innehalten ließ.

»Du hast uns verraten und verkauft.« Die Eisprinzessin fuhr wie elektrisiert herum, griff nach Soleil und zog das junge Sklavenmädchen hinter sich.

»Esther, bitte geh!«, entgegnete Skadi mit bedachter Stimme. »Verlasse mit Mutter das Königreich und lebe – oder bleibe – und dich erwartet der Tod.«

Die Thronerbin schüttelte verächtlich den Kopf, trat näher an sie heran, Hass blitzte in ihren dunklen Augen auf. Die Eisprinzessin war stets neidisch auf Esther gewesen, die in trauter Zweisamkeit mit ihrer gemeinsamen Schwester aufgewachsen war. Doch die letzten Tage hatten sie völlig entzweit, hatten unüberwindbare Mauern geschaffen, welche Esther alleine zurückließen.

»Warum tust du mir das an? Du befreist unsere Gefangenen, während sich Isa mit dreckigen Sklaven durch das Königreich treibt.« Sie brach abrupt ab, als Soleil ihr grob ins Wort fiel.

»Sprich nicht so schändlich über meine Familie«, zischte sie wütend. »Mein Bruder liebt deine Schwester, hat sein Leben riskiert. Jeder könnte Glacies besser regieren als du oder die herrschsüchtige Eiskönigin.«

Soleil taumelte zurück, als sich Esther ihr entrüstet näherte und dem Sklavenmädchen den Schlüsselbund aus den Händen riss. »Ihr werdet niemanden mehr befreien!« Die Worte der Thronerbin glichen einem ohrenbetäubend lauten Schrei.

Wütend umfasste sie den schwarzen Haarschopf der Sklavin und drückte einen Dolch an ihre Kehle. »Seit du geboren wurdest, muss ich leiden. Das Volk liebt dich, während ich gemieden werde. Du bist die Jüngste, du hast keinen Anspruch auf den Thron. Dennoch möchtest du ihn mir nehmen.« Tränen standen in Esthers Augen, die sie sich hastig aus dem Gesicht wischte.

»Esther, du hast dich nie um das Volk geschert!« Skadi hob beschwichtigend die Hände, lief einen Schritt auf sie zu. »Lass das Mädchen gehen, bitte. Dann bin ich bereit, mit dir zu sprechen.«

Die Eisprinzessin beobachtete besorgt die Klinge, die in ihrer Hand so sehr zitterte, dass sie Soleil schnitt. »Du hast mein Leben zerstört«, schluchzte die Thronerbin verzweifelt, ehe sie das Sklavenmädchen von sich stieß, das stolperte, in einer flachen Pfütze ausrutschte und stürzte.

»Soleil, geh!« Skadi warf ihr nur einen flüchtigen Blick zu, sah im Augenwinkel, wie sie sich aufrappelte. »Soleil, geh!«, wiederholte die Eisprinzessin angespannt, als sich das Sklavenmädchen nicht augenblicklich rührte. »Sag Isa, dass ich sie liebe, dass ich mich für ihre Unterstützung bedanken möchte.«

Sie nickte, schaute mit angehaltenem Atem in die angespannten Gesichter der Streitenden, ehe sie ihnen den Rücken zukehrte. »Ich hole Hilfe«, warf Soleil angsterfüllt zurück, ehe sie sich hastig von den Schwestern entfernte.

»Die Eisprinzessin verbündet sich mit Isa und unserem missratenen Bruder!« zischte Esther verächtlich, ließ den Dolch auf den Boden fallen, fasste Skadi unsanft an den Schultern und stieß sie grob in eine leere Zelle.

»Esther, auch du bist meine Schwester«, sagte die Eisprinzessin sanft, während sie seufzend die Gitterstäbe umklammerte. »Trotz deiner Verachtung mir gegenüber liebe ich dich. Lass mich gehen, hilf mir. Kiana wird zurückkehren, wird die Eiszeit abwenden. Du kannst ein gutes Leben führen, mit uns, mit deinen Geschwistern.«

Esther lachte schallend laut auf, nahm Soleils Schlüsselbund in die Hände und verschloss das Tor. »Mein Leben ist dem Untergang geweiht, geliebte Schwester. Doch du wirst die verdammte Sklavenkönigin bei ihrer Eroberung nicht unterstützen.« Die Thronerbin wandte ihr den Rücken zu, entfernte sich einige Schritte, ehe sie erneut innehielt. »Sorge dich nicht, Eisprinzessin.« Ihre Stimme war völlig erkaltet, von Unmut erfüllt. »Dein geliebtes Bauernvolk wird dich befreien, während ich mit Mutter verbannt oder gehängt werde.« Sie schluchzte, tiefste Verzweiflung legte sich über ihre zitternde Gestalt. »Leb wohl!«

»Schlagt den Widerstand nieder, beschützt das Volk!« Raik schrak zusammen, als er das laute Läuten von Glocken vernahm, Schreie, die jeden Teil der Stadt erreichen mussten. »Sucht den abtrünnigen Prinzen! Wer ihn ausliefert, wird in Gold aufgewogen.«

Raik hielt unvermittelt inmitten einer Menschentraube inne, schaute angespannt in ein Dutzend Gesichter, die seine Blicke erwiderten. Doch die Männer und Frauen rührten ihn nicht an, setzten sich im nächsten Moment wieder in Bewegung und folgten der schmalen Gasse, die sie mit Kerzen bewaffnet in Richtung Hinrichtungsort führte.

»Wir sind eine Familie!« Aruns Blick glitt über vier junge Männer, die ihnen den Rücken zuwandten, umfasste grob das rechte Handgelenk des Prinzen und zog ihn mit sich. »Keiner wird dich verraten. Wir sind uns der Konsequenzen bewusst.«

Raik wandte seine eisblauen Augen dem Boden zu, die ihn als Glacien identifizierten, löste sich aus dem Griff des Leibwächters und vergrub die Hände in den tiefen Manteltaschen. Seine Fingerspitzen berührten den winzigen Splitter, der wertvoller war als die Gesamtheit des Goldes im Königreich.

»Sie werden dich nicht erkennen.« Während das Haar des Prinzen Stunden zuvor geleuchtet hatte wie die Sonne selbst, war es gegenwärtig pechschwarz, was ihn in der Menge der Sklaven untergehen ließ.

»Kiana und zwei Hexen befinden sich vor den Toren der Stadt. Die Wachen haben sich in Stellung gebracht. Junge, wir haben nur wenig Zeit!«

Raik nickte, wandte sein Gesicht einem verfallenen Haus zu, als er in das Blickfeld eines aufmerksamen Glacien geriet. Doch der Soldat konnte den Prinzen nicht identifizieren, der im nächsten Augenblick in einer schmalen Gasse verschwand. Raik vernahm laute Schreie, Geräusche, die von Schwertern und Schilden stammten. Die Wächter waren sichtlich mit den Sklaven überfordert, die fortwährend friedlich auf den Plätzen gegen die Herrschaft der Eiskönigin protestierten. Die roten Kerzen leuchteten lichterloh, mussten von den Mauern einem tödlichen Feuer gleichen, das sich immer weiter ausbreitete.

»Lauf!« Raik spürte das laute Pochen seines Herzens, das in Windeseile schlug, als er mit Arun durch ein unbewachtes Tor hastete. Die Soldaten hatten diesen Posten längst aufgegeben, um der massiven Überzahl der Sklaven Herr zu werden.

Raik sah nicht zurück, fixierte drei Gestalten, die in Richtung Glacies starrten, ehe sein Blick auf einen Pfeil fiel, der sich Kiana näherte, die nicht auswich, im nächsten Moment von dem tödlichen Geschoss getroffen werden musste. Doch ehe die eiserne Spitze ihren Körper durchbohren konnte, ging der Pfeil in Flammen auf und zerfiel zu Asche.

»Kiana!« Raik hielt abrupt inne, als sich die Königin ihm mit strenger Miene zuwandte. In ihrem Gesicht lagen Kälte und Misstrauen, die dem Prinzen hasserfüllt entgegenschlugen.

»Raik?« Kiana lächelte, als sie ihn erkannte, näherte sich ihm mit langsamen Schritten. »Was ist passiert?« Die Königin stand still, fasste vorsichtig in sein geschundenes Gesicht. Die Blutergüsse leuchteten andauernd rot und blau, eine tiefe Narbe lag über seiner rechten, schwarz gefärbten Augenbraue.

»Es geht mir gut.« Raik schaute sie von Kopf bis Fuß skeptisch an, ehe er wieder in ihr aufgewühltes Gesicht sah. »Doch wer hat dein Herz gebrochen?«

Die Augen der Königin weiteten sich, überrascht blickte sie zu dem Mann auf, den sie kaum kannte, dem sie vor Wochen einmalig begegnet war. Dennoch analysierte der Prinz ihre Gedanken und Gefühle, als würde er durch ein Buch blättern.

»Ich war blind«, entgegnete Kiana. Ihre Stimme füllte tiefste Enttäuschung, traurig wandte sie die Augen dem Boden zu. »Ich habe im Kerker nie gelernt, Gut und Böse voneinander zu unterscheiden. Daher ließ ich mich von falschen Komplimenten täuschen.«

Die Königin erschauderte, als Raik sie am Kinn fasste und sanft ihren Kopf hob. Er ignorierte die Hexen, die schwiegen, ihn mit Argusaugen beobachteten. »Du bist die mächtigste Frau des Reiches, Kiana, hast es nicht nötig, deinen Blick dem Boden zuzuwenden. Dieser Mann war dumm, deiner nicht würdig.«

Tränen standen in Kianas Augen, sie schluchzte verzweifelt. »Ich, ich war Sharik völlig verfallen. Zunächst stellte er sich mir als Leibwächter vor, der ausgebildet wurde, um mich zu beschützen.« Sie seufzte schwer. »Ich werde nie wieder einem Mann vertrauen können – keinem – außer dir!« Ihre Gedanken glitten zu Helen, ihrer Mutter, zu der Entscheidung, Raik zu trauen, die sie zur ewigen Flamme geführt hatte.

»Sharik? Das ist nicht möglich.« Die Königin fuhr herum, als Arun den Namen ihres einstigen Verlobten wiederholte.

»Er hat den vermeintlichen Tod seines Vaters nicht verkraftet.« Sie näherte sich ihm einen Schritt, schaute selbstbewusst zu dem Leibwächter auf. Sie hatte mit diesem Mann den Kerker geteilt, kannte ihn seit ihrer Geburt. Dennoch war die Königin selbst ihm gegenüber voller Misstrauen.

»Kind, ich war deiner Familie stets treu ergeben. Daher möchte ich mein Leben in den Dienst der wahren Königin stellen, wenn du es gestattest.«

Kianas zweifelnder Blick traf Raik, dessen Urteil sie mehr als ihrem eigenen vertraute.

»Einen schlagkräftigeren Leibwächter wirst du nicht finden«, entgegnete der Prinz bitter, während er sich der jungen Hexe zuwandte, die im nächsten Moment seine linke Hand ergriff. Die Unbekannte sagte nichts, schaute mit aufgerissenen Augen in sein Gesicht.

Kiana lachte. Es war ein trauriges Lachen, das ihr tief im Herzen schmerzte. »Ich war bereit dich zu töten, weil Sharik es von mir verlangte.« Die Königin schüttelte fassungslos den Kopf. »Ich war dumm und blind zugleich.« Es fiel ihr schwer, dieses Geständnis Raik gegenüber abzulegen, der für ihre Herrschaft durch die Hölle gegangen war.

»Du bist weder die Erste noch die Letzte, die mir …« Der Prinz unterbrach, als Rami, die seine Hand fester umklammerte, zu sprechen begann.

»Du, du bist es«, hauchte sie aufgeregt. »Du bist …« Das Mädchen verstummte abrupt, als Siria eine Hand auf ihren Mund drückte, um sie zum Schweigen zu zwingen.

»Sie ist ein geschwätziges Kind.« Raik warf der Hexe einen flüchtigen Blick zu, die ihre Tochter zu sich zog und auf eine Wange küsste.

»Mein Name ist Rami.« Das Mädchen grinste frech. »Ich habe gleich gewusst, dass du auf ihrer Seite stehst. Doch unsere Königin wollte nicht auf mich hören.«

Raik erwiderte das fröhliche Lächeln der jungen Hexe, ehe er sich wieder Kiana zuwandte. »Ich habe ein Geschenk für dich.«

Das Herz schlug der Königin bis zum Hals, als er das fehlende Fragment der Erzkrone aus seiner Manteltasche zog und näher an sie herantrat. »Darf ich?«

Kiana nickte, schloss die Augen, als der Prinz eine Hand behutsam auf ihre Schulter legte und mit der zweiten den Splitter an die gebrochene Stelle des Diadems setzte, das Kianas Haupt zierte, seit sie ein kleines Mädchen war. Augenblicklich verschmolzen die Teile miteinander, die seit ihrer Entstehung verschiedene Kronen gestärkt hatten.

»Es ist vollbracht.« Raik löste die Hände von ihr, wollte sich abwenden. Doch ehe der Prinz reagieren konnte, spürte er Feuer, eine heiße Flamme, die nach seiner ausgezehrten Gestalt griff und ihn kraftvoll vom Körper der Königin stieß.

Kiana beobachtete mit aufgerissenen Augen, wie er einige Meter von ihr entfernt auf dem schneebedeckten Boden aufschlug, den Hügel hinabstürzte, ehe er reglos liegen blieb.

»Raik!«, brüllte sie verzweifelt, wollte ihm folgen.

Doch Arun griff nach ihrer Taille und zog sie zurück. »Geh in die Stadt, hol dir den Thron!« Er warf den Hexen einen flüchtigen Blick zu, die mit angehaltenem Atem den Prinzen anstarrten, der zu fallen drohte. »Wir werden uns um ihn kümmern.«

Kapitel 18

Tränen liefen über Kianas Wangen, während sie unkontrolliert ständig den Blick zurückwarf, um sich zu vergewissern, dass Raik durch ihre Hand nicht ums Leben gekommen war. Doch die Königin nahm nur seine reglose Gestalt wahr, die am Boden lag, Siria und Rami, die über ihm knieten.

»Das darf nicht sein!«, weinte Kiana verzweifelt. Sie schluchzte, unüberwindbare Wut kam in ihr auf, als ihre Augen erneut Glacies streiften, die Soldaten, die mit gespannten Bögen auf den Mauern standen. Doch die Geschosse konnten ihren Körper nicht durchdringen, zerfielen stets zu Asche, wenn sie in tödliche Nähe gerieten. Die ewige Flamme war stark, mächtiger als Stein und Stahl, beschützte die junge Trägerin, die gewillt war, den vermeintlichen Tod ihres Vertrauten mit Blut zu vergelten.

»Ich werde euch töten!«, brüllte die Königin mit vor Hass verzerrter Stimme. Sie spürte, wie das Feuer jede Zelle ihres Körpers erfüllte, wie unbändige Hitze in ihr aufstieg, die sich zu entladen drohte. »Lasst die Waffen sinken!« Kianas Augen fixierten die Männer, die Bögen, die im nächsten Augenblick in Flammen aufgingen. Schließlich richtete die Königin ihre volle Aufmerksamkeit auf stählerne Helme, welche die Köpfe der Soldaten schützten. »Es ist mein Reich, meine Stadt. Ich verlange, eintreten zu dürfen.«

Ein kaltes Lächeln huschte über ihr Gesicht, als die Männer schallend laut auflachten. »Mädchen, verschwinde! In der Stadt erwarten dich nur nutzlose Sklaven, die niedergemetzelt werden, wenn du sie betrittst.« Der hochgewachsene, kräftige Mann, dessen Körper in Stahl und Leder steckte, trat näher auf die Gestalt der Königin zu, erwiderte verwundert ihren eisigen Blick.

»Du wirst sterben!« Kiana konnte kaum klar denken, ließ Wut den Schmerz rächen, die sie gegen den Glacien richtete, der so vorlaut zu ihr sprach. »Du wirst sterben«, wiederholte sie, sah erheitert zu, wie er im nächsten Augenblick auf die Knie sank, wie der Helm glühend heiß die rundliche Form verlor und begann, mit seiner Haut zu verschmelzen, was er nur laut schreiend ertrug.

»Hör auf! Bitte, hör auf!« Die Königin ignorierte sein Flehen, ballte die Hände zu Fäusten, während ihr Fokus ausschließlich auf das Tribut ihrer quälenden Trauer gerichtet war, die ihre friedlichen Absichten vollständig untergrub. Sie beobachtete, wie das Leder der Rüstung Feuer fing, wie das Metall zu schmelzen begann, das sich siedend heiß auf seinen bebenden Körper ergoss. Kiana genoss den zutiefst befriedigenden Schrei des Sterbenden, der erst verstummte, als er über den Rand der Mauer stürzte und neben ihrer reglosen Gestalt auf dem Erdboden aufschlug.

Kiana warf dem Toten nur einen flüchtigen, gnadenlosen Blick zu, der in Schnee und Eis versank, ehe sie wieder die kläglichen Überreste der Soldaten ansah, die über ihr erzitterten. »Wer ist der

Nächste?«

»Wach auf!« Rami tastete zitternd den Puls des Bewusstlosen, ehe sie ihre Hände auf Raiks Brust legte und die Augen schloss. »Mutter, hilf mir!«, flehte sie rasend vor Angst, während ihr verzweifelter Blick auf das Gesicht des Prinzen gerichtet war. »Er ist tot«, weinte das Mädchen nach Luft ringend, fühlte erneut seinen Puls, der jedoch ausblieb. »Das darf nicht sein!«

»Schatz, er lebt. Weine nicht!«, entgegnete Siria mit betont beruhigender Stimme, ließ sich neben Raiks reglosen Körper auf den gefrorenen Erdboden sinken und platzierte die Hände auf seiner Brust. »Behalte die Umgebung im Auge.«

Rami nickte, rappelte sich auf und sah zu Kiana hinab, die scheinbar bewegungslos vor Glacies Toren stand. Die junge Hexe spürte, wie sich die Umgebung langsam erwärmte, dass Eis und Schnee zu schmelzen begannen, was ihr einen kalten Schauer über den Rücken jagte. Es ging zu schnell, die Macht der Krone – die durch Kianas Adern floss – war zu stark. Schließlich vernahm sie ein leises Poltern, das sekündlich lauter wurde, wandte sich mit klopfendem Herzen um und beobachtete eine Lawine, die sich in rasender Geschwindigkeit der Stadt näherte.

»Mutter …!« Ramis Stimme wandelte sich in ein ängstliches Stottern. »Unsere Zeit … sie läuft ab.«

Arun folgte dem Blick der jungen Hexe, als er ihre furchtvolle Stimme vernahm, und starrte seinerseits den Wellen aus Schnee, Eis und Geröll entgegen, die sich ihren Weg durch die tauende Schneedecke schlugen.

»Lauft!« Siria ignorierte seine Worte, hielt die Augen geschlossen und drückte ihre Hände fester auf Raiks Brust, dessen Herz aufgrund Kianas Macht aufgehört hatte zu schlagen.

»Mutter …!«, wiederholte Rami zitternd, während ihr Blick der ersten Lawine folgte, die in Form von eiskaltem Wasser gegen Glacies Mauern schlug. Ihre Augen weiteten sich, als sich die nächste Welle von den Hängen löste und direkt auf sie zuraste. »Mutter!«

»Junge, wach auf!« Arun packte den Prinzen am Kragen und schlug mit aller Kraft gegen seine Brust. Rami hörte das Bersten von Knochen, was ihren Blick von der herannahenden Lawine löste und auf Raik richtete, der im nächsten Moment die Augen aufschlug und sich schwer keuchend aufsetzte.

»Was ist passiert?« Der Prinz betrachtete verwirrt seine Hände, die von tiefen Brandwunden übersät waren, ehe er wieder den Leibwächter ansah, der ihn augenblicklich grob auf die Beine zog. »Lauf!«

Raik konnte Kiana kaum erkennen, deren zierliche Gestalt vor den Toren der Stadt verharrte. Die Königin ignorierte das Wasser, das ihr langes Kleid umspielte, die hohen Wellen, die links und rechts von ihr gegen die Mauer schlugen. Selbst das geschmolzene Eis schien sich ihrem Willen zu unterwerfen.

»Sie werden die Tore nicht öffnen«, keuchte Raik, während er einen Blick auf die Hexen warf, welche deutlich zurückgefallen waren. »Eher werden die Mauern fallen.«

Rami umklammerte verzweifelt Sirias Hand, die langsamer lief, ihre Tochter hinter sich herzog. Die junge Hexe war erschöpft, versuchte, das Gleichgewicht auf dem tauenden Eis zu halten. Doch als Rami einen kurzen Blick zurückwarf, stolperte sie über einen herausragenden Stein und schlug schreiend auf dem Boden auf.

»Steh auf!« Raik hielt unvermittelt inne, lief der tödlichen Lawine entgegen und zog das Mädchen auf die Beine, das weinend ihr Gesicht gegen seine Brust drückte.

»Ich kann nicht mehr«, krächzte Rami schluchzend. »Doch du musst gehen. Du bist … du bist …« Das Mädchen brach abrupt ab, als er ihren zierlichen Körper hochhob und fluchtartig weiterlief, um der tödlichen Lawine zu entkommen, die den Berg von Schnee und Eis befreite. Schon bald würden die Mauern brechen, die nicht fähig waren, der Naturgewalt zu widerstehen.

»Der Wall …«, keuchte Arun, während er seinen Schritt beschleunigte, als Raik und Siria wieder zu ihm aufschlossen. »… wenn wir ihn rechtzeitig erreichen, sind wir vorerst in Sicherheit.«

»Wer ist der Nächste?« Kiana warf den Wellen einen flüchtigen Blick zu, die ihre Beine umspielten, ehe sie erneut geduldig in das Gesicht eines jungen Mannes starrte. In seinen tiefblauen Augen lag Furcht, die zitternden Hände des Soldaten umklammerten einen Helm, der für gewöhnlich die Häupter der Garde zierte. Doch der eiserne Tod des Kommandanten, dessen Leichnam vor Kianas Füßen lag, hatte den Jungen in Angst und Schrecken versetzt.

»Ich bin nicht hier, um zu töten«, sagte die Königin schließlich, als sich ihr unbändiger Hass langsam verzog. »Doch ich bin bereit, es zu tun.« Sie pausierte minutenlang, beobachtete amüsiert, wie der junge Soldat den Helm fallen ließ, als sich das Metall deutlich erwärmte. »Ich bin fähig, dein Blut zum Kochen zu bringen.

Fliehst du, werde ich dich und deine Familie finden und töten. Weigerst du dich, mich einzulassen, werde ich dich und deine Familie finden und töten.« Sie legte die Hände an die Mauern, spürte, wie sich das Feuer auf den frostigen Stein übertrug. Im nächsten Augenblick begann das Eis zu schmelzen, lief in Form von kalten Wassertropfen die Mauern hinab. Kiana war mächtig, stark genug, um den Wall zum Einsturz zu bringen, der das Innere der Stadt vor ihrer Eroberung nicht abzuwehren vermochte. Doch es lag der Königin fern, Glacies zu zerstören, kopflos Menschen zu opfern, die sie als Herrscherin zu schützen bestimmt war.

Schließlich sah Kiana wieder zu dem jungen Mann auf. »Triff deine Entscheidung jetzt!« Sie schlug mit der flachen Hand gegen das Mauerwerk, was oberflächliche Risse erzeugte, die den Stein durchschlugen. »Ich verlange, mit der Eiskönigin zu sprechen.«

Der Soldat warf einen flüchtigen Blick in Richtung Norden, beobachtete mit Schrecken eine große Menschenmasse, die sich mit Wagen, Pferden und Eseln von Glacies entfernte. »Das geht nicht.« Seine Worte waren mehr an sich selbst gerichtet als an Kiana, die ihn geduldig mit Argusaugen beobachtete. »Sie ist fort.« Der Mann sah erneut die junge Königin an und verbeugte sich, ehe er aus ihrem Blickfeld verschwand. »Ich lasse Euch eintreten, Hoheit. Doch bitte verschont die Überlebenden. Dann werde ich mein Leben in Euren Dienst stellen.«

Kiana nickte zufrieden, während sie zögerlich zurücktrat. Ihr Blick glitt über unbewachte Mauern, über die Leiche des Kommandanten, die im flachen Wasser schwamm.

»Verschont die Überlebenden. Niemand wird Euch im Wege stehen.« Die Königin schaute auf, als sie erneut die Stimme des jungen Soldaten vernahm, der das Tor aufstieß.

»Wo ist das Heer?«, entgegnete sie angespannt, ohne auf sein Flehen einzugehen. »Ich verabscheue Überraschungen.« Kiana ballte die Hände zu Fäusten, als ihr Blick auf brennende blutrote Kerzen fiel, die als Symbol des Widerstandes in Glacies vor vielen Jahren verboten worden waren.

»Die Hälfte der Männer floh, als der Widerstand Eures Volkes begann.« Der unbekannte Glacien trat nervös von einem Fuß auf den anderen. »Die zweite Hälfte verschwand mit der Eiskönigin in Richtung Norden, als die ersten Lawinen die Mauern erschütterten. Sie leerten die Speicher, rissen alles an sich. Die Stadt ist ausgeblutet.« Er ließ das Schwert, welches seine rechte Hand krampfhaft umklammerte, auf den Boden fallen und sank vor ihr auf die Knie. »Wir sind nur rund ein Dutzend Männer.«

Kiana richtete ihren strengen Blick auf den Knienden, der sein Gesicht unterwürfig dem Boden zuwandte.

»Warum bist du noch hier?«, fragte sie skeptisch.

Der Soldat schaute voller Vorsicht zu ihr auf. »Ich pflege meine kranken Eltern, Hoheit. Sie würden einen langen Marsch nicht überstehen.«

Kiana nickte anerkennend, warf dem jungen Mann einen letzten Blick zu, ehe sie in die Stadt eintrat. »Schließe das Tor. Das Wasser darf nicht eindringen.«

Ihre Augen fixierten Männer, Frauen und Kinder – Ignem und Glacien – welche auf die Knie sanken, als die Königin in ihr Blickfeld geriet. Doch sie sagte zunächst nichts, stieg eine schmale steinerne Treppe hinauf, die sie auf die Mauer führte.

»Die Eiskönigin ist geflohen!«, rief Kiana mit lauter selbstbewusster Stimme. »Sie hat euch, ihr Volk, zurückgelassen.«

Die Königin spürte Hunderte Augenpaare, die auf ihr ruhten, welche ihren Bewegungen angsterfüllt folgten. »Ich bin nicht hier, um zu töten. Ich bin hier, um …« Kiana brach abrupt ab, als eine gewaltige Lawine den brüchigen Wall durchschlug. Sie wankte, stürzte von der Mauer hinab und sah im nächsten Augenblick nur lähmende Dunkelheit, die ihren fallenden Körper ergriff.

»Beruhige dich, mein Schatz.« Siria zog Rami an sich, die schluchzend in den Armen der Hexe lag. Das Mädchen zitterte unaufhörlich, drückte das Gesicht an die Schulter ihrer Mutter, um die Lawinen nicht sehen zu müssen, die unerbittlich in Form von eiskalten Wellen gegen die Mauern schlugen.

»Bleibt hier, versteckt euch vor den Wachen«, sagte Raik, während er taumelnd aufstand und sich an der Mauer entlangtastete.

»Nein!« Rami sprang trotzig auf die Beine, wischte sich zitternd die Tränen von ihren geröteten Wangen. »Wir lassen euch nicht im Stich.« Bangend umfasste sie die Hand des Prinzen, griff mit der zweiten nach Siria, die ihnen schweigend folgte.

»Seid still!« Arun beobachtete mit Argusaugen die Mauern, ehe er an das westliche Tor herantrat, das stets von schwer bewaffneten Soldaten bewacht worden war. Es war verwaist, was ihn vermuten ließ, dass die Heere der Eiskönigin Glacies verlassen hatten.

Doch ehe Erleichterung ihn überkommen konnte, vernahm er laute Schreie, das Geräusch zerberstender Mauern, die zusammenbrachen.

»Kiana!«, murmelte Raik besorgt und betrat hektisch die Stadt, die er kurz zuvor fluchtartig verlassen hatte. Es war ein Bild des

Schreckens, das sich ihm im nächsten Moment offenbarte. Sein Blick fiel auf weinende Sklavenkinder, auf Verletzte, die versuchten, ihre Familien aus überfluteten Hütten zu ziehen. »Kiana!«

»Die Glacien sind nicht das Problem«, hauchte Siria, während sie, Ramis Hand umklammernd, neben den Prinzen trat und seinem Blick folgte.

Raik nickte zögernd, drang mit schnellen Schritten tiefer in die Gasse ein, was das Bild des Grauens weiter verschärfte. Die Mauersteine waren aus dem Wall gebrochen, hatten Gebäude zertrümmert, menschliche Körper zerquetscht, die merkwürdig verkrümmt die Straßen säumten.

»Kiana!«, wiederholte der Prinz lautstark, während er sich hilflos in der schreienden Menge umsah. Die Kerzen, die vor dem Anschlag des Schnees die Stadt erhellt hatten, waren erloschen, die friedliche Menge in winzige Gruppen zerschlagen.

»Eine Lawine!« Raik ließ sich auf den Boden fallen, hielt schützend die Arme über den Kopf, als die Mauer im nächsten Augenblick erneut nachgab. Steinsplitter peitschten über die Gassen hinweg, vervielfachten die Schreie, als mehr und mehr Wasser in die Stadt eindrang, das nicht abfließen konnte. Der Boden war eben, von Steinen gepflastert, was den Pegel mit jeder Minute steigen ließ. Es reichte längst bis zu Raiks Knien, als er aufsprang und tiefer in die Stadt eindrang, die drohte, zu versinken. Schließlich hielt er erneut inne, warf der eingestürzten Mauer einen kurzen Blick zu, die nicht fähig war, der unerbittlichen Kraft des Wassers standzuhalten.

»Sucht Schutz, versteckt euch!«, warf Raik hastig sprechend zurück, als er Ramis keuchende Gestalt im Augenwinkel wahrnahm. Ihr junges Gesicht war gerötet, stöhnend vor Erschöpfung stützte sie die Hände auf die Knie.

»Glacies wird untergehen«, hauchte Rami, ohne seiner Aufforderung nachzukommen, und sah sich mit aufgerissenen Augen um. Das Mädchen betrachtete zusammengebrochene Hütten, einen kleinen Jungen, der weinend nach seiner Mutter schrie.

»Wir helfen ihnen«, sagte Siria, während sie das unbekannte Kind hochhob, das kaum den Kopf über Wasser halten konnte.

»Bringt die Überlebenden ins Schloss. Dort sind sie sicher«, entgegnete Raik atemlos, ehe er weiterlief und im nächsten Augenblick den Platz betrat, auf dem die unaufhaltsame Katastrophe am deutlichsten ersichtlich war. Die Mauer war durchgebrochen, eiskalte Wellen überfluteten den Platz, setzten Häuser, Hütten und die unterirdischen Gewölbe vollständig unter Wasser.

»Hilf den Hexen. Bring die Überlebenden ins Schloss.« Der Prinz wandte sich gehetzt Arun zu, der seinen Körper passierte, als er tiefer auf den Platz watete. »Hilf den Hexen!«, wiederholte der Leibwächter ungeduldig.

Raik schüttelte den Kopf. »Meine Schwestern«, murmelte er sorgenvoll, »sie müssen hier sein.«

Er wandte Arun den Rücken zu, verließ hastig den Platz, um den Galgen aufzusuchen, an dem er am heutigen Tag hätte sterben sollen, was ihn durch überschwemmte Gassen trieb, die leicht abschüssig in die Tiefe führten. »Skadi, Isa!«, brüllte der Prinz gegen den lauten Ansturm der Schreie, die aus den Kehlen Sterbender entwichen. »Geht zum Schloss!«, fuhr er lautstark fort. »Das Wasser ist zu kalt. Ihr werdet erfrieren.«

Er beobachtete Ignem, die an ihm vorüberhasteten, um ihre Familien in Sicherheit zu bringen, ehe sein gehetzter Blick auf ein kleines Mädchen fiel, das auf den hölzernen Stufen lag, die zum Galgen führten, und beschleunigte seinen Schritt.

»Wach auf!« Raik ließ sich neben der jungen Sklavin auf die Treppe sinken, fühlte besorgt ihren Puls. Sie war bewusstlos, ihr Brustkorb bewegte sich rhythmisch auf und ab. Schließlich wandte das Mädchen ihr Gesicht dem Prinzen zu, als sie seine Berührung spürte, öffnete schwach die Augen und sah ihn verwirrt an.

»Du hast mir den Splitter zugesteckt«, murmelte Raik, während er den erkalteten Körper der Sklavin näher zu seinem zog.

»Mein Name ist Soleil«, entgegnete sie hastig atmend. »Isa ist mit meinem Bruder zum Schloss geflohen«, fuhr sie krächzend fort. »Ich, ich musste zurück, sie retten.« Ihre Augenlider flackerten, als sie sich bereitwillig der Bewusstlosigkeit hingab, in der sie drohte, zu erfrieren.

»Wach auf!«, wiederholte Raik, ehe er Soleils schmale Schultern fasste und sie vorsichtig schüttelte. »Wen musst du retten?«

Das Sklavenmädchen schlug erneut die Augen auf, Tränen liefen über ihre Wangen. »Die, die …« Soleil brach ab, als die Bewusstlosigkeit wiederholt nach ihr griff, die verhinderte, dass sie ihre Worte vollenden konnte.

Rasch zog Raik den Mantel aus, wickelte ihn um den Körper des Mädchens und hob sie in seine Arme, ehe er sich wieder in Bewegung setzte. Besorgt legte er stets eine Hand an die Kehle der Sklavin, prüfte Soleils Puls, der kaum merklich, jedoch regelmäßig schlug.

»Mädchen, halte durch«, murmelte der Prinz fieberhaft, während er verbissen gegen die Wellen ankämpfte, welche durch die abschüssigen Gassen immer mehr an Kraft gewannen. Sein Schritt beschleunigte sich, als sich der eiskalte Körper in seinen Armen aufbäumte, ein lautes Röcheln entwich ihrer Kehle. Die junge Sklavin war schwach, ihr Leben hing aufgrund des Eises am seidenen Faden.

»Raik!« Sein Blick glitt in Richtung Schloss, das sich über ihm befand, ehe er auf Isa haftete, die atemlos dem Pfad folgte, der als einziger in Glacies sicher war.

»Bleib, wo du bist!«, entgegnete der Prinz schroff, lief schneller, rannte durch die schmale Gasse, bis er den Platz erreichte, der in Richtung Schloss mündete. Erneut fiel sein Blick auf Isa, die im nächsten Augenblick das Wasser betrat. »Bleib!«

Die Prinzessin taumelte zurück, lehnte sich keuchend über die niedrige Mauer, die den Pfad säumte. Ihr braunes, unauffälliges Gewand war völlig durchnässt, das silberne Haar klebte auf ihrer hellen Haut. Sie musste viele Male das Wasser betreten und wieder verlassen haben, was ihre Kräfte deutlich schwinden ließ.

»Vier Ignem haben den Kerker betreten, um die Gefangenen zu befreien. Ravi ist einer von ihnen.« Ihre krächzende Stimme füllte tiefste Besorgnis.

Schließlich fiel ihr Blick auf das Mädchen in den Armen des Prinzen, zitternd strich sie eine Haarsträhne aus ihrem leichenblassen Gesicht. »Soleil!« Isa schaute besorgt zu ihm auf. »Lebt sie?«

Raik nickte, während er das bewusstlose Mädchen in die Arme seiner Schwester legte. »Ich gehe in den Kerker.«

Die Prinzessin schüttelte den Kopf, fasste seinen Arm, als er sich abwandte. »Die Gewölbe sind völlig unterspült. Der Kerker ist eine Todesfalle, Raik. Bitte, komm mit mir. Das Schloss ist derzeit der einzige sichere Ort!« Isa zog die Hand zurück, strich sanft durch Soleils nasses Haar. »Kiana glaubt, du bist tot«, fuhr die Prinzessin japsend fort. »Sie wurde vor einigen Stunden von einem jungen Soldaten ins Schloss gebracht, wo sie seither von den Ignem beschützt und versorgt wird. Raik, sie kann die Macht der Krone derzeit nicht kontrollieren, die uns ins Chaos stürzt. Bitte, sieh nach ihr. Sie spricht nicht, isst nicht, trinkt nicht, schläft nicht. Sie weint seit Stunden, weil sie glaubt, an deinem Tod schuld zu sein.« Isa wies zum Himmel, als Raik ihren verzweifelten Blick skeptisch erwiderte. Dunkle Wolken ballten sich über Glacies zusammen, Donner grollte, Blitze zuckten über das tiefe Grau, das die Stadt zu erdrücken drohte.

»Seit die Krone vereint ist, kehren die Jahreszeiten zurück, stürzen das Königreich in den Ruin. Geh zu Kiana, beruhige sie. Wenn es zu regnen beginnt, wird der Wasserpegel weiter steigen. Wenn Blitze einschlagen, sind die letzten Überlebenden dem Tode geweiht.« Die Prinzessin zitterte, ihr flehender Blick war auf Raik gerichtet, dessen Augen der schmalen Gasse Richtung Kerker zugewandt waren. »Du bist mein Bruder, ich liebe dich. Bitte geh nicht«, fuhr Isa verzweifelt fort, als er ihr keine Reaktion zukommen ließ.

»Skadi?«, fragte Raik schließlich voller Besorgnis, ohne auf ihr Flehen einzugehen.

Isa berührte ihn sanft am Arm, wartete, bis er den Blick ihr zuwandte, und schüttelte den Kopf. »Ich habe den Überblick vollkommen verloren. Viele Menschen haben Zuflucht im Schloss gefunden. Komm mit mir, kümmere dich um Kiana. Sie muss die Oberhand über ihre Macht gewinnen, wenn sie nicht über den Tod regieren möchte. Lass mich Soleil versorgen. Danach werden wir unsere Schwester suchen.«

Die Prinzessin wandte ihm den Rücken zu, atmete erleichtert auf, als Raik ihr hastig den Berg hinauf folgte. Sie schwiegen zunächst, blickten über die Mauer hinweg und betrachteten das ganze Ausmaß der Katastrophe, das mit jedem Schritt zunahm, den sie hinter sich brachten.

»Glacies ist zerstört«, murmelte Isa schluchzend, während sie Soleil fester an sich drückte. Sanft küsste sie das Mädchen auf eine Wange, das bewusstlos in ihren Armen lag. »Doch die Eiszeit scheint abgewendet zu sein.« Ein bitteres Lächeln umspielte ihre Lippen.

»Zweifelst du an Kiana?«, fragte Raik betrübt, ehe er sich von der Stadt abwandte und zum Schloss hinauf sah, das trotz der Lawinen bisher unversehrt geblieben war. Noch immer donnerte der geschmolzene Schnee gegen die gebrochenen Mauern, überflutete die tiefliegenden Teile der Stadt. Die Gewölbe mussten bereits seit Stunden völlig unter Wasser stehen, was Isas Hoffnung auf Ravis Rückkehr deutlich schmälerte.

Isa schüttelte seufzend den Kopf. »Mit ihr werden die Sklaverei und das ewige Eis ein Ende finden. Doch solange sie die Macht der Krone nicht kontrollieren kann, ist sie eine Gefahr für uns. Daher brauchen wir dich.«

Die Prinzessin lief schneller, rannte hektisch den Pfad hinauf, zwängte sich durch den schmalen Spalt eines Tores und betrat den Thronsaal, der von Menschenmassen übersät war. Kinder schrien, weinten, drückten sich an die Körper ihrer Mütter, die verzweifelt versuchten, den Nachwuchs zu beruhigen. Schließlich fiel ihr Blick auf Kiana, die weinend am Fuße des Throns saß. Neben ihr stand der junge Soldat, der den bewusstlosen Körper der Königin zum Schloss gebracht hatte, als die Mauer zusammengestürzt war.

»Kiana!« Die Königin hob den Kopf, als sie Raiks dunkle Stimme vernahm, rappelte sich taumelnd auf, stolperte die Stufen hinab, warf sich ihm weinend in die Arme und sank keuchend auf die Knie.

»Du …, du lebst!«, schluchzte sie, was ihre Worte bis zur Unkenntlichkeit verzerrte. »Die …, die Lawinen haben euch nicht getötet.«

Der Prinz schüttelte den Kopf, zog die Königin in seine Arme und küsste sie auf die Stirn. »Arun, Rami und ihre Mutter haben mein Leben gerettet«, entgegnete er. »Sind sie nicht hier?«

Kiana schüttelte den Kopf. »Ich habe alles zerstört. Die Stadt bricht zusammen, weil ich nicht fähig bin, sie zu kontrollieren.« Die Königin wies zitternd auf die Erzkrone. »Ich weiß nicht, was ich tun soll.« Sie schluchzte, schnappte verzweifelt nach Luft.

»Beruhige dich, bitte beruhige dich«, entgegnete Raik mit sanfter Stimme, während er durch ihr langes, tropfnasses Haar strich, was ihren hektischen Atem gänzlich beruhigte. Die Königin fühlte sich in seinen Armen sicher, schloss die Augen und fiel im nächsten Moment in einen unruhigen Schlaf, obwohl das Stimmengewirr stets lauter wurde, wenn ein Donnern das Königreich erschütterte.

Raiks müder Blick fiel auf Isa, die sich ihm behutsam lächelnd näherte, auf Soleil, die in den Armen der Prinzessin lag. Das Mädchen war erwacht, schlotterte, starrte ihn mit aufgerissenen Augen an. »Sie möchte uns etwas sagen«, flüsterte Isa und ließ sich neben den Prinzen auf die Stufe sinken. Ihr Blick fiel auf Kiana, die schlief, ehe sie aus runden Fenstern starrte, die in regelmäßigen Abständen die dunklen Mauern durchbrachen, um Aussicht ins

Freie zu gewähren, während die großflächigen Bleiglasfenster ausschließlich zur Zierde dienten. Die grauen Wolken verzogen sich allmählich, das Gewitter schwand, seit Kiana eingeschlafen war.

»Du, du …«, begann Soleil stotternd, Tränen standen in ihren Augen. »Du hast mein Leben gerettet«, fuhr sie hustend fort. Sie wandte den Blick Isa zu, welche sie sanft auf eine Wange küsste, als Angst ihr Geständnis unterbrach. »Ich, ich habe versagt.«

Kiana schreckte abrupt aus dem Schlaf auf, als sie das Quietschen des Tores vernahm und starrte mit klopfendem Herzen einen jungen Mann an, den Isa als Ravi identifizierte. Wasser floss seinen Körper hinab, Trauer lag in ernsten Gesichtszügen, welche der Prinzessin den Atem stocken ließ. Sie ignorierte die drei männlichen Begleiter des Sklaven, Arun, Rami und Siria, die mit gesenkten Häuptern tiefer in den Thronsaal eindrangen, ehe sie inmitten der Massen innehielten. Die Glacien und Ignem drängten sich auf die Seite, Totenstille legte sich über das Schloss, das zu dieser Stunde Hunderte Menschen beherbergen musste, deren Augen auf die eintretenden Männer gerichtet waren. Ravi hielt eine reglose Gestalt in den Armen, strich durch schneeweißes Haar, das gen Boden hing. Doch er sagte nichts, beobachtete Raik, der mit klopfendem Herzen aufstand und sich ihm mit langsamen Schritten näherte. Isa ließ Soleil auf die Steinplatten sinken, die kaum aufrecht sitzen konnte, ehe sie ihrem Bruder weinend folgte, dessen Gesichtszüge vollständig zu Stein erstarrt waren. Tränen liefen über Isas Wangen, sie schluchzte verzweifelt, als ihr Geliebter die Eisprinzessin auf den Boden sinken ließ. Ihre weiße Haut hatte einen bläulichen Schimmer angenommen, ein dunkler Schatten lag auf ihren einst zartrosafarbenen Lippen. Skadi, deren mitternachtsblaue Augen geschlossen waren, wirkte friedlich, als würde sie schlafen, im nächsten Moment aus ihrer Bewusstlosigkeit erwachen.

»Lebt sie?«, krächzte die Prinzessin atemlos, während sie sich Ravi näherte, der betrübt den Kopf schüttelte.

»Wir fanden sie im Kerker, eingeschlossen in einer Zelle. Keiner hat überlebt.«

Raik ließ sich neben seiner Schwester auf den Boden sinken, strich über Skadis kalte Wangen.

»Sie war eingesperrt?« Sein Blick fiel auf Soleil, die Kianas Hand umklammerte und in seine Richtung lief.

»Esther«, krächzte das Mädchen atemlos. »Sie hat Skadi in den Kerker geworfen, um sich zu rächen, hat mir die Schlüssel abgenommen. Ich musste zurück, Ersatz besorgen, wollte sie retten.« Sie schluchzte, Tränen liefen über ihre Wangen, als sie verzweifelt zu weinen begann. »Doch ich bin am Galgen zusammengebrochen, wo du mich gefunden hast.«

Raik antwortete nicht, stand auf, wandte der Eisprinzessin den Rücken zu und lief wie betäubt durch den langen Gang, der von Glacien und Ignem gleichermaßen gesäumt war, die – ungeachtet ihrer einstigen Feindschaft – in trauter Eintracht beieinanderstanden.

»Wird ein Mädchen geboren, dessen Schönheit ihrer gleichkommt, werden beide Reiche fallen und gemeinsam wiederauferstehen«, wiederholte Raik gedankenverloren die Prophezeiung, hielt inmitten des Saals inne und starrte den Thron an, der sich in Form einer Schneeflocke ihm gegenüber erhob.

»Du kennst nicht die ganze Geschichte.« Rami löste sich von Sirias Seite, trat näher an den Prinzen heran, der sich nicht umwandte, als er ihre Worte vernahm, die sich merkwürdig gesenkt hatten. »Das Mädchen wird fallen«, sagte die junge Hexe mit lauter Stimme, während sie um seinen reglosen Körper herumlief, um ihm in die Augen sehen zu können. »Doch der Prinz aus dem Norden und die letzte lebende wahre Königin aus dem Süden werden die Stadt wiederauferstehen lassen, deren Grundgerüst auf Frieden beruht, den der Tod des Mädchens in den Herzen der Völker gesät hat.«

Die junge Hexe wich zurück, als Raiks Blick im nächsten Augenblick zu Eis erstarrte. »Du hast es gewusst?«, fragte er. Wut und tiefste Trauer lagen in seinen kalten Worten.

Rami nickte, wandte die Augen unterwürfig den gebrochenen Steinplatten unter ihren Füßen zu. »Die Ignem aus dem Süden trauten der Prophezeiung nicht, wollten das Reich ganz und gar vom Kältevolk befreien. Doch mir war gleich bewusst, dass sie irren, dass ihr die einzige Chance seid, Glacies vor dem Untergang zu bewahren. Daher versuchte ich, Kiana von deiner Loyalität zu überzeugen.« Sie schaute auf, starrte betrübt in sein enttäuschtes Gesicht.

Doch Raik antwortete nicht, wandte dem Mädchen den Rücken zu und sah noch einen letzten flüchtigen Moment lang auf Skadi hinab, deren Leben beendet werden musste, um Hunderte zu retten, ehe er sich durch die schweigende Menge zwängte und den Thronsaal durch eine der seitlichen Türen verließ.

Kianas Blick folgte dem Prinzen, als sie neben dem Leichnam ihrer engsten Vertrauten zum Stillstand kam.

»Die Eisprinzessin hat ihre Prophezeiung erfüllt«, sagte Siria mit leiser Stimme, während sie sanft durch Ramis Haar fuhr, die sich schluchzend an den Körper ihrer Mutter schmiegte.

Die Königin konnte nicht weinen, Angst und Schock standen in ihrem schneeweißen Gesicht. Schließlich schweiften ihre Augen über Glacien und Ignem, die weinten, einander in den Armen lagen. Der Hass war vergessen, die Trauer um Skadi, die von beiden Völkern gleichermaßen verehrt und geliebt wurde, vereinte das Volk. »Sie hat den Frieden nach Glacies gebracht. Nun liegt es an Euch und dem Prinzen …« Die Hexe sah Kiana an, die gedankenverloren die Tür anstarrte, durch die Raik eben erst in seiner Trauer geflohen war. »… das gefallene Reich wiederauferstehen zu lassen.«

Epilog

Fünf Jahre nach dem Fall des Königreiches

»Vater, erzählst du uns eine Geschichte?« Kiana ließ sich lächelnd auf das breite Himmelbett sinken, beobachtete ihre beiden Sprösslinge, die fröhlich lachend in Raiks Arme sprangen.

»Habt ihr euch gewaschen?«, entgegnete dieser skeptisch und strich liebevoll durch das lange schwarze Haar eines Mädchens, das ihn mit leuchtenden, mitternachtsblauen Augen ansah.

Sie nickte. »Erzähl uns von der Eisprinzessin!«, forderte die Dreijährige aufgeregt. »Was ist nach ihrem Tod passiert?«

Raik fuhr abermals durch das volle Haar seiner Erstgeborenen, deren Namen zu Ehren Skadis ausgewählt worden war. Doch obwohl der Tod der Eisprinzessin schon fünf Jahre zurücklag, starrte er häufig aus dem Fenster, betrachtete die Statue aus weißem Marmor in Skadis Gestalt, die den Blick auf den Marktplatz richtete. Die talentiertesten Steinmetze hatten sie als Gedenkstätte an die Überbringerin des Friedens geschaffen, als

Mahnmal, das jeden Bewohner der Stadt stets daran erinnerte, dass Glacies einst in das knochige Gesicht des Todes gestarrt hatte.

»Vater, erzählst du uns eine Geschichte?«, wiederholte der einjährige Arun schüchtern Skadis Worte, während er sich in seine Arme sinken ließ. Raik küsste den kleinen Jungen, der nach dem Leibwächter von Kianas gefallener Mutter benannt worden war, auf eine Wange, der lachte, als die kurzen Stoppeln des Barts auf seiner Haut kitzelten.

»Ab ins Bett, ihr beiden«, antwortete Raik amüsiert und zog ein dickes Buch aus einem breiten Regal, das im Verlauf des letzten Jahres aus seiner Feder entstanden war. Die Geschwister lachten fröhlich, ließen sich links und rechts neben Kiana auf das Himmelbett fallen und vergruben ihre Körper unter dicken, weißen Decken. Zärtlich strich die Königin durch das identische Haar ihrer Kinder und beobachtete Raik, der seinen Sprösslingen mit langsamen Schritten folgte und sich ihnen gegenüber auf die Decken sinken ließ.

Schließlich legte er das Buch auf den weichen, warmen Stoff, schlug es in der Mitte auf und drehte es in Richtung seiner Familie, die er Abend für Abend mit wahren und erfundenen Geschichten aus der Vergangenheit zum Lachen und Nachdenken anregte.

»Ich erzähle euch, was nach dem Untergang der Stadt geschehen ist.« Raik wies auf eine Zeichnung von Glocken, auf einen Soldaten, der sie läutete, während er in Aruns eisblaue Augen blickte, die seinen glichen. Das schwarze Haar des Jungen war zerzaust, Müdigkeit stand im Gesicht des Einjährigen. Doch er war neugierig, drückte sich an den Körper seiner Mutter, die beide Kinder in den Armen hielt.

»Als die Eisprinzessin starb, läuteten die Glocken drei volle Tage, um ihrer zu gedenken. Der Prinz und die Prinzessin zogen sich zurück, um in Ruhe den Tod ihrer Schwester zu betrauern, die den Frieden nach Glacies zurückgebracht hatte. Der Hass zwischen den Völkern war augenblicklich erloschen, das Leid schweißte sie zusammen, Tag für Tag.« Raik schlug die schwere Seite um und wies auf eine Zeichnung, die den überfluteten Marktplatz abbildete, auf Rami, Siria und Kiana, die versuchten, dem Hochwasser Herr zu werden. »Dank der Macht der Krone und der magischen Fähigkeiten von Hexen konnte das geschmolzene Eis in nur wenigen Monaten beseitigt werden. In dieser Zeit überdauerten die Überlebenden an erhöhten Orten, kämpften gemeinsam aufgrund der schwindenden Vorräte mit dem Tod. Doch trotz der aussichtslosen Situation wurden keinerlei Verbrechen begangen, obwohl diese durch Angst und Hunger zu rechtfertigen gewesen wären. Die Ignem und die Glacien hielten zueinander, als hätte das einstige Gefälle niemals bestanden, das über Jahre hinweg einem friedlichen Zusammenleben im Wege gestanden hatte. Sie waren in ihrer Trauer um die Eisprinzessin vereint, die sie gleichermaßen geliebt und geachtet hatten.« Raik brach ab, als sich Arun schläfrig aufrichtete. Seine Augenlider flackerten, fielen ihm wiederholt zu, ehe er sie erneut aufriss, um der Geschichte lauschen zu können.

»Vater, sind viele Menschen gestorben?«, fragte er mit trauriger Stimme.

Raik nickte betrübt, fuhr mit rauen Händen sanft über die Wangen seines Jüngsten. »Mehr als die Hälfte der Bevölkerung fiel dem Eiswasser zum Opfer. Doch viele überlebten, brauchten ein neues Zuhause. Sie durften die Hoffnung nicht verlieren, die sie trotz der schweren Jahre bis heute auf den Beinen hält.«

Skadi, die eines Tages den Thron erben würde, schaute bekümmert zu Kiana auf, die ihren Ehegatten verträumt lächelnd beobachtete, ehe sie wieder Raik ansah, der die nächste Seite aufgeschlagen hatte. »Die ersten Monate waren von Aufräumarbeiten und neuen Bauten geprägt.«

Der Blick des Mädchens fiel auf Ruinen, Männer und Frauen, die Materialien trugen, an Bauten arbeiteten, um für das gesamte Volk eine neue Heimat zu schaffen. Schließlich schweiften ihre dunklen Augen über die Sonne, welche sich in strahlendem Gelb von den tristen, grauen Geschehnissen abhob, die von Raik ganz und gar ohne Farben gezeichnet worden waren.

»Auch im Schloss war der Umbruch deutlich zu erkennen. Während der Prinz Tag und Nacht in der Bibliothek verharrte, um in blinder Trauer den Wiederaufbau der Stadt zu planen, zog sich die Prinzessin zu ihrem Geliebten, einem einstigen Sklaven, und seiner Schwester zurück. Sie heirateten, gründeten rasch eine Familie.«

Arun beobachtete fasziniert, wie die Farbenvielfalt mit jedem Bild zunahm, das er ihnen offenbarte, als würden sie zum Leben erwachen. Der Junge sah Isas Gestalt, die zärtlich über ihren schwangeren Bauch strich, Ravi, der hinter ihr stand, seine Ehefrau in den Armen hielt, und Soleil, die ihnen gegenüber an einem gleißenden, goldenen Feuer saß. Noch heute war das Paar von Glück erfüllt, lebte am Rande der Stadt in einem großen Bauernhaus mit Soleil und drei eigenen Kindern.

»Erzähl uns von dir und Mutter!«, forderte Skadi ihn ungeduldig auf, während sie nach dem Buch griff und umblätterte. Ihr neugieriger Blick fiel auf die königliche Bibliothek, auf Raiks schemenhafte Gestalt, die ein Buch in den Händen hielt. Ein Dutzend Schriftrollen lagen auf einer breiten Tafel, goldene Kerzen ließen bunte Einbände von Büchern in allen Farben eines Regenbogens erstrahlen.

»Der Prinz verbrachte die Tage in der Bibliothek, half der Königin, das Reich neu zu ordnen.« Er schlug die nächste Seite auf, wies auf Kianas farbige Gestalt, die neben seiner an der Tafel saß, was das einzige Detail war, das die vorige Zeichnung von dieser unterschied. »Über alten Schriften und Kerzen gebeugt entwickelten sich Gefühle, die sie nicht lange fähig waren zu ignorieren.« Er griff zärtlich nach Kianas rechter Hand, sah lächelnd in ihr malerisches Gesicht und schlug die nächste Seite auf. »Sie heirateten ein Jahr nach dem Unglück.«

Die junge Prinzessin kroch näher an die Zeichnung heran, betrachtete ihre Eltern vollständig in Farbe, die sich vor Skadis Gedenkstatue das Ja-Wort gegeben hatten.

»Der Prinz und die Königin schworen einander zu lieben, zu achten, füreinander einzustehen, bis dass der Tod sie eines Tages scheiden würde.« Er fuhr über einen schmalen Ring an Kianas rechter Hand, betrachtete winzige, schwarze Erzfragmente, die ihn zierten. »Das Ehepaar sollte fortan das Königreich gemeinsam regieren, das zu dieser Zeit noch immer auf wackeligen Beinen stand. Das Eis war geschmolzen, die ersten Ernten blühten. Selbst die Jahreszeiten kehrten nach schweren Unwettern unversehrt zurück. Dennoch waren die Vorräte zu dieser Zeit knapp, was die Gedanken an den einstigen Untergang wieder lauter werden ließ. Doch alle Sorgen waren unbegründet. Trotz des anhaltenden Hungers herrschte Frieden zwischen den Menschen. Die Glacien und die Ignem standen auf Augenhöhe, die Grausamkeiten der Sklaverei gehörten der Vergangenheit an. Anfangs wurde befürchtet, dass die Kluft dennoch zu tief war, um geschlossen werden zu können. Doch auch diese Sorge erwies sich als unbegründet. Es entstanden viele Mischlingsehen, angefangen mit eurer Tante Isa und eurem Onkel Ravi. Daher fasste das Königspaar einen ersten Entschluss. Die Völker sollten eins werden und nannten sich fortan Ignem, während der Name des Königreiches Glacies blieb.«

Raik beobachtete, wie Arun nach dem Buch griff und die nächste Seite aufschlug. Sein Blick fiel auf die Krönung des einstigen Prinzen, der vor Kiana auf den Knien lag. Nun war es das Ehepaar und das Volk, welches der Zeremonie beiwohnte, die sich in Farbe von dem rauen, bräunlichen Pergament abhoben.

»Wo ist deine Krone?«, fragte der Junge, ehe sein Blick auf das goldene Haar seines Vaters fiel. Während Kiana stets gezwungen war, das Zeichen der Herrschaft zu tragen, um die ewige Flamme zu kontrollieren, trug er sie nur zu öffentlichen Anlässen.

»Sie befindet sich in der Bibliothek, beschützt von Hexen, weil auch sie besonders ist.« Raik stupste seinen Sohn auf die Nase, der sofort laut auflachte und nach der Hand des Königs griff. »Die ewige Flamme ist stark, die Erzkrone das kostbarste Artefakt, das in Glacies existiert. Vollständig vereint stellen sie jedoch auch eine Bedrohung dar, sollte die Königin die Kontrolle verlieren. Daher fasste sie einen weisen Entschluss.« Raik warf Kiana erneut einen liebevollen Blick zu, die fortwährend seine Hand umklammerte. »Hexen entnahmen der Erzkrone ein Fragment und setzten es in die Krone des Königs ein, der stets der Ruhepol, der Fels in der Brandung für die Königin war. So wurde die Kraft der ewigen

Flamme eingedämmt, welche Glacies die Eiszeit nahm. Doch sie konnte jederzeit erneut vereint werden, sollte ihre Macht jemals wieder vonnöten sein.«

Raik strich sanft über die winzigen Hände des Einjährigen, die seine umfassten, ehe er sich von ihm löste und die nächste Seite aufschlug, welche die Geschwister wissbegierig beäugten. Sie verewigte Frauen und Männer aus dem Süden, die in rote Gewänder und Rüstungen gekleidet waren. Im Vordergrund stand Sharik mit der rothaarigen Hexe Thea, die einen kleinen Jungen in den Armen wiegte. Die Zeichnung leuchtete bunt, nur der Rand wurde von tiefem Grau gesäumt, das auf der nächsten Seite völlig verblassen würde.

»Während sich Glacies erholte, kehrten die Abtrünnigen aus dem Süden in die Stadt zurück und baten um Vergebung. Das Königspaar erkannte ihren Mut an, versprach ihnen eine Heimat. Doch die Männer waren gezwungen, Posten in den wachsenden Heeren des Königreiches zu beziehen, die …« Raik fuhr durch das zerzauste Haar des Einjährigen, der grinsend erneut nach seiner Hand griff. »… von deinem Namensvetter angeführt werden, mein Schatz.«

»Ich möchte eines Tages auch ein starker Soldat sein«, platzte es aus Arun heraus.

Skadi griff nach den kindlichen Armen ihres Bruders, lachte gehässig laut auf. »Du bist viel zu schwach«, gab sie trotzig zurück.

Der Junge schüttelte den Kopf, Tränen sammelten sich in seinen blauen Augen, die er sich hastig aus dem Gesicht wischte. »Das bin ich nicht«, schluchzte er.

Die Prinzessin wollte erneut den Mund öffnen, um ihren jüngeren Bruder zu triezen. Doch ehe sie ein Wort herausbrachte, erklang Kianas behutsame Stimme: »Du kannst alles werden, mein Sohn«, sagte sie sanft und küsste Arun auf eine Wange, dem augenblicklich wieder ein Lächeln über das Gesicht huschte. »Wenn ihr streitet, wird euer Vater nicht weitererzählen. Ihr möchtet doch das Ende der Geschichte erfahren«, fuhr die Königin streng fort.

Die Geschwister nickten einstimmig, während sie die volle Aufmerksamkeit erneut auf ihren Vater richteten, der ihnen im nächsten Moment das letzte Bild präsentierte, dem nur leere Seiten für die Fortsetzung der Geschichte folgten. Es war die prächtigste, farbenfrohste Zeichnung des Buches, in der kein Funke Grau zurückblieb, verewigte Kiana, deren Hände auf ihrem Bauch lagen, Raik, der ein kleines Mädchen in den Armen hielt. Sie waren eine glückliche Familie, die trotz aller Widrigkeiten der Vergangenheit zueinandergefunden hatte.

»Die Königin schenkte ihrem Gemahl zwei wunderbare Kinder.« Raik schlug das Buch zu, sah abwechselnd von Skadi zu Arun. »Euch!«

46913081R00163

Printed in Poland
by Amazon Fulfillment
Poland Sp. z o.o., Wrocław